Alyson Richman y Shaunna J. Edwards

Las recolectoras de hilos

Traducción de Luis Ham

ESPASA

Título original: *The Thread Collectors*

Espasa, un sello editorial de Editorial Planeta, S. A.
Avda. Diagonal, 662-664, 08034 Barcelona (España)
www.espasa.com
www.planetadelibros.com

Primera edición: junio de 2024
ISBN: 978-84-670-7408-6
Depósito legal: B. 8.426-2024
Composición: Realización Planeta
Impresión y encuadernación: Rotoprint by Domingo, S. L.
Printed in Spain - Impreso en España

Para mi Stella original y mi futuro Wade

Shaunna J. Edwards

Para mi familia, que me llena de amor e historias

Alyson Richman

Si no sabes a dónde te diriges,
debes saber de dónde vienes.

Proverbio gullah geechee

Primera parte

1

NUEVA ORLEANS, LUISIANA
MARZO DE 1863

Stella abre la puerta de la cabaña criolla lo suficiente para asegurarse de que es él de verdad. Fuera, la luna brilla en lo más alto del cielo e ilumina la mitad del rostro de William. Ella lo coge del abrigo y lo lleva hacia dentro.

Está vestido para huir. Trae puesta su ropa buena, pero ha elegido el atuendo con cuidado para que los colores se mezclen con la naturaleza que rodea la ciudad. En sus manos tiene una bolsa de tela marrón. Durante sus encuentros secretos, solo se han atrevido a susurrar sobre el anhelo de alistarse. De huir. La ciudad de Nueva Orleans se encuentra al borde del caos, apenas contenido por las fuerzas de la Unión que han tomado las calles. Muchas de las casas han sido abandonadas y varios de los negocios tienen tablas sobre las ventanas. El dueño de Stella regresa del frente de guerra cada seis semanas y, con cada visita, su cansancio, amargura y resentimiento se acrecientan.

William deja la bolsa en el suelo para abrazar a Stella contra su pecho. Siente que el corazón se le acelera. Con un dedo recorre el contorno de su cara, intentando memorizarla una última vez.

—Quédate aquí, pase lo que pase —le susurra al oído—. Tienes que mantenerte a salvo. Para una mujer como tú, es mejor quedarse escondida y no aventurarse fuera.

Sus ojos brillan en la sombra, pero ella echa la cabeza hacia atrás y no deja que las lágrimas caigan, un arte que le enseñaron hace mucho tiempo, cuando aprendió que la supervivencia, y no la felicidad, era lo que verdaderamente importaba.

Stella se aleja de William por un momento y se mueve en silencio hacia un pequeño estante de madera. Toma del cajón superior un delicado pañuelo bordado con una sola violeta en el centro. Hay escasez de materiales en la ciudad, por lo que tuvo que usar el hilo azul del dobladillo de su falda para bordar la pequeña flor en la vastedad del algodón blanco que recortó de su enagua.

—Para que recuerdes que nunca estarás solo —le dice mientras cierra los dedos de William sobre el pañuelo.

Él también le ha traído algo. De una bolsita color índigo marcada por el uso, saca una concha de cauri, pequeña y moteada. La concha y la bolsa son sus posesiones más sagradas. Se guarda la bolsa, ahora vacía, en su bolsillo.

—Voy a regresar por esto, Stella. —William sonríe al ver el talismán en las manos de su amada—. Y por ti también... Todo será diferente pronto.

Stella asiente, coge la concha y percibe los suaves contornos sobre su palma. Hubo un tiempo en que los cauríes eran una moneda entre su gente: intercambiaban caracolas ensartadas en hilo por mercancías valiosas. Ahora, este cauri es tanto desechable como invaluable, pues se intercambia entre los amantes como un símbolo de protección.

No hay relojes en su pequeña casa. William tampoco lleva puesto uno. Aun así, ambos saben que ya se han demorado demasiado. Debe partir antes de que el sol siquiera anuncie su salida; incluso así, su viaje estará repleto de peligro.

—Ve, William —le dice, apremiándolo hacia la puerta. El corazón se le rompe, pues sabe que la única protección que puede ofrecerle es un simple pañuelo. Su amor bordado a mano.

Se va con el mismo sigilo con el que llegó, como un suspiro en la noche. Stella regresa a la sombra de la cabaña. Camina en silencio hacia su habitación, deseando envolverse en la colcha que tanta paz le trae.

—¿Estás bien? —Una voz callada emerge de la oscuridad.

—¿Ammanee? —La voz de Stella se quiebra al decir su nombre.

—Sí, aquí estoy.

Ammanee entra a la habitación sosteniendo una pequeña vela que ilumina su rostro. A la luz áurea, se sienta en la cama y toma la mano en la que Stella sujeta la diminuta caracola, que deja una marca en su palma.

—Willie es fuerte —le repite Ammanee una y otra vez—. Lo va a lograr. Lo sé.

Stella no responde. Siente una punzada de dolor en su interior y, finalmente, deja que sus lágrimas corran.

2

Campamento Parapet
Jefferson, Luisiana

Los dieciséis kilómetros de Nueva Orleans al campamento militar, ubicado entre el lago Pontchartrain y el río, fueron largos y traicioneros. William evitó los caminos y senderos a toda costa, ya fueran de tierra o estuvieran pavimentados. No sabía en qué momento su amo descubriría que había huido, pero estaba al tanto de los cazadores de esclavos que acampaban a las afueras de la ciudad.

Cualquier hombre que fuera capturado sufriría graves consecuencias. Azotes que desgarraban la piel de la espalda. Hierros ardientes con el dibujo de una flor de lis, cuya marca designaba al portador como no fiable. Y para aquellos con dueños particularmente despiadados —y con esclavos de sobra—, el castigo era ser empapado en queroseno y quemado. Las llamas y los gritos servían como recordatorio para el resto de los esclavos en la plantación: intentar escapar no valía la pena.

Tomó la ruta que Stella le había sugerido: primero, a través de los pantanos; luego, rodeando los *bayous*. Atravesó ciénagas y humedales antes de llegar a terreno más elevado. Las raíces anudadas de los cipreses calvos y los tupelos de pantano se escondían bajo la superficie turbia del agua en las cañadas, haciendo que William tropezara incontables veces.

Casi lo habían descubierto en tres ocasiones desde que dejó la cabaña de Stella, pero había seguido corriendo. La voz de ella en su cabeza lo llamaba a moverse. El espíritu de su madre también lo alentaba a seguir: cada paso hacia la libertad era una afrenta contra aquellos que le habían robado su canción. Una hora antes de que amaneciera, el sonido de perros ladrando a su alrededor lo estremeció. Se arrojó al agua maloliente esperando despistar a los sabuesos y permaneció ahí, temblando, hasta que finalmente la brigada se alejó.

Llegó al campamento de reclutas con el alba y encontró una fila de cientos de hombres, todos listos para unirse a la causa de la Unión. Algunos habían viajado durante días, escondiéndose en callejones o arriesgándose por campos abiertos, lo que implicaba un peligro mayor. Al igual que William, todos habían tenido que burlar a mercenarios cuya única misión era darles una paliza, encadenarlos y llevarlos de regreso con sus dueños, quienes siempre ofrecían una recompensa generosa.

Frente a William había un hombre descalzo, los bordes de su pantalón no eran más que tela rasgada. Con los dedos apretados a los costados, caminaba despacio hacia la carpa médica, dejando un rastro de sangre con cada paso. La tierra, seca y sedienta de humedad, se bebía sus huellas casi de inmediato, solo para ser reemplazadas por otras.

—¡El siguiente! —En la entrada a la carpa, un soldado de la Unión le indicó al próximo en la fila que pasara.

William bajó la mirada a sus propios pies. Sus zapatos de cuero de becerro, empapados y manchados por el sudor, no eran los típicos de un hombre de contrabando que huía de la esclavitud. Sus pantalones de sarga estaban rasgados de un lado. Su chaqueta de lana se había abierto en el codo y, en algún lugar entre Nueva Orleans y el condado Jefferson, había perdido su sombrero. A pesar del lancinante viaje, sus zapatos, por algún milagro, estaban intactos.

Dentro de su chaqueta, en el bolsillo del chaleco, encontró el pañuelo que Stella había bordado. Con sus dedos, rozó la pequeña flor azul, que ella había cosido con esmero. Incluso ahora, rodeado por el olor a muerte y podredumbre, el zumbar de las moscas y un hambre intensa, el recuerdo de Stella lo acompañaba. Se llevó el pañuelo a la nariz y respiró profundamente, buscando con desesperación los últimos indicios de su aroma. William sabía que la respiración no siempre venía de los pulmones, sino que también podía nacer del corazón y de la mente, dándole vida al cuerpo cuando este más la necesitaba.

En una esquina de la carpa, en la que le pidieron a William que se desvistiera, estaba sentado tras una gruesa carpeta de registro Jacob Kling. Sus rizos oscuros se asomaban por debajo de la gorra militar y su dedo índice estaba manchado de tinta. Registraba las observaciones clínicas del médico general sobre el recluta anterior: «Veintidós años. Negro. Un metro setenta y cinco. Peso: ochenta kilos. A pesar de una herida superficial en el pie izquierdo, tiene un espíritu determinado y sólido. Calificado para servicio militar».

El doctor había sido cuidadoso con sus palabras desde el momento en que Jacob llegó por primera vez a la tienda para asistirlo en la toma de notas.

—Es una situación lamentable. No podemos aceptar a

cualquier hombre que quiera unirse, sin importar la distancia que haya recorrido para llegar hasta aquí —le había explicado mientras abría un maletín de cuero negro para sacar sus instrumentos y organizarlos sobre la mesa—. El ejército me ha pedido que separe a los fuertes de los débiles. Renuncio a preguntarme si un hombre es fugitivo o no —había continuado comentándole el doctor, haciendo hincapié en lo inútil que era separar a los que habían sido emancipados hacía poco de los que habían huido de la esclavitud—. Recuerde, estos hombres no blandirán mosquetes, llevarán palas, picos y azadones. Solo podemos recibir a quienes carezcan de defectos corporales y cuenten con el sentido común necesario para seguir órdenes. —Se había aclarado la garganta y acariciado su barba color ceniza—. En otras palabras, soldado Kling, mi trabajo no es complicado: no consiste en escoger a quienes sean buenos en todos los sentidos, sino en rechazar a quien sin lugar a duda carezca de aptitud.

El médico siempre comenzaba su exploración con la cabeza de los candidatos, los oídos y ojos, para luego inspeccionar dientes, cuello y pecho. También revisaba minuciosamente las manos y los pies. Más temprano durante esa mañana, tanto el doctor como Jacob se habían estremecido cuando un hombre joven se había quitado la camisa, revelando una capa de tejido cicatricial que cubría su espalda. El hombre había intentado levantar los brazos por encima de la cabeza, pero las dolorosas cicatrices limitaban su movilidad. Solo pudo alzar los brazos hasta la mitad: sus manos apenas alcanzaron el nivel de sus oídos.

Ahora, mientras William entraba en la carpa, el doctor se ajustó las gafas. Lo estudió con la mirada, sus zapatos, la ropa que alguna vez había sido elegante.

—No se quede ahí esperando... Desvístase para que pueda examinarlo.

William dejó su morral en el suelo, se quitó la chaqueta y comenzó a desabotonar su chaleco y camisa. Él sabía que era más delgado que la mayoría de los hombres de la fila. Como nunca había trabajado en el campo, su cuerpo no había desarrollado los gruesos músculos que tenían los demás esclavos. Por el contrario, a los seis años lo habían arrancado del lado de su madre y lo habían enviado a la casa principal para volverse el entretenimiento de la esposa del amo, gracias al talento que, en ese entonces, comenzaba a desarrollar.

—Corazón y pulmones bien —dijo el doctor al colocar el estetoscopio sobre su pecho—. Esbelto, calificado para el servicio. Inusual la falta de callos —murmuró para sí mismo al examinar sus palmas—. ¿Algún talento?

—Músico, señor —respondió William en voz baja, pero el médico ya no estaba escuchando.

3

La palabra *músico* despertó la atención del joven soldado raso. Jacob Kling levantó la mirada del registro y bajó la pluma. Sabía que no debía hablar durante los exámenes, pero las palabras salieron de su boca antes de que pudiera detenerlas.

—¿Qué instrumento?

William parpadeó.

—Toco la flauta, señor.

Jacob sintió que se disipaba la neblina de los últimos tres días. De repente, no era solo un asistente de bajo rango que ayudaba al médico general con el registro de reclutas negros, sino un músico transportado hacia atrás en el tiempo, rodeado por sus compañeros de banda, con los dedos apoyados en las válvulas de su corneta, llenando el aire con notas mientras agitaban el espíritu de la tropa marchando hacia la batalla. Ese recuerdo lo llevó más atrás incluso, hacia sus primeros días con Lily, su amada esposa, con quien encontró la pasión a través del amor mutuo por la melodía.

Jacob Kling compraba sus partituras en un único lugar, en Nueva York: la tienda musical Kahn, en la Quinta Avenida. No era solo porque fuera la tienda más grande de su tipo, o porque Arthur Kahn, un inmigrante judío-alemán, hubiera construido su imperio desde un almacén en Brooklyn, imprimiendo miles de partituras que se distribuían por toda la Costa Este, sino que Jacob visitaba la tienda porque sabía que, si calculaba bien sus tiempos —una habilidad que como músico le suponía ya un talento innato—, vería a la hermosa Lily Kahn, con su pelo rojizo y su sonrisa radiante, salir de la oficina trasera.

La primera vez que la vio, pensó que estaba visitando a su padre. No tenía ni idea de que detrás de las cortinas negras de terciopelo, al otro lado del mostrador, bajando una escalera angosta, en una bodega mal iluminada, varias mujeres se congregaban en secreto. Lo descubrió después, una tarde en la que, finalmente, logró capturar la atención de Lily.

Jacob había ideado un plan. Con un brazo lleno de partituras dejó caer una página de sus manos mientras Lily entraba en el salón principal. La hoja impresa cayó a solo unos centímetros de su falda.

—Se le ha caído algo —entonó ella con una sonrisa felina en sus labios. Se agachó para recoger el papel—. ¿*Gentle Annie*? —se sorprendió—. Veo que es usted un romántico...

Sus palabras eran atrevidas; su atención no se desvió. Jacob notó un brillo en sus ojos verdes que destelló como un relámpago.

—¿Cómo no serlo? —respondió. Al tomar la partitura, rozó la suave piel de su mano con el dedo—. Sin el ritmo del corazón, no tendríamos música, solo ruido.

Lily inclinó la cabeza hacia atrás para evaluarlo.

—¿Qué instrumento toca? —le preguntó con evidente curiosidad—. ¿Es acaso un hombre de alientos?

—Así es —asintió Jacob con orgullo—. La trompeta y la corneta.

—Yo toco el arpa desde que era pequeña. Mi padre pensaba que quizá ablandaría mi complicado temperamento.

—El instrumento de los ángeles —agregó él.

—Pero la toco como una diabla. —Se rio—. Lo cual es bueno. El mundo no necesita ángeles ahora mismo. Tenemos que alborotarlo si queremos construir una mejor nación.

—¿Una mejor nación? —preguntó Jacob, sintiendo cómo la conversación se le escapaba de las manos.

—Tenemos que liberar al país del desagradable sistema que se lucra con la cautividad humana: la esclavitud —dijo con fervor.

Jacob desvió la mirada hacia la cortina de terciopelo, de la que dos mujeres salían. Nunca se había dado cuenta de que había más personas allí, solo se había fijado en Lily, pero ahora resultaba claro que aquellas mujeres también eran abolicionistas.

—Supongo que no estaba recibiendo clases de arpa ahí atrás...

—La única persona con quien doy clases ahora es la señora Ernestine Rose.

Jacob se quedó inexpresivo.

—¿No la conoce? —Sus cejas se apretaron, como si no pudiera concebir que alguien no reconociera el nombre de inmediato—. Abolicionista, sufragista y judía, como yo. Una heroína sin comparación.

Lily sacó un abanico de su bolso y lo abrió, revelando un paisaje de pájaros blancos en un cielo azul sobre los paneles de seda.

—Me alegra habérsela dado a conocer, señor...

—Jacob Kling. ¿Y usted? —le preguntó, a pesar de saber ya su nombre completo.

—Lillian Kahn. —Al bajar el abanico, otra sonrisa se dibujó sobre sus labios—. Un placer conocerlo.

La voz de Lily se fue desvaneciendo y una melodía la reemplazó en los oídos de Jacob, a pesar de que nadie estaba tocando una sola nota musical.

—Vístase, joven. —La orden del doctor terminó de despertar a Jacob de su ensoñación. El hombre no tenía interés en los talentos musicales de William—. El siguiente —llamó a la fila de hombres.

Mientras William se vestía, y a pesar de que no tenía forma de saber cuán talentoso era como músico o siquiera cómo había aprendido a tocar la flauta, Jacob se sintió obligado a darle algún consejo al joven.

—Allí fuera, cuando le den su uniforme, dígales que sabe tocar el pífano.

4

Campamento Parapet
Jefferson, Luisiana
Marzo de 1863

—Bueno, parece que terminamos por hoy, soldado Kling —anunció el médico mientras se quitaba las gafas y las limpiaba lánguidamente con un paño. Tras haber pasado casi seis horas trabajando en la carpa, ambos hombres estaban exhaustos—. Aprecio mucho su ayuda, de otra forma no habríamos podido examinar a todos los negros que han llegado. No estoy seguro de si este experimento tendrá éxito, pero necesitaremos más hombres si queremos vencer.

Jacob dudaba que el doctor tuviera ganas de discutir la estrategia militar con un simple músico, así que se limitó a dar una respuesta que no lo comprometiera.

—Por supuesto, señor.

Jacob había sido destinado a la tienda médica hacía apenas unas semanas, cuando los oficiales designaron el campamento Parapet como centro de reclutamiento y entrenamiento para formar la nueva Guardia Nativa de Luisiana, cuyas filas estarían conformadas por soldados negros. Los blancos asignados a la base ya comenzaban a enunciar ruidosas quejas sobre cómo los nuevos reclutas los superaban en número.

El doctor cerró su maletín.

—Bueno, me imagino que su lugarteniente lo necesitará de regreso para los entrenamientos vespertinos. Espero que sus manos no estén demasiado cansadas para tocar la corneta —dijo, mientras autorizaba la salida de Jacob.

—Jamás estoy demasiado cansado para tocar, señor —respondió. Sintió un inmenso alivio al pensar en salir de la tienda.

Fuera, el campamento improvisado se extendía sobre la tierra, lleno de tiendas de lona y chozas de leña pobremente construidas. Había azadones y palas de metal apoyados contra los carruajes de madera. Por el rabillo del ojo, formado entre los reclutas que esperaban comida, uniformes y un lugar donde dormir, Jacob vio al hombre del abrigo roto sosteniendo un pífano en sus manos. Lo seguía de cerca un niño negro con un tambor. Se le veía desnutrido y no parecía tener más de diez años, iba tocando con un ritmo constante.

El niño vestía un abrigo militar azul que le quedaba demasiado grande y una gorra de la Unión que colgaba más de un lado que del otro; para Jacob, era como ver una escena de padre e hijo. El tamborilero, con tierra en la cara y las correas de cuero del tambor colgando de su pequeño cuerpo, sonreía mientras marchaba a la par del hombre.

Mientras las notas y el compás se mezclaban entre ellos, Jacob se sintió reconfortado por el dueto, pero, al mismo tiempo, una tristeza profunda lo invadió, pues trajo consigo una nostalgia inesperada por aquellas tardes lejanas con su familia en las que tocaba junto a su hermano en la pequeña sala de estar en Yorkville. Por la ventana de la casa entraba la brisa del East River, y sus armonías llenaban el aire.

Su padre había emigrado de Alemania con solo dos maletas, un violín y su esposa de diecinueve años, Kati, con quien compartía el amor por la música. Jacob no recordaba un solo momento en que la atiborrada residencia no estuviera a rebosar de melodías.

Incluso antes de que su madre hubiera aprendido unas cuantas palabras en inglés, ya les había enseñado a él y a su hermano, Samuel, a leer música. Para ella, era como un bálsamo en este nuevo país, en el que su acento y nacionalidad la hacían sentirse avergonzada y cuyas calles estaban llenas de desconocidos. Para Kati, el violín era un refugio, un lugar de belleza al que regresar cuando sus días se envolvían de sombras.

Ya que solo tenían un instrumento para los cuatro, el primer regalo que el padre de Jacob le dio a su pequeña familia, una vez que su negocio de importaciones comenzó a expandirse, fue la oportunidad de escoger sus propios instrumentos en una tienda de segunda mano.

Llevó a los hermanos a un pequeño local en la esquina de la calle 83 y Lexington Avenue. El reflejo metálico de las trompetas y los cornos franceses hacía brillar los escaparates, y las formas elegantes de los instrumentos de cuerda los adornaban. Dentro de la tienda, un hombre pequeño y de manos delicadas iluminó el oscuro interior del negocio al demostrarles a los hermanos cómo cada instrumento poseía su propia riqueza y tono.

Jacob eligió una corneta, cuyo dueño anterior había lustrado con amor. Amaba la luminosidad del sonido, la alegría que salía de su campana plateada. Su hermano, por otra parte, optó por el instrumento que había conocido toda la vida: el violín.

En retrospectiva, la elección de su hermano le había otorgado una mayor cercanía con su madre, quien disfrutaba de corregir con suavidad la entonación y postura de Samuel. A pesar de que a primera vista esas inocentes correcciones parecían una molestia, Jacob sabía que esto creaba un vínculo fuerte entre ellos, otra capa de amor.

Ahora, bajo el difuminado crepúsculo de Luisiana, mientras tomaba el sendero polvoriento que conducía a la sección de su tropa en el campamento, Jacob echaba de menos su hogar. Echaba de menos las caricias de su esposa, el aroma de su pelo recién lavado. La paz que le daba escuchar a Lily tocar el arpa en el salón, el espectáculo de sus dedos moviéndose sobre las cuerdas mientras se inclinaba hacia delante con las piernas ligeramente abiertas: era una visión a la que regresaba siempre que necesitaba abrigo.

Sacó de su bolsillo la más reciente carta de Lily. El papel delgado había sido doblado y desdoblado una docena de veces en los últimos días. A la luz de la vela, leía sus palabras antes de dormir, de nuevo al despertar y cuando se sentaba a comer su ración. Casi había memorizado cada enunciado:

Mi querido esposo:

Espero que esta carta cumpla su viaje y llegue íntegra a ti. Ha sido un reto no tenerte a mi lado. Extraño todo de ti. Tu calor y tu sonrisa. Tus palabras tiernas y tu música. Hoy solo pude encontrar tranquilidad al tocar el arpa. Te descubrí de nuevo ahí, en la hermosa zarabanda de Bach. Espero que, si cierras los ojos, mis notas floten por el cielo, por encima del firmamento, y lleguen hasta ti, suavizando los tañidos de la guerra.

Te echo de menos de una manera terrible, pero he intentado mantenerme enfocada en mi labor y seguir apoyando la causa de cualquier forma que pueda. Ernestine me recordó en nuestra última reunión que debo sentirme orgullosa y llena de esperanza por la noble decisión que has tomado. También a ella le impresiona que estés usando tus talentos musicales para liderar a nuestras valerosas tropas de la Unión en la lucha contra los males de la esclavitud. Cuando se enteró de que tu hermano, Samuel, se había unido al movimiento rebelde en Misisipi, elogió tu coraje y valentía aún más.

No he recibido noticias de su suerte desde nuestra última correspondencia. A pesar de que detesto su posición, mantendré a Samuel en mis plegarias porque es de tu sangre, por muy incomprensible que me parezca que su esposa y él sigan defendiendo la esclavitud.

Pero es mejor no gastar más espacio en esta carta con cosas que no puedo cambiar sobre tu familia; en su lugar, prefiero decirte de nuevo cuán orgullosa estoy de ti. Hoy me uniré a un grupo de mujeres de la Comisión Sanitaria que buscan formas de apoyar a los heridos de la Unión recaudando fondos y enviando los suministros necesarios. A pesar de que es una contribución pequeña comparada con la forma en la que hombres como tú arriesgan sus vidas, me eleva el espíritu saber que estoy aportando algo, por pequeño que sea.

Tu fiel esposa,

Lily

Jacob respiró el aire del atardecer con la carta aún entre sus manos. Repasó las frases, el trazo cuidadoso de su caligrafía, que tanto adoraba. Ella sabía del dolor que le causaba saber que su hermano se había unido a las fuerzas rebeldes. A menudo se preguntaba si serían tan distintos como lo eran ahora si su padre no hubiera enviado a Samuel al sur para expandir las raíces comerciales del negocio familiar. Nadie, ni siquiera su padre, habría adivinado que Samuel encontraría una esposa judía en el remoto pueblo de Satartia, Misisipi. Pero, como era de esperar, su hermano, de ojos violetas y cejas gruesas, había aceptado la invitación de Irving Baum para tocar en el salón de su casa una vez resuelta su junta de negocios. Este había insistido en que su hija de diecinueve años, Eliza Baum, era una gran admiradora de los instrumentos de cuerda.

Jacob pensó de nuevo en el niño del tambor y en el músico negro tocando su pífano recién recibido. Le estremeció pensar, reflexionando sobre su propia experiencia, que a veces el talento —y un instrumento con que usarlo— podía alterar el destino de un hombre para siempre.

5

Stella cerró los ojos con el cauri en su mano. Habían pasado ya tres días desde que William había escapado y la preocupación la consumía. Su apetito se había desvanecido y tenía las cortinas cerradas la mayor parte del día, pues sus ojos estaban hinchados de tanto llorar.

—Más vale ocuparse de algo en vez de estar desanimada todo el día. —Ammanee estaba de pie en el marco de la puerta—. ¿Qué haría Janie si te viera así, toda llena de lágrimas? —Por varias razones, incluyendo su larga separación durante la infancia, Ammanee a veces se negaba a decirle «mamá» a su madre y la llamaba por su nombre. En especial, cuando quería invocar el poder de Janie sobre su hermana pequeña—. ¿Qué pasará si Frye regresa del frente y te ve tan hinchada? Va a sospechar todo tipo de cosas. No puedes permitirte estar así. No en un momento como este.

Stella gruñó y se dio la vuelta en la cama.

—Dámela —dijo Ammanee, refiriéndose a la concha—, la mantendré segura. No puedes tener nada que te conecte con Willie, ¿entiendes? Frye no es tonto, solo es feo. Podría haber visto este cauri antes. —Lo guardó con cuidado detrás de uno de los cajones de Stella—. Ahora a ocupar tus manos con otra cosa.

Ammanee se sentó junto a ella y tomó la almohada

bordada que Stella había elaborado años atrás, cuando los carretes de hilo no eran tan valiosos como ahora con la guerra. Tomó un alfiler de su delantal y comenzó a descoser las costuras para darle una nueva vida al filamento.

—Ayúdame con esto —le pidió con ternura mientras enredaba el hilo verde en su dedo índice—. Como lo hacíamos cuando vivíamos con mamá.

La casa en la que Stella había pasado su niñez era del color del cielo, sus persianas del profundo azul del mar. Por dentro, las paredes eran de un pálido rojo azafrán. Los muebles, descartados por una casa mucho más elegante, estaban rotos y habían sido enmendados con pegamento. El nogal oscuro había sido raspado y pulido varias veces. ¿Cuántas veces le había pedido Janie a su hija que bruñera los pocos bienes que tenían para recordarle a la niña que la belleza siempre costaba algo? Requería mantenimiento y reparaciones constantes. A menudo, también demandaba camuflaje. La madre de Stella no había aprendido a bordar para pasar el tiempo, sino porque era para ella una necesidad. A partir del momento en que los deditos de Stella pudieron sostener hilo y aguja, le enseñó a revestir aquello que había quedado penosamente al descubierto.

Stella sabía que su madre se había mudado de la choza de esclavos en la plantación de su dueño, el señor Percy, a Rampart Street antes de que ella naciera. Sus hileras de cabañas criollas, situadas en los límites de la ciudad, estaban llenas de mujeres con una tez más clara, las supuestas favoritas de los blancos adinerados, quienes las codiciaban como frutas exóticas que acaparaban para sí mismos.

Su madre le había rogado al señor Percy que la dejara

llevar con ella a Ammanee, de cuatro años en ese entonces, pero él quería a Janie toda para él; además, no había espacio en la casa de tres habitaciones para la criatura de otro hombre, y menos para una nacida en la esclavitud.

La llegada de Stella marcó un momento decisivo en el destino de todas las mujeres. Percy, en un insólito gesto de compasión, le había otorgado a Janie la manumisión, así como sus documentos de libertad. Le brindó una vida nueva, pero también le dejó claro que todavía estaba bajo su mando. «La ley dice que tienes que abandonar Luisiana ahora que eres libre, pero tú y tus hijas os vais a quedar aquí mismo, en Rampart Street, ¿entiendes? Yo os mantendré a salvo», estableció.

Su dadivosidad no incluía la libertad de ninguna de sus hijas. Solo cuando Percy vio a su Stella —una versión más clara de su madre, pero más oscura de sí mismo— finalmente cedió y le aseguró a Janie que podría escoger al mejor amo para ella. También permitiría que su media hermana, de siete años y medio, fuera la niñera de Stella. Una transición adecuada para Ammanee, quien ya llevaba un año trabajando a tiempo completo en la cocina de la casa grande. No se había endurecido aún, pero ya comenzaba a entender su lugar en el mundo.

Las tres mujeres crecieron juntas bajo el tejado a dos aguas y las vigas de madera de la cabaña, con cuartos pintados de un pálido amarillo limón. Pero la noche en que Stella fue enviada al Mercado lo cambiaría todo. Esa tarde la pasó sentada frente al único espejo de la cabaña mientras Janie tiraba de su pelo con un cepillo de madera. Junto a ella estaba Ammanee, sosteniendo las horquillas en sus manos oscuras y esbeltas. Dentro del marco del espejo, sus distintos tonos de piel brillaban en contraste, como el tono de la nuez moscada al color de la miel silvestre. Pero su lazo quedaba claro en sus frentes altas y sus ojos almendrados.

Dentro del vestido remendado de su madre, Stella se mecía entre la emoción y el miedo.

—No vayas a pensar que ir al Mercado significa solo que te regalen listones y encajes.

Janie tiró con algo de fuerza del pelo de su hija. El cabello de Stella, en la parte superior, era suave como el algodón finamente hilado, pero, por detrás, era grueso como la lana. Los dedos intentaron controlar los bucles más apretados en la nuca de Stella, hasta que su madre al final se limitó a suspirar, frustrada. Ammanee dio un paso para coger una crema casera del tocador y se la ofreció a su madre.

—Con esto es más fácil, mamá.

Janie se untó los dedos con la mezcla cremosa y la aplicó sobre los rizos rebeldes, acomodándolos en pequeñas olas.

—Tienes que estar perfecta. El Mercado está lleno de niñas como tú, hijas de mujeres como yo. —Las palabras le dejaban un resabio en la boca. Una combinación amarga de humillación y desacato—. Esta casa no sale del amor, como el que tuve con el padre de Ammanee —dijo, señalando los techos altos y las ventanas largas y angostas—, sino del sacrificio. —Respiró hondo. Janie apenas sobrepasaba los cuarenta años, pero sentía que había ganado suficiente sabiduría para durarle una vida—. Pero me dio más libertad de la que tendría en otro lugar, así que asumí el costo.

Janie, al evaluar el pelo de su hija, acomodado en rizos suaves y redondos, respiró con alivio, pues había una cosa menos por hacer. Ammanee estaba orgullosa de saber que Stella llevaba la enagua que ella había bordado para la velada, con violetas en el dobladillo. El azul profundo de las flores era su toque privado; quería darle toda la suerte posible a su hermana pequeña. Si bien Stella no encontraría el amor verdadero que representaban las violetas, Ammanee esperaba que encontrara al menos bondad.

—Stella, cuando estés allí —le advirtió Janie—, no debes parecer ni atrevida ni débil. No le sostengas la mirada demasiado tiempo a ningún hombre. No le prestes atención a los viejos chiflados, hija: ellos no pueden ofrecerte seguridad. Y evita a los que parezcan despreocupados, porque terminarán cambiándote en unos años. —Se frotó las manos y masajeó los hombros de su hija—. Casi es la hora. —Miró los minutos pasar en el reloj de la pared—. Nada bueno le espera a una chica que llega tarde. Una cosa es entrar por la puerta grande, pero ser altanera no vende en el Mercado.

Janie aplanó los cabellos de la frente de Stella, mientras repetía —casi para sí misma—: «Hay que estar perfecta, más que perfecta. Va a haber chicas con la piel tan clara, casi blancas... Te he enseñado todo lo que sé... ¿Qué voy a saber yo? Me sacaron del campo enseguida para traerme aquí». Estaba tan ansiosa que comenzó a usar el inglés vernáculo de su infancia, el que usaba antes de que la trajeran a Rampart Street. No había tenido el beneficio de una abuela que le enseñara cómo sortear las reglas implícitas del *plaçage*, que existían desde antes de que Nueva Orleans se convirtiera en una ciudad americana. Janie había tenido que aprender por las malas las reglas de ser controlada por el deseo de los hombres blancos: no se estaba encadenada, pero tampoco se era libre.

Stella se puso el vestido azul aciano en el que Janie y Ammanee habían estado trabajando. Los bordados de su madre y hermana lo hacían parecer casi nuevo. También habían ajustado la cintura y el pecho para que se adecuara a su esbelto cuerpo.

—Le has bordado más violetas al corpiño, hermana.

—Nunca es demasiado azul para protegerte —respondió Ammanee mientras le ayudaba con los botones y Janie esponjaba la falda.

—Convencí al viejo Percy de que me diera un poco de dinero y te compré esto para hoy.

Janie reveló una bolsita de tela. Era pequeña, nada del otro mundo, pero tenía un ramo de flores coloridas bordado en el centro que Stella no podía dejar de admirar mientras la sostenía en sus manos. Jamás la habían usado, por lo que se notaba maravillosamente nueva. Pasó la punta de su dedo por el relieve de las flores, sintió la elegancia de los puntos y pensó en cómo los replicaría después en un retazo de tela.

Antes de irse, su madre la contempló una última vez.

—No quiero que te vayas, pero no sé cuánto más durará la protección de Percy. Al menos me concedió esperar a que cumplieras los dieciocho. —Janie echó la cabeza hacia atrás—. Tengo más de cuarenta, ya no soy una niña... Te he mantenido lejos, todo lo que he podido, de esta vida.

—Sí, mamá.

—Pero recuerda que no vas a una fiesta, sino a una subasta. —Una punzada de dolor atravesó la cara de Janie mientras las palabras salían de su boca, pues ella había sido solo una niña cuando la vendieron. Recordó a los capataces desnudando a su madre, apretándole los pechos para demostrar que servía para reproducirse.

Ella, junto a otros niños, lo veía todo desde una jaula—. Esta es la subasta más importante de tu vida, Stella, y, si Dios quiere, la única.

Janie llevó a Stella fuera, bajo el caluroso cielo nocturno, y la entregó al cuidado de una carabina encargada de llevar a varias jovencitas al Mercado. Era una pobre burla en comparación con las formalidades que disfrutaban las debutantes blancas de St. Charles Avenue. Cerró la puerta, ahogando la tristeza que se acumulaba dentro de ella, y le pidió a Ammanee que encendiera la tetera.

Las dos mujeres se pasaron la noche deshilando prendas para reparar las que se habían roto, sin decir una sola palabra. Esparcidas por todo el cuarto, había al menos una docena de cosas rotas que habían logrado remendar. Janie miró su casa y supo que no había nada seguro o permanente o entero en lo que la rodeaba, ni siquiera Ammanee, quizá en especial su hija mayor, suya y de un esclavo llamado Lewis. Todavía pensaba en él, a pesar de todos los años que habían pasado. Era un dolor terrible del que quería salvar a sus hijas: el amor.

6

Más tarde ese mismo día, en un pequeño salón de baile sobre Orleans Street, William abrió el estuche de su flauta y se unió a cinco músicos negros, cuyos dueños los habían «prestado» para entretener la velada.

—Te vienes conmigo al Mercado —le había dicho Mason Frye unas horas antes, dándole una palmada en la espalda. El hombre llevaba siendo su dueño casi doce años—. Coge tu instrumento, chico. Willie el Silbador me hará brillar esta noche.

A lo largo de los años, desde que Frye había comprado al joven en la isla Sapelo, lo había llegado a apreciar públicamente, sobre todo como un adorno.

Su esposa y su familia estarían fuera un mes, por lo que Frye no se molestó en esconderle a Willie, o a los otros esclavos de la casa, el placer que le causaba apuntarse a una de las veladas más esperadas del año. Willie había escuchado a Frye decirles a sus amigos que este año el Mercado había requerido una planificación más cautelosa, dadas las circunstancias. Qué molestos eran los norteños y su retórica abolicionista, entrometiéndose con los usos y costumbres centenarios del sur.

—Por mi parte, yo jamás he sido cruel con mis esclavos —dijo entonces Frye, ensalzando a su embelesado público—. Todos conocemos a hombres que toman el látigo cuando la situación lo requiere, pero ¿deberíamos intervenir en lo que otras personas hacen con su propiedad? —La pregunta era retórica. Se levantó y se apoyó contra la repisa de su chimenea—. Es cierto, me rompió el corazón enterarme del castigo en exceso cruel que Clinton Righter ordenó contra la madre de Willie cuando él era solo un niño. —Willie miró atento al oír a Frye hablar sobre su madre. Incluso la más mínima referencia al acto inhumano que Righter había infligido sobre ella bastaba para hacer aflorar sus emociones—. Pero yo no tengo que recurrir a tales actos. Son solo niños, aunque algunos sean más dotados que otros. Basta con ser firmes con ellos, que hagan lo que se les ordena, se guarden sus quejas para ellos, y nos llevaremos todos de maravilla.

Tras su disertación sobre la mejor forma de ser un dueño de esclavos, Mason Frye comenzó a reunir a sus invitados para ir hacia el Mercado.

—Date prisa y coge tu flauta —le ordenó a Willie antes de que todos salieran por la puerta.

El quinteto de vientos se acomodó en silencio y los músicos, con instrumentos en mano, observaron el salón, iluminado por las velas de los candelabros. Un fuerte aroma a lirio del valle emanaba de las flores recién cortadas en las esbeltas vasijas de ormolú y *cloisonné* repartidas por el salón. Willie miró al corpulento fagotista, quien tenía el párpado izquierdo caído, lo que le otorgaba una apariencia abatida incluso antes de que comenzara la noche.

El oboísta colocó su lengüeta en la boquilla y calentó sus dedos y embocadura con una escala de dos octavas.

Cuando terminó, se volvió hacia Willie y Scipio, el cornista.

—¿Primera vez que tocáis en el Mercado, muchachos? ¿Vais a ganar algo?

—Yo no —dijo Scipio—. A veces me gano unas monedas si vengo solo, pero con el amo aquí simplemente soy su regalo para las damas...

Willie no dijo nada. A sus diecinueve años, solo había ganado dinero una vez, y, en esa única ocasión, Frye se lo confiscó para pagar su instrumento. Con respecto al Mercado, no podía pretender que sabía de lo que trataba aquella noche.

El oboísta observó a Willie con atención.

—¿Eres tú el espectáculo ese que vive en Prytania? ¿El pro-di-gio que don Frye le compró a un gullah? —le preguntó, enunciando la palabra con cuidado y con un poco de burla.

Willie asintió.

Las patillas del hombre tenían pequeños rizos canosos. Sacudió la cabeza como si no se lo creyera.

—Dicen que no solo tocas melodías para estos bailes y cosas así. Que de verdad que sabes de música.

—No es así —respondió Willie, con tono reservado, mientras examinaba su instrumento—. Solo se me da bien tocar lo que escucho. —No les contó que había aprendido a tocar Mozart y Brahms en el salón de Eleanor Righter, quien tocaba las notas en su piano: estas flotaban hasta los oídos de Willie y de ahí a su flauta. Tampoco les contó que ella se había encargado, en secreto, de que aprendiera a leer música con la ayuda de un maestro.

—Bueno, hoy vamos a hacer algo sencillo —le indicó el oboísta—. No todos tocamos con elegancia, como tú.

Igual ni hace falta. Estos sementales blancos no están aquí para escuchar música.

—El amo Frye me ha pedido que me luzca un poco al principio —los informó Willie. Los dos cornistas lo miraron inexpresivos—. ¿Le importaría darme un poco de acompañamiento? —le preguntó Willie al pianista—. Nada complicado, se lo aseguro, solo es improvisar unos acordes en fa mayor, luego unas escalas, arpegios. Yo hago el resto. —Tocó unas notas para que el músico entendiera el ritmo.

—¿De quién es esa? —preguntó el oboísta.

El fagotista respondió antes de que William tuviera la oportunidad de hacerlo. Levantó la mirada mientras limpiaba su instrumento y resopló:

—Mozart.

William estaba tocando cuando Stella entró al salón. Notó que era una de las pocas mujeres que no escondían su cara detrás de un abanico. Parecía determinada, como si un hilo invisible estuviese tirando de ella.

De su flauta salían notas ligeras y suaves. Detrás de los bordes dorados de las copas de jerez, hombres de caras hinchadas sonreían mientras veían pasar a las chicas de distintos tonos de marrón. Mulatas más oscuras paseaban junto a cuarteronas e incluso alguna que otra ochavona, aunque ese tesoro especial por lo general requería un arreglo más privado. Una mezcla de belleza y oportunidad para los hombres, teniendo como fundamento la desesperación y el miedo.

Stella recordó las palabras de su madre, su advertencia sobre que no le convenía captar la atención de un hombre demasiado viejo, o de un dandi que exhalara riqueza al por mayor. Se abrumó al sentir la mirada endurecida de tantos hombres sobre ella. Dio un paso hacia atrás tan tambaleante que casi se estrella contra los músicos.

La chica sintió una mano que la ayudaba a recuperar el equilibrio justo cuando la canción terminaba; después, la mano se retrajo de nuevo en las sombras. Al volverse, el flautista, joven y atractivo, la miró a los ojos y sonrió. Luego se llevó su instrumento a los labios, embocó y comenzó a tocar. Mientras los otros músicos lo seguían, Frye se acercó a Stella, obligándola a un baile para el cual ella apenas se sabía los pasos.

—¿Te gusta la música? —le preguntó mientras la llevaba al círculo de parejas que bailaban en la pista—. Ese que está tocando la flauta es Willie el Silbador; lleva años siendo mío.

Sintió que se le apagaba la voz. No tenía palabras que ofrecerle, a pesar de la insistencia de Janie de que usara sus encantos en el momento indicado.

—Tengo un don para reconocer el talento —añadió él—, así como la belleza.

Stella sintió la intención en la mirada del hombre. Era un ratón acorralado por un gato hambriento.

Miró al suelo y apretó las manos. Al no tener escapatoria, se concentró en las florecitas que Ammanee había bordado sobre su falda.

El hombre no era ni gordo ni viejo. No era bajo, ni tampoco muy alto. Más allá del reloj de oro que colgaba de su chaleco, no presumía de su riqueza como varios de los hombres en el salón. Por el contrario, de lo que se jactaba era de ser el dueño de un esclavo que tocaba la melodía más dulce que ella jamás hubiera escuchado.

—Me gusta mucho la música —se obligó a decir al fin.

—Bueno, señorita... —Levantó una ceja, buscando su nombre—. Parece que los dos tenemos al menos una cosa en común. —Sus ojos se encendieron—. Sabía que mi buen Willie me ayudaría a conseguir la fruta más deliciosa del Mercado.

Stella se encogió. Vio el reflejo del hombre en el espejo alto y dorado de la pared. Su cabello color trigo, su piel, que parecía incapaz de broncearse a la luz del sol. Deseó poder desaparecer y transformarse en las notas musicales que salían de la flauta de aquel joven talentoso que ese hombre afirmaba poseer.

A lo largo de la noche, Frye insistió en bailar con Stella una y otra vez; sus impávidas miradas disuadieron a cualquier otro hombre que tuviera la intención de acercársele. Después de todo, con la abundancia que había en el salón, no había razón para competir.

—Te veré pronto —le avisó durante su último baile.

—Sí, señor —respondió ella. Habló con una voz tan baja que sus palabras casi desaparecieron en el barullo del salón, frente a la banda que tocaba.

Desde el escenario, mientras tocaba con el resto de los músicos la última canción de la noche, cansado por el espectáculo, el joven flautista miró la mano de su amo alrededor de la cintura de la chica. Ella, a su vez, dirigía la vista hacia él, con una mirada llena de deseo y unos ojos llenos de lágrimas que no caían.

—¿Has visto la belleza con la que me he hecho? —le preguntó Frye a Willie esa misma noche mientras el joven subía a lo alto del carruaje para sentarse junto al lacayo, el estuche de la flauta golpeando sus rodillas—. Me has traído suerte hoy, muchacho: creo que le han gustado esas bonitas canciones tuyas. Muy bien hecho.

Willie no respondió, pero el latigazo del conductor, que sonó fuertísimo contra el lomo del caballo, expresó todo lo que él hubiera querido decir.

En los días que siguieron, Frye organizó la logística necesaria para acomodar en una nueva vivienda a la joven Stella, la mujer que pronto sería suya. Su madre, a través de un intermediario más letrado, había enviado una lista de requerimientos para su hija. Fiel a su promesa de años atrás, Percy le informó a Frye de que no le concedería a Stella hasta que Janie aprobara el trato.

Cuatro rollos de tela para confección, diez carretes de hilo de colores, tres enaguas y bombachos de algodón, dos ollas de hierro fundido, una tetera de cobre, un escritorio de madera y un espejo ovalado... Su requerimiento más importante, y el más caro, fue que comprara a una joven llamada Ammanee para servirle a Stella como criada.

En un inicio, el esclavista se resistió a la idea de cuidar y alimentar a otra sirviente. Pero Janie insistió y Frye finalmente aceptó, aunque a regañadientes.

Acomodar a Stella tan cerca de su madre no era lo ideal, pero solo había unas cuantas calles en la ciudad en las que Frye podría evitarse juicios y chismes. Tras una búsqueda exhaustiva, encontró una cabaña vacía por Burgundy Street, con tres cuartos mal iluminados, uno de los cuales era lo bastante grande como para poner una cama doble. La dueña, una viuda de actitud relajada y encanto adulador, evitó cualquier mención de la inquilina pasada, una mujer de piel canela llamada Léotine, quien tres semanas antes, justo antes de cumplir cuarenta y cinco años, se había tomado una potente infusión de semillas de ginkgo y se había ido a dormir por última vez.

Le prometió a Frye que si firmaba el contrato de arrendamiento esa misma tarde le haría «una oferta insuperable a un precio competitivo». «Además —añadió—, puedes quedarte con todos los muebles. Son prácticamente nuevos.» Como la mayoría de los tratos en Nueva Orleans, al final todo dependía de las cifras.

Fuera de la cabaña, crecían tres girasoles altos junto a las escaleras del porche. Sus pétalos amarillos llenaban la entrada de la puerta desgastada.

—He tenido que buscar un poco para encontrarte el lugar perfecto —le dijo Frye a Stella con orgullo mientras le abría la puerta de su nueva casa.

La chica observó el salón con cuidado, localizando con rapidez los muebles que su madre había solicitado. Era una sorpresa lo nuevo que parecía el lugar en comparación con los muebles que Percy le había dado a su madre hacía años. Las patas de las mesas no tenían fisuras y la olla de cobre sobre la pequeña estufa había sido pulida hasta dejarla brillante.

—Todo está listo, como prometí —anunció Frye. Sentía un regocijo inmenso consigo mismo.

Stella se agitó. Faltaba la petición más importante, la más crucial.

—¿Cuándo llegará Ammanee? —se forzó a preguntar.

—Mañana —respondió Frye con calma—. Esta noche estarás sola. A excepción de las pocas horas en las que contarás con el privilegio de mi compañía.

En el espejo de roble tallado, Stella notó sus reflejos atrapados en el vidrio.

—Ven —le dijo él, extendiendo su mano. La llevó

hasta la última habitación con pasos tan constantes que parecían seguir con precisión un metrónomo—. Tienes que ver esto... Jamás había oído hablar de una chica que quisiera tanto hilo. —Señaló una cesta de caña colgada a un lado de la cama. Dentro había más colores de los que había pedido. Carretes de azul, verde y morado. Bermellón, incluso dorado—. Me he sentido bastante generoso —alardeó—. Además, alguien nos ha traído un pequeño obsequio de bienvenida.

Frye señaló el colchón sobre el somier metálico. Encima de la sábana de lino y algodón, yacía una colcha hecha de docenas de cuadrados coloridos. Stella ya la había visto antes, e intentó contener las lágrimas, fascinada por lo que veía.

Cuadrado por cuadrado, admiró el regaló que Janie y Ammanee habían cosido en secreto, lejos de su mirada curiosa. Stella se dio cuenta de lo duro que debieron de haber trabajado, esforzándose hasta altas horas de la noche, en las que había estado dormida, mientras ellas bordaban sin que lo sospechara, dándose prisa por terminarla antes de su mudanza. A primera vista, Stella notó lo más obvio: la tela de algodón roja del vestido favorito de su madre, el que usaba cuando Percy la visitaba, y el verde pino del delantal de Ammanee. Pero, al inspeccionar la colcha de cerca, reconoció que cada una de las amigas y vecinas de Janie en Rampart Street había contribuido con algo de su ropa. Cosido en el edredón, había un pedazo de tela rosa de la falda de verano de la señora Delphine, el azul ocaso de la bata preferida de la señora Hyacinth y el amarillo narciso del vestido que Emilienne llevaba todos los domingos a misa. Querían proteger a Stella de la única forma que conocían: ofreciéndole un poco de su corazón y de su historia para arroparla por las noches.

—¿Te gusta? —preguntó Frye.

El estómago de Stella comenzó a anudarse con cada paso que él daba hacia ella. Se dio cuenta de que no hablaba de la colcha, sino de aquella casa nueva que le había costado recursos, tiempo y energía.

—Sé que el exterior necesita una capa de pintura. Te dejaré unas monedas para que compres el color que más te guste. Tal vez un azul brillante como el de la casa de tu madre. —Sonrió para sí mismo con indulgencia.

—Gracias —logró contestar Stella, pensando todavía en el edredón.

—Pero, aparte de eso, es un lugar bastante bonito, ¿no crees?

Comenzó a desabotonarse la camisa; luego se desabrochó el cinturón.

Stella permaneció a solo unos centímetros de él, su respiración agitándose en el pecho.

Frye cerró la puerta, esta hizo un suave clic, y la oscuridad la engulló por completo.

7

Campamento Parapet
Jefferson, Luisiana

La tienda de campaña era un agujero oscuro, solitario y sin otra iluminación que el pequeño quinqué que Jacob tenía para leer. El refugio escabroso era poco más que un lugar en el que protegerse de la lluvia y descansar. El sol se estaba poniendo y pronto estaría demasiado oscuro como para escribir una carta en respuesta a la última de Lily.

Tenía una mochila con comida y víveres junto a la improvisada cama, a un lado del estuche de su corneta. Ya que no había podido cenar junto al resto de su infantería, Jacob cogió una lata de guiso de ternera y se dirigió a la fogata.

De cuclillas frente a las brasas ardientes, se encontró con un soldado de pelo rubio y perilla descuidada que limpiaba su plato con un pedazo de pan duro.

—Tuve que quitarle el moho y los gusanos —le dijo el joven entre bocado y bocado—. Esos bichos están en todas partes.

Jacob miró al soldado, cuyos ojos azules parecían tan agotados y diluidos como el agua de un fregadero, y empatizó con él. El hombre estaba cansado, impaciente.

Igual que muchos de los hombres blancos del campamento Parapet, aún no había logrado materializar sus esperanzas de pelear contra los rebeldes. Los hombres negros, tanto los esclavos fugitivos como los libres, que habían llegado para unirse al nuevo regimiento de color, seguían cautivados por la emoción de la guerra. Pero para los demás la anticipación se había vuelto aburrimiento, hambre y enfermedad.

—Justo saqué cuatro de mi plato de sémola esta mañana —refunfuñó Jacob—. Intento pensar que es nutritivo.

Forzó una sonrisa y se llevó otra cucharada de guiso a la boca. Durante los meses de su alistamiento, se había acostumbrado a comer solo para subsistir, no por gusto ni placer. El paquete más reciente de Lily había llegado apenas un día antes, y el contenido parecía enviado del cielo: café, terrones de azúcar, tiras de carne seca y un cálido cobertor que había bordado con estrellas azules y blancas. Se levantó y caminó hacia su tienda de campaña para buscar la comodidad de la manta.

A pesar de que la frazada lo mantendría protegido del impredecible viento, su valor era mucho mayor que el de solo una tela para calentarse. Nada más echarle un vistazo, Jacob supo las horas que su esposa había pasado cosiendo los retazos para crear su complejo diseño. Sentía dentro de él un profundo deseo de estar con ella. Todas las noches pensaba en las cosas que extrañaba de Lily. La sensación de sus dedos acariciando su mejilla. El brillo en su mirada cuando regresaba a casa de una de sus juntas abolicionistas. Miró la manta doblada y le pesó su deseo por regresar a su vida.

No quería escuchar las quejas sobre el hambre y cansancio del resto de los hombres. Aunque ansiaba volver a oír la música de su esposa llenando el aire de su apartamento en Manhattan, deseaba algo más puro, algo que solo le perteneciera a ella: su risa.

Se llevó la manta a la cara buscando un rastro de su perfume, pero, en lugar de flores y neroli, Jacob descubrió que Lily había escondido una sorpresa más tangible entre los dobleces. En el centro de la manta, había guardado con dulzura varias partituras nuevas, salidas directamente del almacén de su padre. Cayeron al suelo de tierra de su tienda, como hojas flotando.

Después de cenar, tocó algunas de las nuevas canciones que Lily le había enviado para levantar la moral de sus compañeros —*Home Sweet Home* y *Yankee Doodle*—; la fogata se llenó de hombres de su regimiento. Jacob apenas los veía durante el día, ya que casi todo su tiempo lo pasaba con el médico general en el área para reclutas negros del campamento Parapet.

Mientras algunos de los hombres le daban tragos al whiskey de contrabando, Jacob tomó prestado el banyo de uno de los capitanes para cantar una de las favoritas del público. Dejó que sus dedos bailaran sobre los acordes y comenzó a cantar: «Estoy enamorado de una chica con corazón de fuego, a quien adoro...». Los hombres, con sus abrigos azules de la Unión desabotonados y las camisas desfajadas, empezaron a cantar con él y sus voces se elevaron por encima de las llamas de la hoguera: «Con cabello arrebol y sonrisa brillante y blanca. Baja su abanico solo para mí...». Todos se habían aprendido ya la letra.

Chica de fuego era una canción de amor que le había escrito a Lily cuando comenzaron a salir. El recuerdo aún le dibujaba una sonrisa en los labios. Sentado frente al escritorio de su pequeño apartamento sobre la calle 83, había arrojado partitura tras partitura a la papelera hasta estar seguro de que la letra finalmente le hacía justicia. Todo el tiempo y el esfuerzo que había puesto en ella habían valido la pena. Cuando al fin le recitó la canción, Lily puso sus brazos delgados alrededor de su cuello y le dio —más tarde lo llamaría así en sus cartas— su «primer beso profundo y salvaje». Jacob les cantaba a los soldados *Chica de fuego* al menos una vez por semana, deseando que su letra lo acercara a Lily. Siempre la cantaba a capela, o con una guitarra o banyo prestados, nunca con la corneta.

Con la mano golpeteando el costado del banyo, Jacob inclinó su cabeza hacia atrás y cantó el último verso: «Una mujer que arde como una vela, que desea que todo lo que respira y ama sea libre...». Los hombres aplaudieron y se golpearon las rodillas con sus gorras, bramando las palabras.

Uno de los soldados, que había estado bebiendo aguardiente toda la noche, levantó su taza y vitoreó. Se tambaleó hacia Jacob, acercándose tanto que el joven músico pudo oler el alcohol en su aliento.

—Nada mal para un tacaño. —Se rio y le dio un pequeño empujón. Tras su barba pelirroja se podía ver una mueca. Jacob estaba harto de que aquella palabra se estuviera extendiendo por los campamentos de la Unión. Los soldados culpaban a los comerciantes de textiles judíos por la calidad de sus uniformes y equipo; además, los oficiales hacían poco para frenar los rumores. Jacob se imaginaba el porqué: el único otro culpable posible era el gobierno mismo, lo cual no inspiraría lealtad a los exhaustos soldados—. Yo estaba en el campamento del general Grant cuando dijo que no admitiría a un solo judío en su ejército y los mandó a todos de regreso a casa. Es una pena que el viejo Lincoln lo revirtiera...

Jacob sintió que su piel se helaba. Todavía recordaba al detalle los eventos de diciembre. En ese entonces, aún no confiaba por completo en el ejército, a pesar de que Grant terminó revocando la orden que expulsaba a todos los judíos de su jurisprudencia militar. La versión oficial afirmó que el general sospechaba que estaban usando la guerra para manipular los precios del algodón y del oro en su propio beneficio. Sin embargo, la verdadera razón fue que eran un blanco fácil y universal en medio de una guerra en la que era complicado encontrar algo sobre lo que estar de acuerdo.

Jacob dejó el banyo y se levantó.

—No estoy seguro de qué habla, soldado. Mi lealtad está con el país. Y no soy comerciante, soy músico.

—Riordan, más te vale calmarte —ordenó el soldado rubio a la vez que lo arrastraba hacia la fogata—. Kling hará sonar el toque de diana en unas horas. Si no cierras la boca, sonará su corneta justo en tu oído.

Riordan entrecerró los ojos y se guardó la gorra en el bolsillo, murmurando palabras ininteligibles mientras regresaba a su tienda. Los otros, al darse cuenta de que el entretenimiento de la noche había terminado, comenzaron a levantarse y hacer lo mismo.

Exaltado por lo ocurrido, Jacob le devolvió el banyo al capitán que se lo había prestado, un joven de cabello oscuro que venía de Saratoga Springs.

—Gracias —le dijo al dárselo—, me ha sentado bien hacer algo más con mis dedos que pasarme todo el día tocando las válvulas de mi corneta.

—Debería regalárselo, Kling, dado que lo toca mucho mejor que yo —respondió el capitán—. Tiene verdadero talento. Su canción hizo que me olvidara de mis problemas. Me hizo acordarme de mi chica, Lucy.

La expresión de Jacob se suavizó.

—¿Es una chica de fuego?

El capitán se rio.

—Sí, me atrevo a decir que lo es.

Jacob todavía se sentía intranquilo después de que los hombres se hubieran retirado. Aunque sabía que cualquier soldado con un poco de sentido común disfrutaría la oportunidad de descansar, Jacob sospechaba que no conciliaría el sueño con facilidad esa noche.

A la distancia, más allá de las tiendas de lona y los caballos asegurados, Jacob escuchó más música. Viajaba por la maleza del campamento negro, pasando el lindero de su regimiento. Las notas brillaban bajo la luz de la luna, y Jacob salió a buscarlas.

El volumen de la música aumentaba con cada paso en dirección al límite de su campamento. Podía escuchar los agudos de una flauta por encima del crujido de la hoguera, acompañada de voces llenas de emoción cantando al unísono. De pie, cerca de las flamas, con su instrumento en los labios, estaba el extraño hombre que el doctor había examinado más temprano esa tarde.

El campamento de los reclutas negros no se parecía al que Jacob acababa de dejar. Pensaba que las condiciones de su regimiento eran malas, pero la desolación de este lugar era mucho peor. Las tiendas de lona estaban rotas en algunos lugares. Los hombres dormían sobre sus chaquetas, con sus camisetas enrolladas bajo la cabeza; ni siquiera tenían las mantas o almohadas con las que Jacob y sus hombres sí contaban. La mayoría dormía sobre la tierra húmeda, teniendo por techo solo el cielo oscuro y las luminosas estrellas. Pero, a pesar de las condiciones, la música que venía de la hoguera era tan gloriosa para Jacob como cualquier otra.

El recluta nuevo estaba de pie, orgulloso. En lugar de su chaqueta rota, llevaba ahora un abrigo de la Unión, descosido y al cual le faltaban algunos botones. En vez de sus pantalones rotos, traía puestos unos del ejército.

Tocaba una hermosa flauta, cuyo metal pulido brillaba en la noche. Jacob se dio cuenta al instante de que el instrumento era de una calidad superior a la que por lo general tenían los de los músicos militares, y que un hombre negro poseyera algo así le pareció particularmente sorprendente. Pero, más allá de la belleza del instrumento, el verdadero asombro era la habilidad de aquel joven para entonar melodías tan complejas —Jacob reconoció a Mozart y Beethoven— sin la necesidad de mirar una partitura. Durante su vida en Nueva York, donde había asistido a incontables conciertos en los escenarios más prestigiosos de Manhattan, jamás había visto a un músico tocar piezas tan complicadas sin tener la obra enfrente.

Jacob se dio cuenta de que estaba escuchando a un virtuoso de la flauta, digno de tocar en cualquier sala de conciertos neoyorquina. Escuchó cada nota con avidez. Luego, ocurrió algo inesperado. Cerca de la fogata, uno de los hombres se quejó y le gritó al flautista: «¡Tócanos algo de veras, Willie! Algo para recordar a quienes dejamos atrás».

No querían a Mozart ni a Beethoven. Querían algo que elevase sus espíritus abatidos y curara sus cuerpos fatigados.

8

William levantó la flauta, las palabras de su compañero resonando en su cabeza: «Algo para recordar a quienes dejamos atrás».

Había aprendido a tocar con un pífano tallado a mano por uno de los esclavos más viejos de la plantación de Sapelo. El viejo Abraham no tenía que trabajar la tierra ni recibía castigos, pues en una ocasión había salvado al hijo del amo de ahogarse en el estanque que estaba detrás de la casa grande. Después de eso, la esposa del patrón, Eleanor Righter, jamás dejó que nadie lo tocara.

El anciano creía que su suerte no solo tenía que ver con la intervención de Eleanor, sino que también lo protegía su báculo de roble dorado. En la parte superior tenía una cabeza de serpiente. El viejo Abraham hablaba de sus poderes mágicos, del conocimiento que le otorgaba, gracias al cual podía preparar remedios herbolarios para quien cayera enfermo. Pero ni siquiera él había podido curar a la madre de William tras lo que el amo le hizo, así que cuando vio al chico silbar con una hoja de pasto entre los labios mientras ayudaba a su madre a cortar las hojas de índigo, decidió tallar un madero de tulípero para hacerle un pífano al muchacho. Si su báculo lo protegía, quizá aquel instrumento escudaría al niño.

—Hay que cuidr la rais pa' sanr el árbol —le dijo Abraham a William, entregándole la flauta con una palmada en la espalda: cuidar las raíces para sanar el árbol.

El chico se quedó fascinado por el instrumento hecho a mano. Ponía todo su espíritu en cada aliento. Pronto aprendió cómo tocar, experimentando con los varios sonidos que su aliento y sus dedos podían lograr. Tocaba mientras su madre meneaba la cabeza, su cuerpo entero deseoso de cantar junto a su hijo. Para cuando dominó su flauta de madera, era bien sabido en la plantación que William había nacido con un don extraordinario.

Mientras tanto, el joven dueño al que Abraham había salvado en el estanque se volvía cada día una molestia más grande para Eleanor Righter, quien vivía en permanente frustración. Su hijo se había vuelto un diablo irreprimible; tenía incluso el descaro de burlarse del preciado piano de palisandro brasileño de su madre, el único bien que había traído con ella al casarse. Cuando Eleanor escuchó a William tocar el pífano mientras caminaba por el sendero junto a los hogares de los esclavos, insistió en traerlo a la casa grande para darle lecciones de música. Su esposo no estaba seguro al principio, pero accedió de forma eventual. No quedaba claro si su permisividad era resultado de la culpa que sentía por el castigo cruel que le había infligido a la madre de William o si solo quería que su esposa dejara de molestarlo.

En tan solo unos meses, el talento de William había impresionado incluso a su más grande detractor: el maestro de música de Eleanor, Henry Peabody, quien viajaba cada semana desde la isla principal para mantener los talentos musicales de la patrona.

—Nunca he visto algo así —admitió una tarde, ignorando al muchacho y dirigiéndose a Eleanor—. El chico puede tocar lo que sea con tan solo escucharlo... —Peabody sacudió la cabeza—. Pero, claro, se trata de un talento primitivo...

—Bueno, Clinton dice siempre que es mi pequeño mono de circo. —Eleanor sonrió y le dio un sorbo a su té.

—¿Puedo preguntarle si está usted abierta a enseñarle a leer música? —Peabody titubeó con la cuestión, ya que no sabía cómo de permisivos podían ser los Righter.

Eleanor le sirvió más té al maestro. William estaba de pie junto a ellos, con la garganta del todo seca.

—No estoy segura de que a Clinton le guste que el muchacho aprenda a leer algo, incluso si solo son notas de partitura... Además, sería caro.

—Aun así, su habilidad natural podría fortalecerse si aprendiera. Quién sabe de qué más sería capaz si tuviera una cierta educación.

Eleanor consideró sus palabras antes de hablar.

—Quizá puede ser un secreto entre nosotros. A fin de cuentas, a nadie le hace daño...

Con eso, William solidificó su creciente reputación de prodigio. Eleanor lo vestía con un traje de marinerito aterciopelado y lo llevaba a tocar en el salón frente a los invitados.

—Bueno, Clinton, no puedo dejar que mis invitados lo vean en su camisón de muselina —le informó a su esposo—. Es inconcebible pensar que toque frente a ellos vestido con esa bolsa. A la música y a nuestros invitados hay que tratarlos con respeto.

Pero, eventualmente, la obsesión de Eleanor con el muchacho comenzó a enfurecer a su marido.

—Vestir a un esclavo con terciopelo no me parece bien —se quejó Clinton unos días antes de que William cumpliera doce—. Y, de todas formas, ya es demasiado grande para ponerle ese ridículo disfraz... —Sacudió la cabeza antes de tomarse el resto de su vino clarete—. Pronto estarás vistiéndolo con los chalecos de seda de nuestro hijo, y con sus broches —gruñó—. ¿Y qué sigue, Eleanor? ¿Dejar que un negro duerma en la cama de nuestros hijos? Ese chico hace muchos años que debería estar trabajando en el campo con los demás.

Lo que William no sabía, lo que no tenía forma de saber, era que al dueño lo carcomía el parecido que el niño tenía con su madre, un parecido que se acrecentaba día tras día. A pesar de que el chico solo hablaba cuando se le preguntaba algo directamente, el amo escuchaba la voz de su madre en las notas que tocaba. Mientras que para Eleanor era el sonido más dulce del mundo, para su esposo significaba venganza.

Tres meses después, un adinerado hombre de negocios llamado Mason Frye llegó para invertir en la plantación de índigo de los Righter, pero solo accedería si Willie formaba parte del trato. Esto selló el destino del niño. Su madre deshiló en silencio su preciado brazalete de cauri, separó una concha, la metió en una bolsita color índigo, que en algún momento había pertenecido al padre de William, y la guardó en el equipaje del chico. Era la plegaria de una madre que quería mantener a su hijo a salvo; ese fue el último recuerdo que Willie tenía de ella. Durante el tortuoso trayecto de la isla Sapelo a la casa de Frye, en Nueva Orleans, William no se podría haber imaginado que su nuevo dueño, quien acababa de arrebatarlo de los brazos de su madre, se volvería un día un obstáculo entre él y Stella.

Era una de las muchas crueldades que había sufrido.

Cada una parecía ser un sendero que conducía a una vida insoportable. Aprendió a disfrutar las cosas pequeñas cuando podía. Las canciones espirituales, que su madre lo llevaba a escuchar en la casa de alabanza, siempre regresaban a él cuando más las necesitaba, como ahora, mientras intentaba adaptarse a su nueva vida en el ejército.

—La siguiente es de mi infancia, allá en las islas de los gullah. Quizá os la sabéis... —informó a los hombres—. No necesito mi instrumento para esta.

Era la primera vez que mencionaba a Sapelo en mucho tiempo; no sabía qué lo había llevado a hacerlo frente a esos desconocidos. Cerró los ojos y comenzó a cantar: «Oh, día lejano, día que llega / oh ho / oh he / el día lejano ya llega / ven, toma mi alma, ven / la libertad ya llega...». Las palabras que tan bien conocía regresaron a él y llenaron su cuerpo, voz y mente. Su pie comenzó a marcar el ritmo y sus manos empezaron a aplaudir por intuición. Para William, se trataba del ritmo más natural del mundo, uno que salía de la sangre que corría por sus venas, de la leche con que su madre lo había alimentado.

No se encontraba ya en la desolación del campamento. Su mente lo convirtió de nuevo en un niño pequeño acurrucado junto al cuerpo de su madre, bajo el tacto de sus manos. Mientras William cantaba, dejó de ser un músico frente a una audiencia. Les cantaba a los fantasmas de su niñez, al fantasma de su madre.

En cuanto terminó, un recluta negro oyó el crujido de la hojarasca y le advirtió a William de que alguien escuchaba desde la maleza.

—¿Quién va?

Interrumpió su espectáculo y caminó con precaución hacia los arbustos. El regimiento estaba en constante estado de alerta debido al abuso diario que sufrían por parte de los soldados blancos, a los que cada día les disgustaba más la idea de vivir y luchar junto a reclutas de color.

—Lamento no haber anunciado mi presencia. Oí la música y no pude evitar acercarme a escucharla —admitió Jacob con timidez, dando unos pasos hacia la fogata—. Yo toco con el 163.º Regimiento de Infantería de Nueva York y...

Un hombre corpulento se unió a quienes lo miraban escépticos, y luego se acercó hacia Jacob.

—No te conozco... Nos estabas espiando.

A juzgar por el barullo que provenía de la fogata, los otros parecían estar de acuerdo. Gracias a la luz del fuego, podían ver que el hombre no traía puesto el temido uniforme de los zuavos, una unidad de tropas de la Unión cuyas interacciones con los soldados negros, se decía, eran en particular siniestras. Sin embargo, aun así, lo sintieron como una transgresión. A pesar de que expresaban su molestia, fueron cuidadosos en no alzar demasiado la voz, pues el visitante inesperado no era uno de ellos, sino un blanco.

—Yo te conozco —intervino William—. Tú eres el hombre que estaba con el doctor hoy.

—Sí, así es. —Jacob asintió—. Aunque ahora me doy cuenta de que tu talento se desperdiciaría con el pífano.

9

CAMPAMENTO PARAPET
JEFFERSON, LUISIANA

Mientras los hombres dormían en sus tiendas, Jacob salió de la cama y cogió la corneta con la que tendría que despertar al campamento. Solo había dormido unas pocas horas; se había pasado la mayor parte de la noche escuchando y tocando música, intercambiando melodía tras melodía con William. Después de un rato, uno de los hombres había sacado un violín. El instrumento, con poco barniz, rayado y evidentemente usado, había terminado en las manos de Jacob. Hacía muchos años que no tocaba uno, ya que su hermano había sido quien lo eligió para que fuera su instrumento, pero a través de sus ágiles dedos las melodías de su infancia regresaron a él.

El barullo de la noche había desaparecido al poner el cuerpo del violín sobre su hombro y pasar el arco por las cuerdas. Había tocado canciones que su madre les había enseñado a él y a su hermano cuando eran niños. Canciones clásicas y melodías tradicionales bávaras, que tenían sus raíces en Bohemia. Jacob jamás habría tocado esas melodías para su propio batallón, ya que se habrían burlado de ellas, tildándolas de extranjeras y poco familiares.

Pero la novedad en la música emocionaba a William. El joven había tomado su flauta y comenzado a tocar una armonía de acompañamiento. Pronto, los demás soldados negros no solo se habían puesto a aplaudir y cantar, sino que el pequeño niño del tambor que Jacob había visto esa misma tarde se les había unido. Mantenía el ritmo a la perfección; su concentración era especial e intensa: parecía superar su edad.

Aquella mañana, al sacar su corneta para el toque de diana, Jacob se sentía revitalizado. Recordó las palabras de Lily: «Cada hombre, cada mujer y cada niño merecen ser libres», y desbocó su aliento en su instrumento como nunca antes lo había hecho.

Ese mismo día, Jacob se sentó a escribirle una carta a Lily: «Me temo que nos estamos acercando a Vicksburg», anotó. Su batallón llevaba instalado en el campamento Parapet casi un mes y aún no habían participado en ningún derramamiento de sangre. En los seis meses desde su llegada al ejército, se habían producido algunas peleas pequeñas, aunque nada comparado con las sanguinarias batallas de Bull Run y Shiloh. Pero a medida que se movían hacia Misisipi, la ansiedad devoraba a Jacob más y más. La atmósfera del regimiento era tangible: estaban un poco asustados, pero deseosos de luchar contra sus compatriotas traidores.

Desde que su regimiento había llegado a Luisiana, Jacob se había dado cuenta de que, a pesar de que estaba a cientos de kilómetros de su amada, solo se encontraba a un estado de distancia de la casa de su hermano.

La casa de Samuel en Satartia, Misisipi, se encontraba en la orilla de las aguas verde botella del río Miss-Lou. La habían construido esclavos prestados de una de las plantaciones aledañas a cambio de una fracción del inventario de su emporio en ciernes. Con ello, Samuel Kling había erigido una de las residencias más elegantes de la zona. La casa estaba rodeada de árboles frutales y en el aire se percibía un aroma a césped recién cortado, así como a plantas de olivo que bullían de flores blancas y pequeñas. La vivienda estaba pensada para ser impresionante: tenía una fachada perfectamente simétrica, dos pilares gruesos en el frente y cornisas a ambos lados; por dentro, las ventanas estaban cubiertas por cortinas color musgo que colgaban de barras de cobre, y había sillones de dos plazas tapizados de grueso y lujoso terciopelo.

El hermano de Jacob se había vuelto rico en Misisipi. Aquellos que cosechaban las riquezas de la tierra fértil eran los clientes perfectos para el creciente negocio de Samuel. Su empresa había pasado de ser una tienda humilde a convertirse en un almacén con una tienda de ropa, una ferretería, una guarnicionería y hasta una farmacia bien surtida. Mientras que su padre había batallado para mantener precios competitivos en Nueva York, Samuel había dado con una pequeña ciudad al sur, un nicho para él solo del cual beneficiarse. Su negocio tenía como prioridad las necesidades y los deseos de sus clientes. Había tomado la profesión de su padre, vendedor de cuchillos y herramientas, para expandirla. Si alguien necesitaba una silla de montar, podía comprarla en el Emporio Kling. Si una esposa necesitaba tela para un vestido, Kling ofrecía docenas de variedades de entre las cuales elegir. A Samuel no solo se le daba bien recordar con facilidad los nombres de sus clientes, sino también los de sus hijos y nietos.

Con el paso de los años, las visitas de Samuel a Nueva York se volvieron menos frecuentes. Solo regresó a la ciudad para los funerales de su madre y padre, enterrados bajo las raíces de un tilo en el cementerio Beth Olam. La última vez que Jacob había visto a su hermano fue durante la incómoda Pascua en la que había llevado a Lily a Misisipi para conocer a Samuel y su familia, un año antes de que la guerra estallara. En aquella visita, Jacob apenas podía creer que el hombre sentado al otro lado de la mesa fuera el mismo niño con el que había compartido dormitorio. Ahora presumía de un reloj de oro que colgaba de su chaleco de seda: Samuel ya no era aquel joven esbelto y valeroso que había dejado Nueva York para expandir el negocio familiar, sino todo un caballero, seguro de sí mismo y consciente de sus propios logros.

—Hermanito —dijo Samuel, ojeando el plato del Séder que su esposa había preparado. Un enorme cordero asado descansaba sobre una bandeja de plata. La mesa estaba adornada con soperas de porcelana, llenas de patatas horneadas y verduras estofadas brillantes. Una de las hijas de Samuel estaba sentada en silencio, mordisqueando un pedazo de matzá; la otra se divertía sumergiendo perejil en un vaso de agua salada—. Esta noche se trata de las tradiciones que nuestros ancestros han pasado de generación en generación —siguió—. Vivimos en una época tensa, por eso hay que recordar la importancia de los lazos familiares.

Jacob sonrió con tranquilidad y brindó por sus palabras.

—Gracias por recibirnos en tu hermosa casa. La vida ha sido buena contigo.

—Todo es gracias a Eliza —respondió mirando a su esposa—. Ella es quien ha traído la paz a este hogar, tanto para las niñas como para mí. Solo espero que tu señor Lincoln no se entrometa en nuestra economía. Digo, ya siete estados han optado por la secesión y Jefferson Davis sigue firme al mando. El presidente no puede seguir ignorando los intereses de la Confederación. Jamás estarán de acuerdo con sus términos.

Samuel declaró su posición política mientras bebía su clarete de un vaso de cristal tallado. Jacob odiaba la forma en que su hermano se refería a la nación rebelde como «nuestra».

Eliza era menos sutil con respecto a su falta de admiración por Lincoln.

—Samuel aprendió rápido la manera en que se hacen las cosas por aquí... Sabe que nuestro dinero viene del algodón, y este no se recoge solo. Nuestros clientes deben tener esclavos para que podamos sobrevivir. ¿O qué es lo que Lincoln quiere? ¿Que todo el sur muera de hambre?

Jacob todavía podía recordar la expresión de Lily al escuchar las palabras de su nueva familia. Su cara enrojeció. Sus ojos ardieron.

—¿Acaso no hay decencia en el sur? —sostuvo Lily—. No hay ninguna razón por la que un hombre no pueda ser empleado con un salario justo, uno que le permita tener independencia económica y una vida digna. —Miró el libro de oraciones junto al plato de Jacob—. Esta noche celebramos a la familia, pero también honramos al pueblo de Israel, que escapó de la esclavitud en Egipto; sin embargo, no reconoces la ironía en tus palabras, en tu apoyo a la esclavitud del sur, querida hermana.

—Veo que te has casado con una abolicionista, Jacob. —El tono sacarino de Eliza apenas podía esconder su molestia. Lanzó una mirada reprobatoria en su dirección y exhaló con fuerza.

El sufrido silencio que siguió le puso un fin abrupto a la cena y arruinó la esperada reunión de los hermanos casi tan pronto como había comenzado. Se podía sentir el aire de la habitación helándose a pesar del calor de la primavera.

Lo único que Lily había disfrutado de esa visita había sido la experiencia de caminar por el nuevo jardín de Eliza, cuyo sendero estaba tapizado con conchas blancas y rosadas. La mezcla de las flores perfumadas y las valvas blanqueadas por el sol debajo de sus pies se convirtió en el único recuerdo bonito que tenía de la visita a la morada de su cuñado.

Ahora, en su diario, Jacob aún conservaba la última carta que había recibido de su hermano. Samuel la había escrito hacía dos años, justo un mes antes de que el servicio postal cesara la entrega de correspondencia entre el norte y el sur. Conservarla suponía un riesgo, ya que, si los hombres se enteraban de que tenía familia peleando del lado de la Confederación, podría cuestionarse su lealtad. Pero Jacob necesitaba tener cerca las últimas palabras de Samuel. Por un lado, era amor fraternal; por el otro, era un recordatorio del conflicto entre sus posturas. La conservaba doblada en secreto entre las páginas de su diario:

Habrá una guerra terrible. Y espero que entiendas que no me queda otra opción más que apoyar la causa de la Confedera-

ción. No lucho para proteger la esclavitud. Lucho para proteger mi patrimonio, el cual he construido y que ha prosperado gracias a mi trabajo de largos años. Si fallo, mi familia se quedará sin soporte económico. No creo que seamos los únicos dos hermanos del país que se enfrentan a esta terrible realidad, la cual podría vernos combatir uno contra el otro en el campo de batalla. No tengo espacio para pensar en ello, pues la idea me pesa en la consciencia. Espero que sepas que, a pesar de la diferencia entre las vidas que llevamos, sigues en mi corazón, querido hermano.

Su hermano no estaría ahora en la casa de Satartia. Solo Eliza y sus dos hijas. Jacob sentía una preocupación real por ellas, ahora que cientos de hombres, él incluido, marchaban hacia la línea inferior de Baton Rouge, justo en dirección a la propiedad de la familia de Samuel.

10

Le dieron a William una pala casi media hora después de que el niño del tambor y él hubieran hecho sonar el toque de diana. El pequeño no había dicho mucho desde que había comenzado a seguir a Willie.

—Creo que ese crío no está bien de la cabeza —le comentó uno de los soldados a otro recluta—. No ha dicho una sola palabra desde que llegó, pero sí que sabe tocar el tambor.

—No puede ser tan tonto —intervino otro hombre—. Toca demasiado bien y siempre hace lo que le pedimos.

—Incluso si no habla mucho, es muy joven para estar cavando tumbas —se oyó decir a otra voz—. No está bien.

William estiró la mano e interceptó la herramienta que estaban a punto de entregarle al niño.

—Cavaré como dos hombres —se ofreció.

Le susurró instrucciones al oído y luego le dio una palmada, dirigiéndolo hacia el refugio improvisado de ramas y hojas en el que el niño había estado durmiendo.

El capitán, vestido con el azul de la Unión y con una cara pálida como la luna, se encogió de hombros.

—Simplemente cumpla con el trabajo.

Señaló hacia el campo de detrás de la tienda médica. Ocho hombres habían muerto durante la noche. Ninguno por heridas de batalla, sino por enfermedad. La semana pasada seis hombres se habían contagiado de malaria. La semana antes de esa, diez de fiebre biliosa.

William tomó su pala y siguió a los demás hasta un trecho de pasto alto. Lo había arriesgado todo para escapar y luchar. Había dejado atrás su segura habitación en el ático de Frye y abandonado la comodidad de dos comidas al día. Pero lo que lo angustiaba más no era extrañar la comida ni dormir sobre la tierra, sino el haber dejado a Stella a su suerte.

—Caven profundo, muchachos —les recordó el capitán—. No queremos que ningún animal, de cuatro patas o de dos, llegue a los huesos.

Los hombres gruñeron y blandieron el suelo con sus palas. Podían darse con un canto en los dientes de que las semanas lluviosas hubieran cesado por el momento. El lodo había sido una plaga para ambos ejércitos en la pelea por los pantanos de Luisiana, haciendo casi imposible cualquier avance hacia las tropas enemigas.

—Me escapé para matar a racistas blanquitos, no para enterrarlos —se quejó un soldado de hombros anchos.

—Yo me escapé para darle un buen uso a mi odio —intervino otro, gimiendo mientras levantaba la tierra—. Pero esto claramente no es lo que imaginaba...

William se tomó una pausa y observó el agujero que cavaba. Odio. De eso tenía bastante, estaba seguro, pero su odio tenía distintos grados.

¿Era igual el odio que sentía hacia Clinton Righter por lo que le había hecho a su madre que el que le tenía a Mason Frye, quien lo había alejado de ella y traído a Nueva Orleans, además de haberle comprado ropa nueva y una flauta reluciente? No lo era, al menos no al principio. De hecho, no estaba seguro de qué había sentido por Frye cuando se mudó a vivir con él. Sentía demasiada tristeza, extrañaba a su madre horriblemente. Pero el veneno que se esparciría, la furia interna que amenazaba con consumirlo y que le había hecho huir, llegó después del Mercado, una vez que Frye fijó su mirada en Stella. Ese sentimiento se apoderó de él con ferocidad la primera vez que su patrón lo llevó en su carruaje a Burgundy Street, donde tocó la puerta azul con sus girasoles y le pidió a William que entrara con él.

—Te he traído un regalo, Stella —entonó Frye mientras atravesaba el umbral. Se desabrochó los últimos dos botones de su chaleco y se puso cómodo en una de las sillas de segunda mano que había comprado meses atrás para amueblar el lugar.

William estaba de pie en el salón, observando los pequeños cojines bordados. Sin duda, las delicadas florituras eran obra de las manos de una mujer, quizá Stella.

—Mira lo que te he traído —anunció Frye. Le era casi imposible contener el inmenso placer que le daba el hecho de llevarle a Stella su propia serenata privada.

William se quedó paralizado al ver entrar a Stella desde el pequeño jardín de la cocina. De inmediato se sintió hechizado de nuevo por sus calurosos ojos color bourbon y su cuello largo, que brotaba de la parte alta del vestido. Le habían indicado a Willie que se vistiera con su traje de gala: una camisa blanca holgada, un chaleco de seda y pantalones cortos de terciopelo hasta las rodillas. Sentía que la cara le ardía de la vergüenza. Era un músico de juguete al que habían transportado para que Frye pudiera entretener a otro de sus juguetes.

—Recuerdo que dijiste que te gustó cómo tocaba... —Sus dedos gruesos desbarataban los hilos sueltos de sus pantalones—. Así que, Willie, ¡tócanos una canción!

El chico dudó. Por un momento breve, pero lleno de rabia, estudió el cuarto buscando una de las herramientas de la fogata, algún candelabro, algo más pesado que la delgada flauta que sostenía. Ahora, William pensaba a menudo en esa tarde. El recuerdo lo invadía sin invitación desde los confines de su memoria. Esa fue la primera vez que comprendió que había humillaciones tan profundas que podían inspirar a un hombre a matar.

11

NUEVA ORLEANS, LUISIANA
ABRIL DE 1863

Ya había pasado un mes desde que William había escapado, pero no tenían confirmación de que hubiera llegado a salvo al campamento Parapet. Stella había anticipado el horrible vacío, el angustioso silencio. El joven, como la mayoría de los esclavos, no sabía leer ni escribir, e incluso si se encontraba a algún oficial de la Unión que lo ayudara a redactar algo, sería demasiado peligroso para ella recibir cualquier mensaje del frente.

Frye estaba de regreso en la ciudad, controlada ahora por tropas de la Unión, y Stella jamás lo había visto tan exaltado. Siempre había sido relativamente amable y educado; si bien no era fácil de manipular, al menos era sencillo apaciguarlo. Pero ya no. No solo lo atormentaba el peso que suponía una Nueva Orleans bajo la ocupación y el desgaste que eso implicaba para su vida y familia, sino también la traición atroz de Willie, cuyo acto le había encolerizado sobremanera. ¿Cuántas veces había vociferado ya frente a Stella, diciendo que estaba dispuesto a ofrecer una recompensa de varios cientos de dólares por la vida de su tan preciado esclavo? Cada vez que lo repetía, la chica se estremecía, aunque también procuraba ver el lado bueno: significaba que William no había sido capturado.

El amo jamás había adivinado la atención que Stella le ponía a cada una de sus palabras. En el curso del año anterior, mientras yacían en la cama, Frye había revelado, sin el menor cuidado, la ubicación de los pocos bastiones rebeldes que quedaban en las afueras de la ciudad. Hablaba con una libertad sorprendente, calándose la pipa mientras reflexionaba sobre la situación. Dudaba que las capacidades mentales de Stella le permitieran entender, y mucho menos usar, los secretos que revelaba frente a ella. Por ello, sabía que él jamás sospecharía que había estado tomando notas mentales para planear la ruta de escape de William. A sus ojos, el dócil temperamento de la chica era su más grande virtud: la creía tan obediente como una niña pequeña y tan leal como un perro.

Tan poco amenazado se sentía por ella que incluso le enseñó el abecedario y algunos principios básicos de la lectura cuando llegó a la cabaña. El hombre no pudo resistir su asombro cuando sacó un libro de su cartera y colocó la cubierta encuadernada en cuero, con las páginas doradas, entre sus dos delicadas manos.

Pero a pesar de la comodidad y calma que Frye sentía alrededor de ella, Stella no le profesaba ningún tipo de lealtad. ¿Cómo podría? Aquel no era un arreglo nacido del amor o de una decisión personal: estaría siempre bajo su yugo. La expresión más intolerante de su poder sobre ella era que tenía prohibido amar a quien su corazón eligiera.

Stella no dudó ni un segundo cuando se dio cuenta de que la información que Frye le había revelado tan a la ligera tenía el potencial de ayudar a William. Antes de enterarse de la existencia del campamento Parapet, su amado había estado considerando tomar una ruta más larga y peligrosa, en dirección a Port Hudson. Sin saberlo, Frye le había ahorrado docenas de kilómetros a su esclavo, asegurando su escape.

Ella nunca se había cuestionado el riesgo al que se había expuesto para ayudar a William a escapar. Sabía que las consecuencias valían la pena. Lo estaba haciendo por amor.

Así que fue enorme la sorpresa cuando Ammanee regresó a casa la semana siguiente, con los ojos ardientes y un espíritu más feroz del que jamás había visto su hermana en ella.

—La señora Hyacinth necesita tu ayuda, Stella —le rogó mientras entraba en la cabaña y cerraba la puerta.

Janie estaba sentada en uno de los bancos, deshilando un tejido de croché que pronto se convertiría en un par de guantes nuevos.

—Se trata de su hijo, Jonah: el amo se lo va a llevar al frente. Se marchan de la plantación en una semana y ella está segura de que lo van a matar.

La cara de Stella se relajó. Eran noticias terribles, pero nada extrañas. Había escuchado espantosos rumores sobre jóvenes negros del sur cuyos dueños los obligaban a ir al frente para servirles ahí. A veces solo significaba trabajar en la lavandería y cocinar, pero otros habían sido forzados a tomar el lugar de su amo en la batalla.

—Ammanee, eso es terrible, pero ¿qué puedo hacer yo?

—Quiere escapar..., unirse a la Unión, como Willie. Sé que no está tan lejos, pero todavía hay rebeldes y patrullas por la ciudad.

Stella la miró confundida, sin saber aún qué era lo que Ammanee le estaba pidiendo.

—Podrías prestar mucha atención la próxima vez que Frye venga a visitarte, fijarte en si dice algo sobre dónde se esconden sus hombres. Jonah lo va a tener todo en su contra cuando intente escapar. Darle un poco de información sobre la mejor forma de hacerlo es lo menos que puedes hacer por uno de los nuestros.

Stella se miró los pies. Notó un agujero en sus medias: tendría que zurcirlo. Antes podría haberle pedido a Frye un par nuevo para la temporada, pero esos días habían quedado atrás. La ciudad entera tenía hambre y los estantes estaban vacíos en todos lados.

—¿Hyacinth solo quiere saber si escucho algo útil?

Un enorme cansancio se apoderó de ella. Llevaba todo el día sintiendo un vacío en el estómago. Sabía que su preocupación por William era la causa de su falta de apetito.

Ammanee hizo una pausa.

—Le dije que le harías un mapa.

—¿Un mapa? —Los ojos de Stella se abrieron como platos.

—Sí. Que bordarías un pedazo de tela para que la señora Hyacinth no se equivoque con las instrucciones y Jonah no las olvide cuando parta.

Un silencio pesado cayó sobre la habitación. Janie dejó el tejido de croché y Stella palideció ante el temible plan.

—No me parece que sea la mejor idea.

—Tienes la oportunidad de ayudar, Stella. —Ammanee se angustió aún más.

—Yo no lo veo así —respondió. Tragó saliva, desconcertada.

—Incluso podrías husmear en su bolsa cuando se duerma —insistió Ammanee—. Y ya que sabes leer...

Con esto último, Stella se levantó en un solo movimiento de la silla, dejando caer su tejido.

—¡Cállate! —le advirtió a Ammanee.

Incluso cuando estaban solas, las mujeres jamás hablaban sobre el hecho de que Frye le había enseñado a leer. Era un gran peligro para todas ellas. Incluso antes de la guerra, saber leer y escribir era un crimen. Ahora que Frye era capitán en el Ejército de la Confederación, significaba también un castigo inmediato para él como hombre sureño que había quebrantado una regla implícita. Peor aún: las turbas de rebeldes, que cada día eran más violentas y hostiles contra los soldados de la Unión a cargo de la ciudad, podrían matar a Stella por su transgresión.

Ammanee atravesó la habitación y tomó a Stella por la muñeca con fuerza.

—Dices que no puedes ayudar, pero con Willie allí fuera arriesgando su vida cada día... cada noche... ¿cómo puedes decidir no hacerlo?

Tras esas palabras, Ammanee soltó a su hermana, sabiendo a la perfección que había usado el arma más poderosa en su arsenal: el amor que Stella sentía por William.

Stella recibió aquellas palabras como un puñal en el vientre. Siempre había sentido un afecto profundo por la señora Hyacinth. Era solo un par de años mayor que Janie, pero había vivido en Rampart Street desde que la chica tenía memoria. Era alta y voluptuosa, con ojos verde azulados, como el río Nilo. Siempre existió una competencia tácita sobre cuál era la más guapa de las dos, Janie o Hyacinth.

Pero la edad había aliviado la rivalidad entre ambas. Prueba de ello era que Hyacinth había organizado a las mujeres de la calle para tejerle a Stella su edredón de bienvenida cuando se mudó a la cabaña. El gesto todavía le traía a la joven una sensación inigualable de calma, y en las varias noches en las que se había envuelto con la colcha, lograba sentir el abrazo de sus vecinas, quienes también conocían las penas de su sufrimiento.

Esa noche, Ammanee entró en la habitación de Stella y se acostó en la cama con ella.

—Siento haberme enfadado contigo. Sé que no estás bien. Sé que echas de menos a William y que tu estómago está hecho un nudo, pero tenemos que ayudar cuando y a quien podamos. Con todos esos hombres luchando por la libertad, nosotras también tenemos que ser valientes.

—Tú siempre has sido valiente. Tú eres la más fuerte de las dos. —Los ojos de Stella se llenaron de lágrimas.

Ammanee tomó la mano de su hermana y la apretó.

—Todas nacemos en la injusticia. A algunas nos toca algo peor, supongo.

Pero Stella sabía que Ammanee era quien le había dado el valor para amar a William, incluso si tenía que ser en secreto. Ella había sido quien los había ayudado con sus citas clandestinas. Hacía guardia en la puerta cuando ambos se encerraban en el dormitorio. Se aseguraba de que no corrieran chismes sobre el joven que se escabullía por la puerta azul.

Ammanee tenía razón. ¿Cómo podría decidir no ayudar?

12

Stella estaba segura de que Frye se pasaría en cualquier momento por la cabaña. Sabía que no podía alejarse de ella durante demasiado tiempo. Le gustaba recordarle a ella y a Ammanee que era uno de los pocos hombres en la ciudad que no habían abandonado a su «chica elegante», a pesar de todo lo que tenía que poner de su bolsillo para mantener aquella casita. La situación de muchas de las mujeres de Rampart Street había empeorado drásticamente desde que los amos habían partido a la guerra, aunque muchos otros también habían perdido su sueldo gracias a la inflación demoledora que afligía al sur.

Como oficial de intendencia para el Ejército de la Confederación, Frye tenía la responsabilidad de organizar suministros, viviendas y transporte a lo largo de la frontera entre Misisipi y Luisiana. El nuevo empleo requería que viajara mucho y, a pesar de que ya no podía darse el lujo de visitar su almacén en Magazine Street, el cual había sido recientemente requisado por fuerzas de la Unión, todavía podía ir a la ciudad de vez en cuando a ver a Stella. Además, para quienes lo conocían, su relación le daba una coartada creíble que tapaba sus otros quehaceres en la ciudad.

En el patio pequeño detrás de la cabaña crecía una pequeña higuera. En su tiempo libre, Ammanee usaba los frutos para preparar aguardiente de higo. Era potente, pero de buen sabor.

—Ofrécele un trago —le susurró Ammanee a Stella durante la visita de Frye, mientras ayudaba a su hermana en la cocina. Señaló una jarra llena de vino—. Puede ayudar a soltarle la lengua.

—Creo que prefiere algo más caro. No sé si va a querer nuestro aguardiente casero.

—De todas formas, no perdemos nada ofreciéndoselo.

Stella asintió y sirvió un poco del licor en otra jarra con dos vasos a su lado.

—Quizá acepte un trago de tu quitapenas. —Frye se desparramó sobre una silla mientras Stella le ofrecía un vaso—. Si supieras lo que he tenido que atravesar para verte hoy... —musitó antes de dar un gran trago. Su cara cambió de color de inmediato. Ammanee había elaborado el último lote más potente de lo habitual, pero Frye jamás habría admitido que era demasiado para él. Dio un trago más y se terminó el vaso.

Stella tenía un objetivo claro esa tarde. De alguna forma, debía orientar la conversación para preguntarle si se dirigía a la parroquia de San Juan, donde estaba la plantación azucarera de la que escaparía Jonah. Si lograba guiar su mente ahí, quizá podría descubrir sus próximos movimientos y entregas. O, al menos, obtener un poco de información sobre lo que ocurría en esa zona, algo que ayudara a Jonah.

Stella también se sirvió un vaso de aguardiente. Así, Frye pensaría que su repentina curiosidad sobre su trabajo solo era síntoma de una borrachera.

Horas más tarde, cuando Frye se sentó en la cama y

comenzó a ponerse la ropa, Stella ya tenía el mapa en su cabeza. Siempre buscaba una distracción en los momentos en que yacía bocarriba, obligada a entregarse a él. Sentía que era una traición pensar en William. En esta ocasión, el techo color blanco se había vuelto su lienzo, y, puntada por puntada, se había imaginado el camino que bordaría para el único hijo de Hyacinth.

En cuanto Frye se marchó, se acercó a su hermana.

—Dile a Hyacinth que me dé una tela y todo el hilo que tenga. Nunca tenemos suficiente...

Ammanee regresó con un pedazo de algodón blanco y delgado que probablemente había sido ropa interior.

—Solo tenía un poco de hilo verde —le indicó, ofreciéndole a Stella el carrete.

Se llevó los materiales al cuarto, sosteniéndolos en el regazo mientras repasaba en su cabeza la información que Frye le había revelado.

Se sentía plenamente consciente de la responsabilidad que cargaba sobre sus hombros. Esto no era una broma de niños, un mapa para jugar al escondite. Tenía la vida de un hombre en sus manos. Necesitaría crear un código para el mapa y tendría que transmitir un mensaje inequívoco con el color del hilo que usara. Una puntada simple con hilo verde indicaría una ruta segura a través de los sesenta kilómetros entre San Juan, pasando por la parroquia de San Carlos, hasta el campamento de contrabando. Los dibujitos de farolillos en hilo rojo serían los más importantes, pues advertirían de la posibilidad de tropas rebeldes. Los de plumas, en azul, señalarían el río Misisipi, una referencia esencial para el viaje de Jonah.

Stella se esforzó en pensar cómo conseguir el hilo que hacía falta. Lo que Hyacinth había enviado no era suficiente para el mapa y su cesta de costura estaba ahora vacía. Inclinó la cabeza hacia atrás; después, miró alrededor, contemplando todas las fuentes de hilo de color que pudiera encontrar. Sobre sus cajones estaba el bolso bordado que había usado la fatídica noche en la que fue al Mercado. Lo cogió. Era difícil no sentir admiración por el trabajo de costura de su creadora, quien había bordado el ramo de flores coloridas con maestría.

Mientras acariciaba el arcoíris de hileras delicadas, supo que había encontrado la fuente perfecta para sus materiales y sonrió. Sentía algo de satisfacción al saber que la prenda que había usado esa angustiosa noche tendría otro uso. Esos hilos ayudarían a un hombre en su viaje hacia la libertad.

Se pasó la mayor parte de la noche confeccionando el mapa. Con sus dedos hacía bucles y ataba hilos, cosía en el bordado la precisión que el hijo de Hyacinth necesitaría. Le dio el producto terminado a Ammanee a la mañana siguiente.

—No sé si esto ayudará a Jonah, pero he hecho lo que he podido. He usado hilo verde para señalar la ruta que me parece más segura, según lo que me dijo Frye. El hilo rojo indica las zonas que debe evitar.

—Me recuerda a cuando eras pequeñita y te enseñé que los colores tenían significados. —Ammanee sonrió.

—Por eso he usado el verde para señalar el mejor camino. Quería que el mapa estuviera lleno de esperanza.

Stella bajó la mirada. Esas tardes se sentían tan lejanas ahora... Cuando el carruaje de Percy paraba frente a la casa de su infancia, y las manos adolescentes de Ammanee la llevaban al patio para evitar que oyera los gruñidos del hombre al otro lado de la puerta de su madre.

—Déjame enseñarte algo —le había dicho Ammanee mientras tomaba la caja de costura de Janie. Sacó un trozo de hilo rojo con decoraciones exageradas que distrajeron a Stella—. Podemos darle vida nueva a lo que es viejo —anunció, con una sonrisa que llenó su cara color de nuez.

A pesar de que las pequeñas manos de Stella se acostumbraron al ritmo de las puntadas con facilidad y aprendió rápido a reparar un agujero o coser un botón, lo que más le gustaba era ver cómo Ammanee le daba un significado a cada color en la caja de su madre.

—El rojo es el color del amor. —Le enseñó a Stella mientras reparaba un rasgón en uno de los vestidos de su madre—. El verde significa esperanza.

Una tarde, cuando tenía doce años, Stella descubrió que Ammanee había cogido la funda de su almohada y había bordado en ella enredaderas verdes en el borde y una corona dorada. Llevaba años utilizando esa funda para dormir, hasta el punto de que, del uso, el hilo casi se deshacía en sus manos. Pensaba que la esperanza bordada sobre el algodón se almacenaría dentro de ella.

Quizá el nuevo mapa y aquella funda vieja tenían una esencia similar. Stella no tenía ni idea de si lo que había hecho ayudaría a Jonah. El viaje estaba lleno de riesgos y peligros constantes incluso para un hombre capaz de orientarse, pero, fuera como fuera, lo cierto era que sentiría la presencia del amor en el bolsillo de su chaleco, a sabiendas de que su madre había tomado todas las precauciones posibles para mantenerlo a salvo. ¿No era esa también la razón por la que había confeccionado el pañuelo para William, para que su amado sintiera su espíritu guiándolo mientras huía? Stella sabía que era lo único que podía hacer para ahuyentar la sensación de impotencia.

Ammanee tomó el mapa, lo dobló y lo guardó en su cesta.

—¿Seguro que quieres que se lo dé yo a Hyacinth y no tú?

—Todavía no me encuentro muy bien —admitió Stella—. Voy a rayar un poco de jengibre y a prepararme un té para calmar mis nervios.

—Bueno, más vale que me dé prisa en llevarle esto. Todavía tiene que encontrar una forma de dárselo antes de que se vaya, aunque ya ha estado tramando algo mientras tú cosías. Nosotras hemos hecho nuestra parte. Lo que queda está en manos de Dios.

La luz se filtró por las ventanas del salón de la cabaña y Stella se sintió feliz de poder descansar. Desde que William se había ido, ya no sentía la fuerza o el interés para hacer cosas, y el subterfugio de bordar el mapa la había dejado exhausta. Ammanee, por el contrario, parecía más viva que nunca. Su hermana siempre disfrutaba de salir a caminar, de regatear por las pocas provisiones a su alcance en los ultramarinos instalados cerca de la hermosa catedral de San Luis, a pesar de lo mucho que se habían elevado los precios. Una bolsa de harina ahora costaba doscientos dólares, lo que limitaba sus compras a una bolsita de harina de maíz o, en su defecto, una lata pequeña de leche Borden que algún oficial de la Unión habría intercambiado por algo más sustancial.

Desde que las tropas de la Unión del general Banks habían tomado la ciudad, toda belleza y vitalidad parecían veladas por sombras y malestar.

Los últimos meses, cada vez que Stella caminaba por

Rampart hacia St. Claude Avenue, notaba grietas por las que comenzaban a brotar la negligencia y la necesidad. En otros tiempos, cada casa estaba pintada de colores vibrantes y sus inquilinos cuidaban de sus macetas de flores con la mayor atención posible, pero ahora no había dinero para el mantenimiento ni paciencia para tan delicadas plantas. Detrás de las puertas, las mujeres dedicaban cada gramo de energía que tenían a sobrevivir.

13

Para Stella, que Ammanee fuera en su lugar a entregarle el mapa a Hyacinth era un regalo. Durante años, había asumido que su hermana disfrutaba tanto de salir a hacer recados porque era la más sociable de las dos. Pero, hacía poco, Stella había descubierto la verdadera razón por la que salía cada vez que tenía la oportunidad: Ammanee no iba al mercado porque le encantara escoger los ingredientes para la cena, sino porque ahí podía reunirse con su amor. Un hombre llamado Benjamin, con quien había crecido en la plantación de Percy.

Unas semanas antes, cuando Janie y Ammanee pensaban que se había echado una siesta, Stella las oyó hablar en la habitación principal. Fue entonces cuando descubrió no solo que su hermana estaba enamorada de Benjamin, sino que además quería casarse con él.

—Mamá, cumplo veintisiete el próximo mes, me estoy volviendo vieja... —le suplicaba Ammanee.

Janie se llevó las manos al turbante.

—¿Tú te estás volviendo vieja? ¿Y entonces yo qué? —Se rio—. Acabo de hacer otro cataplasma de polvo de nuez y té negro para cubrirme las canas... ¿Por qué te piensas que traigo puesto este pañuelo, cariño? Todas envejecemos.

Ammanee se obligó a sonreír.

—Sí, mamá, pero me gustaría conseguir algo más en esta vida. Las cosas están cambiando. Los hombres están luchando por lo que es correcto...

Janie guardó silencio.

—Solo digo que, la próxima vez que Percy venga a visitarte, le podrías pedir que interviniera para que Benjamin y yo obtengamos el permiso para casarnos. Podría decirle algo a Frye.

—¿Por qué quieres hacer eso justo ahora? —La cara de Janie cambió—. No significaría nada con la ley actual... Y no podríais estar juntos —le recordó a su hija—, a menos que quisieras volver a vivir en la plantación y que Percy te comprase de nuevo.

—Yo también tengo un corazón, mamá. Sabes que Benjamin y yo nos queremos desde que somos pequeños... —Ammanee pareció desmoronarse—, pero hay mucho de él que no sabes. —Su voz subió de tono—. Como que eligió recibir los correazos en mi lugar cuando rompí la porcelana de la señora. Asumió mi culpa. Dijo que la estaba llevando y se había tropezado. Me ayudó muchas veces de esa forma.

El corazón de Stella se rompía al oír a su hermana compartir todo lo que Benjamin había hecho por ella cuando era pequeña.

—Se aseguró de que me dieran pan de ceniza en el desayuno cuando todos los demás estaban haciendo cola. —Respiró hondo y miró a su madre a los ojos—. Él fue quien me cuidó todos esos años en los que tú no estuviste, mamá. Era para mí como un hermano mayor en ese entonces..., pero aun así...

—De todas formas, ¿cuándo lo ves ahora?

—Está trabajando de herrero en la granja; lo sacaron del campo porque es bueno arreglando cosas y el amo confía en él. Viene al pueblo todas las semanas para conseguir suministros. Intentamos vernos cada vez que viene..., aunque sea solo un instante.

—No quiero saberlo. —Janie sacudió la cabeza. Su tono era reprobatorio—. Como el viejo Percy se entere de que habla contigo cuando se supone que debería estar trabajando para él... Vais a traernos problemas a todos. Se desquitará conmigo y el Señor sabe que ya de por sí tengo miedo de que me eche de la casa. Quizá no nos ponga comida en la mesa, pero de él depende el techo sobre mi cabeza.

—Pero, mamá...

—Nada de peros. Sabes muy bien que pedirle algo así es una tontería. Es mejor guardar los favores para cosas importantes. Casarse no significa nada para una esclava. La ley le da a Percy todo el poder. Puede vender a Benjamin cuando quiera... Mañana si se le antoja. Si te compra, luego te puede vender a su amigo en Tennessee, o hasta en Misisipi. —Se tocó la frente con la mano—. Lo que tú quieras, Ammanee, no importa. Te conviene saltar la escoba y dar gracias por haber conocido a alguien que te ha hecho sentirte viva aunque sea por un minuto o dos... —Janie suspiró—. ¿Cuántas veces te lo tengo que decir? No somos dueñas de nuestras vidas, ninguna de nosotras es libre. Sigues siendo una esclava, ¿o tú te crees que Stella y yo somos libres si nos tenemos que acostar con estos apestosos cada vez que les da la gana?

A Stella le dolió oír la conversación, pues sabía que cada palabra de su madre era verdad. Aun así, se le rompía el corazón por su hermana. Saltar la escoba era la única ceremonia que los esclavos podían hacer para demostrar un compromiso, pero no significaba nada a ojos de hombres como Percy o Frye.

—Supongo que solo esperaba que fuera amable conmigo si tú se lo pedías, mamá.

—Déjame decirte algo sobre tu padre, niña. —Los ojos de Janie se tornaron suaves. Parecía que estaba a punto de llorar—. Él me pidió que saltáramos la escoba, pero cuando Percy se enteró, montó en cólera. Dos semanas después, como un reloj, vendió a tu padre a un patrón de Mobile, Alabama. Nunca he vuelto a saber nada de él. —Se le rompió la voz—. Solo lo vuelvo a ver cada vez que reconozco su expresión en tu cara o cuando te vuelves a mirarme y me echas una de esas sonrisas. Cada vez que veo tus ojos color de nuez me acuerdo de él. —Janie se cubrió la boca un momento para ahogar sus emociones—. ¿Lo ves? Pedimos demasiado y, por ello, nos destrozaron. —Sus palabras se tornaron frías de nuevo—. Percy me tomó con más dureza después de eso, para enseñarme quién mandaba.

Detrás del umbral, Stella cerró los ojos en una mueca de dolor. Pensó en sí misma, en Ammanee y su madre. Su inocencia —todo su ser— en las manos sin misericordia de un hombre blanco. ¿Era esa la venda sobre los ojos de los jóvenes y apasionados? Una creencia infantil, la de que todo el mundo tenía derecho a la libertad más básica: la posibilidad de crear una vida con la persona amada.

14

Mi querido Jacob:

Espero que mi último paquete te haya encontrado a salvo y que cada noche estés envuelto en una manta de estrellas, que te proteja y abrace como yo deseo hacerlo. Me dio una gran paz tejerte un cobertor que no solo te diera calor, sino que también tuviera todo mi corazón bordado en cada costura. No se me da bien coser, pero las demás mujeres me ayudaron a crear algo que te hiciera sentir orgulloso.

Tener algo que hacer ha sido un bálsamo. Mis manos se sienten vacías si no estoy trabajando. Desearía sentir tus dedos entre los míos. Echo de menos nuestras caminatas por la Quinta Avenida y la forma dulce en que me cantabas valses al oído para que pudiéramos bailar en nuestro salón incluso si no había nadie que cantara.

Me digo a mí misma que no debo ser egoísta al desear tenerte a mi lado. Me recuerdo que, a pesar de que te extraño, estás peleando por el derecho fundamental de cualquier hombre, sin importar su color o credo. A menudo pienso en nuestra visita a casa de Samuel, cuando insistí en que me dijeras lo que de verdad pensabas sobre esta horrible guerra. Jacob, hubiera sido fácil tomarme en tus brazos y decirme lo que quería escuchar, pero no lo hiciste. Guardaste silencio durante dos días, pensando en soledad, hasta que resolviste cuál era tu verdadera postura.

Quiero que sepas que, en tu ausencia, intento hacer lo que me corresponde. La señora Rose ha estado tan ocupada con la columna que escribe para su boletín abolicionista, El Liberador, *que me pidió que usara mis contactos para atraer a más mujeres a nuestros círculos de costura. Estaremos donando las recaudaciones a la Comisión Sanitaria para que tú y los hombres de la Unión tengáis más hospitales. Rezo para que nunca necesites esas vendas o medicinas, pero con cada punzón de mi aguja pienso en ti y en tus compañeros luchando por la libertad.*

Con amor,

Tu esposa Lily

Jacob dobló el sobre que había llegado esa mañana y lo guardó junto al resto. Las cartas de su esposa eran frecuentes y siempre estaban llenas de noticias sobre su vida en Nueva York. Sus páginas contenían una energía única y contagiosa. Antes de Lily, jamás había conocido a alguien con tanta intención de abolir las injusticias del mundo, en particular la esclavitud. Después de la inquietante e incómoda visita a Samuel, Lily le había exigido tomar una postura. Para ella, la indiferencia era tan cruel como apoyar el sistema esclavista.

—¿Quién eres? —Insistió en que le diera una respuesta durante su viaje en tren de regreso al norte—. ¿Eres el hombre que no dice nada o el hombre que respalda sus creencias con acciones?

Las ruedas de la locomotora los mecían de lado a lado. Los ojos de Lily lo miraban por debajo del ala de su sombrero, como si pudieran ver a través de él.

—Me cortejaste con tanta pasión..., eras persistente, jamás te rendiste ni por un segundo. —Apretó sus manos, cubiertas por guantes, en su regazo—. Pero en casa de tu hermano has dejado que fuera yo quien protestara en la mesa. Ni siquiera me has apoyado.

—Lo siento —se disculpó—. Hacía dos años que no veía a Samuel y no quería arruinar una visita tan corta.

—Dicen que hay una guerra gestándose entre el norte y el sur. —Lily suspiró, evidenciando su molestia—. En algún momento, vas a tener que demostrar de qué lado estás.

El resto del viaje transcurrió en silencio. Jacob repasó las firmes palabras de su esposa en su cabeza. Tenía razón. Lo opuesto a la indiferencia era la convicción. Si no tenía convicción, entonces era un hombre débil, y odiaba pensar que Lily lo considerara un cobarde. La había cortejado con mucha seguridad, a pesar de que el estatus social y económico de los Kahn estaba bastante por encima del suyo. Había luchado por demostrarle a su suegro que era un buen vendedor, no solo un músico aficionado, que tenía una ética profesional aguerrida y que deseaba el éxito. Tanto él como Lily habían dejado a un lado las tradiciones de sus padres, importadas del viejo mundo, que forjaban relaciones maritales a partir de lazos familiares y económicos, con rabinos y casamenteros de por medio. Por el contrario, ellos veían su unión como una extensión de la era moderna, del sueño americano, en el que el matrimonio era una decisión nacida del amor.

En el carruaje, de camino al apartamento, le dio su respuesta.

—Escribí *Chica de fuego* porque cerré mis ojos y pensé en ti, pero también creo en la verdad que defiende la letra. Sin su libertad, un hombre no tiene nada... Ni siquiera te tendría a ti. —Tomó su mano—. Es solo que expreso mejor mis emociones a través de la música, cariño.

Ella saltó hacia él con un abrazo, el chal de brocado precipitándose de sus hombros. Jacob aún recordaba la mirada de Lily cuando se separaron sus labios y comenzó a tararear la canción. Estaba tan viva, tan llena de propósito..., y su amor por ella era más profundo precisamente debido a ello. Entre mil linternas de luz tenue, él había elegido la vela más brillante como esposa.

Ahora, mientras caminaba en dirección a la tienda de William, pensó por un momento que su imaginación podía estar traicionándolo. A la distancia, la letra de la canción de Lily flotaba en el aire, pero el ritmo se había ajustado ligeramente, el tono se había vuelto más profundo y el tenor más conmovedor.

Por primera vez en los seis meses que llevaba alistado, percibió una sensación de camaradería. A pesar de que no los conocía, sentía que se había creado un lazo inesperado entre él y los nuevos reclutas, que se habían dado a la tarea de reinventar su canción. Esa era la emoción de componer: que las melodías de uno nacieran de nuevo en la voz y el espíritu de los demás. En la infantería, los hombres siempre habían mantenido una distancia con él. La mayoría eran amables y cordiales, pero, aun así, no lograba sacudirse de encima la sensación de ser un extraño. Muchos en su batallón jamás habían conocido a un judío. A pesar de que nunca había revelado su historia por completo, se sentía vulnerable, como un extranjero, un rasgo que lo había acompañado desde su primer aliento.

Era extraordinario y maravilloso escuchar la forma en que el nuevo grupo de soldados reinventaba sus versos.

—¿Soldado Kling? Siempre nos observa tan sigilosamente... —masculló William, un poco asombrado—. Señor —añadió en silencio.

Jacob sonrió.

—Me llegó un mensaje. El coronel Abbot y algunos otros oficiales de alto rango visitarán el campamento esta noche. Le comenté que teníamos un prodigio musical entre las filas y lo convencí de que tenía que escucharte tocar con nosotros.

—¿Así que quieren una canción del maestro negro?

William se apoyó sobre su pala. Había oído la misma petición tantas veces en su vida que le sorprendió descubrir que, tras cavar zanjas toda la mañana, la invitación lo cansaba más que la labor física.

—No es una orden —aclaró Jacob—. Al menos no todavía. No pensé que te molestaría tocar un poco, por eso lo sugerí. Pero mencionaste al registrarte que eres músico, lo que conlleva cierta responsabilidad, además de hacer sonar el toque de diana y el llamado a la batalla.

—No he dicho que no lo vaya a hacer. —William sabía que ser músico entre las filas era un privilegio. Quería luchar por su libertad, pero también quería regresar con Stella—. ¿Quieren música clásica? —Recordó las veces que tuvo que tocar Bach y Beethoven para los invitados de Frye sin aviso previo. Odiaba pensar que había viajado y arriesgado tanto para ser, de nuevo, una mascota que hace trucos de feria para los oficiales.

Jacob hizo una pausa.

—Probablemente toquemos el repertorio de siempre, algunas baladas, quizá algunos valses. Tenemos cinco músicos en nuestro campamento. —Comenzó a pensar en voz alta—: Yo en la corneta, un par de trompetistas, un flautista que no es tan bueno como tú y un bajista bastante bueno.

—Llevaré a alguien conmigo —agregó William, alzando la voz por encima de los gruñidos de los hombres que cavaban a su lado—. Un tamborilero de nombre Teddy —asintió sonriente al decir su nombre—. Él viene también.

15

Cuando Ammanee regresó, Stella buscó en su expresión alguna señal de felicidad por haber visto a Benjamin, pero no encontró ninguna.

—Me pidió que te diera las gracias, que te dijera lo agradecida que está —le reportó Ammanee—. Dijo que Jonah saldrá mañana por la noche. Solo queda rezar por él.

—Claro que lo haremos —le aseguró Stella. Benjamin, William, Jonah..., la lista de nombres a incluir en las plegarias crecía cada día. Más y más jóvenes negros necesitaban toda la protección que pudieran obtener—. Solo espero que el mapa lo ayude. —Se levantó del sofá, donde había estado durmiendo la mayor parte del día.

Ammanee asintió, pero Stella se percató de que el desorden reinante en la casa distraía a su hermana. Le echó una mirada al pequeño salón de la cabaña, hecho un desastre. Stella había dejado su taza de té vacía sobre la mesa y la olla con la sémola de maíz que Ammanee había preparado para el almuerzo seguía en la estufa, aunque ahora la mezcla se había endurecido, lo que dificultaría elaborar las tartas de ceniza que se suponía que cenarían.

—A este lugar le hace falta que se barra bien —replicó Ammanee, caminando hacia la puerta trasera, donde estaba la escoba—. No queremos ratas, aunque he oído que algunas personas tienen tanta hambre que están cocinándolas. Y no quiero discutir, pero en esa olla el maíz está seco, se ha arruinado. ¿Qué vamos a cenar?

Stella se alisó la falda y se puso la mano sobre el estómago. No quería que Ammanee se enfadara con ella, o peor, que pensara que le tocaba ser su sirvienta.

—Perdóname, hermana. No me he sentido muy bien. Creo que bordar ese mapa me ha revuelto bastante el estómago. Me ha hecho pensar demasiado en lo que ha podido pasarle a Willie... —Stella se masajeó el abdomen por encima de la pretina—. Siento mariposas de tanto preocuparme. Déjame ayudarte con la olla, debí haberla guardado hace horas.

—Sabes que no puedes fregar ollas o sartenes. Te arruinarías esas manitas tan bonitas que tienes, y, entonces, Frye pensaría que no cumplo con mi trabajo.

—Sé que te he complicado las cosas estas últimas semanas. —Stella bajó la mirada—. Lo siento.

Ammanee la miró mientras restregaba la olla. Por primera vez, notó algo extraño en la tez de su hermana. Su piel, que usualmente tenía un color suave, como de sándalo, ahora se veía amarillenta, casi verde.

—No solo estás preocupada, Stella. Estás enferma, ¿verdad?

—No, solo me siento un poco cansada. —Stella intentó enderezarse.

Ammanee se sacudió las manos mojadas, se las secó con un trapo y tocó la frente de su hermana con su palma.

—No tienes fiebre..., pero igualmente no te veo muy bien.

—No es nada. Me he sentido mejor cuando me he tomado el té de jengibre.

—¿Cuánto te has estado tomando?

—Me he estado preparando un poco cada dos horas, más o menos. ¿Por?

Ammanee palideció.

—Hermana —bajó su voz—, no estarás embarazada, ¿verdad?

Un instinto casi primordial inundó a Ammanee, justo como el de su madre cuando se enteró de que estaba embarazada.

—Ven, siéntate, no te me vayas a desmayar.

Stella se acomodó en el banco de la cocina.

—¿Has tenido el periodo este mes? —preguntó Ammanee.

Negó con la cabeza.

—Con el agobio de la partida de Willie y los nervios de sacarle información a Frye, no he estado llevando la cuenta.

—¿Hace cuánto no te baja?

Los hombros de Stella se encogieron.

—Solo un mes, creo...

—Pero estás cansada. Tienes náuseas.

Ambas mujeres sabían que esto solo podía significar lo obvio.

—¿Sabes quién es el padre? ¿Es de William o de Frye?

Una punzada de asco atravesó a Stella. Ambas opciones cargaban su propio agobio. Por un lado, si era el bebé del hombre al que amaba, Frye descubriría que ella lo había engañado y, en el mejor de los casos, la vendería junto con Ammanee. Pero hasta ella sabía que, si el bebé era más oscuro que un café con leche, sería difícil escapar de las consecuencias. Por otro lado, si su hijo nacía cuarterón, lo perdería eventualmente, una idea que la asustaba. La única forma que ese niño tendría para crecer y escalar en este mundo sería alejándose todo lo posible de su madre mulata.

Se suponía que enterarse de la creciente vida dentro de su vientre debía ser una noticia festiva, pero, con su mente saltando entre las posibilidades, se dio cuenta de que ambas opciones resultaban dolorosas.

—No sabemos todavía si es algo de lo que debemos preocuparnos —le aseguró Ammanee.

—Si hay una pequeña semilla dentro de mí, quiero que sea de Willie —afirmó Stella con voz quebradiza. Siempre había sido consciente del poco control que tenía en sus encuentros con Frye, pero había logrado controlar su angustia hasta este momento.

—Necesitamos un plan, con independencia de lo que pase al final —le dijo Ammanee, con toda la calma que pudo reunir—. ¿No es eso lo que Janie siempre nos ha enseñado? Solo los tontos no se preparan para la tormenta.

Stella asintió.

—No voy a deshacerme de él, si eso es lo que me vas a decir. Si es de Willie, podría ser el único lazo que me atase a él. —Se puso ambas manos sobre el vientre—. Su amor creciendo dentro de mí.

—No iba a decir eso. —La verdad era que Ammanee no sabía qué sugerir, pero tenía clara una cosa: su propia vida fue una vez como la de ese bebé. Janie pudo haberse deshecho de ella con un té de cimicífuga negra. Su madre no sabía si el bebé era de Percy o de su amante negro. Pero, claro, había sido distinto entonces, ya que Janie aún estaba en las cabañas de los esclavos y, para la mayoría de los patrones, otro niño era una ganancia inesperada, sin importar quién fuera el padre. Aunque Janie habría elegido soportar cualquier penuria que el futuro le trajera en lugar de terminar algo que podría unirla para siempre al hombre que amaba—. Tenemos que pensar en cómo esconderle esto al amo Frye por ahora. Solo llevas un mes de retraso. Con lo delgada que eres, todavía te quedan unos meses más antes de que se te note.

Stella levantó la mirada y estiró una mano para tomar la de su hermana. La fuerza de sus dedos dijo más que cualquier palabra.

—Y ocho meses hasta que sepamos quién es el padre...

Ammanee se sentía agradecida por contar con algo de tiempo, ya que la toma de la ciudad volvía las visitas de Frye menos frecuentes.

Miró a Stella y la vio asustada y sin certezas. Quiso tomarla en sus brazos y mecerla. Muchas veces había pensado Ammanee en cómo habría sido su nacimiento. Cuando llegó a este mundo con un tono marrón más oscuro, en lugar del lechoso que el amo de su madre esperaba, desapareció cualquier duda sobre quién era el padre. ¿La habría tomado Janie en sus brazos, aliviada de saber que había concebido a una niña a partir del amor? ¿O habría sido su nacimiento algo que la había angustiado? Después de todo, no importaba quién fuera el padre: Percy era el dueño de la única cosa que para Janie personificaba el amor.

16

William sacó su flauta del estuche y la limpió con un paño. Era el único objeto que poseía, además de la ropa con la que había llegado al campamento, que aún lo conectaba con Frye.

Embocó la boquilla y sopló unas cuantas notas. La ligereza de la melodía alivió por un momento el cansancio que llevaba en los huesos.

Se había pasado el día entero cavando zanjas. Sus manos, que usualmente estaban bien cuidadas, tenían ampollas y sangraban; le dolía presionar los agujeros de su instrumento, pero ignoró el dolor y dejó que la música lo envolviera.

A pesar de la rabia que sentía cuando Frye lo obligaba a tocar, Willie entendía que su supervivencia había estado siempre ligada a su talento. Si elegía bien sus canciones para esta noche y las tocaba como él sabía que podía hacerlo, dejaría de ser un hombre negro sin nombre entre un mar de reclutas. Por el contrario, los oficiales lo recordarían. Si acertaba las notas, solicitarían a Willie el Silbador con frecuencia; quizá conseguiría un poco más de comida, o incluso medicinas, si las llegaba a necesitar. Tal vez sobreviviría para encontrar su camino de regreso con Stella.

William aprendió a sobrevivir de su madre, por sus

gestos silenciosos, no sus palabras. Desde que era un niño, todo el mundo le decía que había heredado el talento musical de su madre, Tilly. El instrumento de ella era su voz. Cantaba en los campos de índigo cuando recolectaba las hojas turquesa. Cantaba cuando tejía las cestas que usaban para cosechar. Cuando el capataz pasaba con su vara en alto, cantaba más bajo, para sí misma. Y cuando se unía a los otros esclavos en la misa del domingo, cantaba tan alto como podía.

Tilly era pequeña, pero su voz resultaba más poderosa que la de los esclavos más grandes. Salía de un lugar muy dentro de ella, un pozo sin fondo de tristeza y esperanza en partes iguales. Cantaba para evitar que su cuerpo y mente se rindieran; las canciones espirituales la levantaban cuando ella solo quería dejarse caer, cuando la cesta sobre su cabeza era demasiado pesada, o sus dedos sangraban al arrancar las hojas de sus tallos firmes y verdes.

También amaba la pandereta por el ritmo que producía, por el llamado ancestral que enardecía sus huesos. Era el sonido de una campanilla que la transportaba a un lugar en el que era libre por un momento.

Muchos se enamoraban de ella por su natural musicalidad, pero el padre de William, Isaiah, fue el único que le interesó a Tilly lo suficiente como para hacerla perder el ritmo.

—Tienes una voz hermosa para el canto —le dijo una tarde mientras tomaba la cesta de sus manos. Isaiah trabajaba en los tanques de procesamiento, a la sombra de un techo de paja, donde las hojas se transformaban en el preciado tinte.

Ella sonrió, y sus extraordinarios ojos grises se enternecieron por un momento.

Isaiah vertió la cosecha que ella había recolectado en el barril donde debía dejarse en remojo. Las hojas color verde botella flotaron en la superficie antes de hundirse. Horas más tarde sacaría las hojas y las pondría en otro tanque, en el cual las ablandaría con una pala de madera hasta que el agua pasara de ser verde a azul.

—Te escuché cantar la semana pasada y ya no me puedo sacar tu voz de la cabeza —le susurró.

Ella no le respondió con palabras, pero, mientras Isaiah se retiraba, comenzó a tararear.

La primavera en que William nació, una serie de inundaciones devastaron la isla de Sapelo, arruinando la temporada de floración del arroz y del índigo. El amo Righter se volvió impredecible y sus ataques de ira se volvieron más frecuentes. A medida que su ira se acrecentaba con el capataz y las deudas, las palizas en la plantación se intensificaron. A Isaiah le arrebataron cualquier oportunidad de pasar tiempo con su recién nacido; él era quien más recibía los castigos arbitrarios desatados por la furia. Temiendo por su propio empleo en la plantación, el capataz intentó subyugar a Isaiah, un líder natural, para que los demás esclavos aprendieran de su ejemplo.

Mientras tanto, Tilly cantaba incluso más fuerte. Cantaba cuando la obligaban a rescatar lo que quedaba de la cosecha. Trabajaba desde la mañana hasta que solo la iluminaba la luna llena, con William colgando de su espalda.

—Dicen que van a huir lejos de aquí. Que buscan la libertad —le confió Isaiah una noche mientras yacían sobre su tapete de paja—. Tenemos que escaparnos —le susurró.

Incluso en la seguridad relativa de su propia cabaña escuálida, apenas vocalizó la arriesgada idea de huir al norte. Además, como medida de seguridad adicional, habló en el idioma gullah, creado por los esclavos, una mezcla de africano occidental, inglés y criollo. Sus labios estaban junto a su oído, de forma que, más que escuchar las palabras, Tilly las sintió.

Ella sabía que no había modo de escapar con un bebé, y de ninguna forma dejaría atrás a su hijo. Se llevó a William al pecho.

—He oído que las deudas son tantas que quizá comiencen a vendernos. Sé que a mí me venderán. Te perderé a ti y a Willie para siempre.

La respuesta de Tilly fue un suspiro. Sabía que la situación de Isaiah era mucho peor. Su orgullo natural —el rasgo que ella más amaba de él— lo volvía el blanco de la ira desbocada del amo y del capataz.

—Por lo que entiendo, podemos morir aquí o podemos morir allí fuera. Al menos allí moriremos libres —sugirió Isaiah ante su silencio. Sabía que le costaría mucho convencerla.

Ella no le respondió. Su aliento se detuvo y abrazó al niño aún más fuerte sobre su pecho. Isaiah oyó su respiración y supo que jamás aceptaría irse.

—No llegaríamos lejos con él —musitó Tilly finalmente.

Su dedo jugó con la mano de William y la besó. No era normal ser maternal siendo una esclava. Había oído hablar de mujeres que asfixiaban a sus bebés antes de huir, obligadas a apagar sus vidas en lugar de dejarlas en las manos de un hombre blanco.

—Sé de una mujer en Savannah que nos puede ayudar a llegar al norte.

Tilly negó con la cabeza en silencio. La choza atigrada tenía paredes de barro hechas con esquisto y conchas. La humedad y oscuridad los envolvían. Los minutos pasaron con una lentitud dolorosa. No podía ir con él.

—El domingo al anochecer —le susurró—, cuando estemos todos en la casa de alabanza, cantaré más fuerte de lo que jamás he cantado... Así no te oirán huir.

Isaiah le dio a William un beso de despedida esa mañana y sacó de su bolsillo una bolsa de algodón teñido de índigo. Dentro tenía un brazalete de conchas que había pertenecido a su madre. Lo había traído puesto desde África; era un recordatorio del lugar en el que habían sido libres.

Tilly cantó tan fuerte como sus pulmones se lo permitieron. Sacudió su pandereta con todo el vigor que su cuerpo tenía. Cuando sus lágrimas comenzaron a correr, todos estaban seguros de que se debía a que el espíritu había entrado en ella y el cántico era el sonido de su liberación. Nadie más sabía que Isaiah estaba huyendo. Nadie lo sospechaba, excepto quizá el viejo Abraham, cuya sabiduría sobrenatural lo volvía casi un santo. Caminaba con ayuda de un báculo que había tallado de uno de los robles dorados que crecían fuera de las chozas de los esclavos: esa madera estaba destinada a protegerlo; además, era sabido que tenía visiones en las que predecía el destino de las personas. Miró a Tilly cantar mientras sacudía las caderas, con el cuerpo entero lleno de canción. Para contribuir con su escudo de protección, Abraham golpeó fuertísimo con su báculo los tablones de pino del suelo y se unió a ella en sus entonaciones. Juntos cantaron en la casa de la alabanza: «Señor, hice lo que me pediste que hiciera».

Con el ladrido de los perros, el capataz se estremeció en su hamaca, maldiciendo a los negros y su ruidosa misa de domingo. Se hacía la vista gorda durante sus misas, siempre y cuando todos se reunieran en la mañana de los domingos para escuchar el pasaje de la Biblia que el amo escogía, uno que exaltaba las virtudes de la obediencia y servidumbre. La voz de Tilly resonó en sus oídos y se prometió que le daría con su vara la próxima vez que la viera, por estropear su descanso. Pensó en levantarse y castigarla de inmediato, pero el deseo de dormir lo mantuvo en la hamaca.

El caos estalló en la plantación más tarde, justo después del amanecer, cuando descubrieron que Isaiah había escapado. Enseguida buscaron a quién castigar.

—Esa maldita Tilly y su voz —le insistió el capataz al amo—. Así fue como se escapó.

Bastó con que el dueño asintiera para que el destino de Tilly quedara sellado. La encadenaron de las muñecas y de los tobillos.

Con sus brazos detrás de ella, la ataron a un poste. Un hombre le abrió la boca mientras otro cogía un hierro al rojo vivo de un fuego con carbón ardiente. William lloraba en los brazos de las abuelas. El cielo se oscureció. Los demás esclavos ahogaron su indignación. Más allá de sus gritos sofocados, todo permaneció en silencio mientras le quemaban la lengua a Tilly.

Despojada de su voz, se aferró a lo único que le quedaba: el pequeño William. Había perdido el habla y había perdido el canto, pero, por las noches, cuando su hijo no conseguía dormir, Tilly se obligaba a tararearle unas melodías que, por rotas que estuvieran, lo acompañaban hacia el sueño.

Luego, cuando entendió que las pesadillas no se detendrían y que no podría dejar de pensar en lo que le harían a Isaiah si lo capturaban, hizo lo único que sabía que la sosegaría. Encontró un cubo de pintura blanca que comenzó a mezclar con sedimento de índigo y cal. Se juró que su hijo no crecería con espíritus malos merodeando a su alrededor. Así que mezcló tinte de índigo y pintó de azul opaco el techo de la habitación en donde dormían. Pintó el espacio entre las vigas de turquesa. Al llegar a estas nuevas y extrañas costas, los primeros esclavos africanos creyeron que el tinte atrapaba a los espíritus que buscaban hacerles daño; los engañaban para que pensaran que el pigmento brillante era el cielo o el agua, manteniéndolos alejados. Sin su lengua para poder proteger a William, Tilly tenía que creer que el sufrimiento en la vida de su hijo se mermaría con la protección del color azul.

Conforme William fue creciendo, Tilly se maravillaba más y más al ver cómo el talento de su hijo salía a relucir en una flauta de madera tallada solo para él. Cada noche, mientras observaba a William dormir en la tarima junto a ella, sacaba de la bolsa color índigo una de las conchas de cauri que Isaiah le había dejado, rezando en silencio por que en su hijo hubiera no una, sino dos voces.

17

Cuando veía a Teddy, William no podía evitar ver al niño que él había sido. Le provocaba un deseo de protegerlo, así como los abuelos de la plantación —por ejemplo, el viejo Abraham— lo habían protegido a él.

—Oye, Teddy —le llamó mientras se acercaba a la cama del tamborilero, que era una simple manta doblada sobre hojas húmedas—, tú y yo vamos a tocar esta noche y les vamos a demostrar a esos que somos más que unos simples cavazanjas. Coge tu tambor. —Extendió la mano y ayudó al niño a levantarse.

Mientras se incorporaba, Teddy tomó su tambor, colocando el cuerpo del instrumento a la altura de su cintura y ajustando las correas.

—¿Tienes las baquetas?

Una sonrisa se dibujó en la cara del niño mientras se sacaba dos palos de madera del bolsillo.

—Sí, señor —le dijo, y estiró los hombros.

William pasó su mano libre por encima de la gorra del niño, tirando un poco de ella para asegurarse de que estaba bien puesta. Teddy había echado raíces en el corazón de William y este había decidido protegerlo. Sabía que, sin importar el motivo, el hecho de que no hablara mucho tenía que ver con un dolor terrible. William había crecido con una madre a la que le habían robado la voz, pero entre ellos se había creado un lenguaje que iba más allá de las palabras, y, como él con su instrumento, Tilly se había comunicado a través del ritmo. Cuando quería que William se acercara a ella, golpeaba su rodilla. Si estaba feliz, usaba ambas manos para tamborilear en la superficie más cercana. William haría todo lo posible por darle a Teddy la oportunidad de canalizar sus sentimientos a través de su tambor.

—Ven. —Le hizo un gesto al pequeño músico para que lo acompañara más allá de la colina, hacia el campamento de los oficiales—. Les vamos a enseñar cómo se toca una canción.

William y Teddy caminaron, esforzándose por esquivar el lodo que rodeaba su campamento, en dirección contraria a la tierra pantanosa que circundaba el lago. Mientras avanzaban hacia la fortificación principal, en el campamento de los blancos, el suelo se iba volviendo más firme, incluso crecía pasto en algunos lugares. El sol se había puesto para cuando llegaron a los cuarteles de los oficiales. Los días de lluvia continua habían arruinado muchas partes del campamento, pero los oficiales se habían instalado en el pedazo de tierra más elevado y seco.

William encontró a Jacob armando un pequeño escenario junto a otros cinco músicos blancos.

—¿Para quién tocamos esta noche? —preguntó Willie, mirando alrededor. No podía identificar a ningún miembro de los presentes.

Jacob señaló una tienda de lienzo.

—Dentro hay un montón de oficiales. Llevan ahí todo el día, pero me imagino que saldrán pronto. El cocinero está preparándoles la cena. —Le hizo un gesto hacia unas ollas que colgaban sobre una fogata.

El olor a tocino impregnaba el aire y empeoraba el hambre de William. Apenas había comido en todo el día, solo un pedazo de pan duro y un café rebajado con agua.

—¿Te importa si practico un poco con mi amigo? —preguntó, buscando alguna forma de distraer su apetito.

—Claro que no —respondió Jacob—. ¿Cuántos años tienes? —Se arrodilló junto al niño—. No pareces tener más de diez. Nueve, quizá.

El niño bajó la vista y la clavó en su tambor.

Pero antes de que William pudiera intervenir en su silencio, Teddy levantó las baquetas y comenzó a tocar. Ambos músicos entendieron que aquel era su propio lenguaje rítmico.

Los uniformados salieron de la tienda con hambre en sus miradas y los estómagos vacíos. Tras llenar sus platos de sémola de maíz y un guiso de carne rudimentario, acercaron sus sillas al escenario que Jacob había montado. Se pasaron unos a otros las botellas de whiskey y comenzaron a relajarse bajo las estrellas.

—Bueno, ¡tocad algo! —le gritó un hombre a Jacob.

El músico neoyorquino les indicó a los miembros de la banda que cogieran sus instrumentos para empezar.

Sin demora, el sonido brillante de la corneta y las trompetas iluminó la noche. Un trombonista habilidoso y un clarinetista a los que habían descubierto en la compañía B añadieron otra capa de armonía a la interpretación.

En su último paquete, Lily le había enviado tres canciones nuevas que se acababan de imprimir en el almacén de su padre: *The Young Volunteer*, *Aura Lea* y la sentimental *Weeping, Sad and Lonely*.

Al leerla por primera vez, Jacob se había sentido inmediatamente identificado con la letra de esta última.

Mi más querido amor, ¿recuerdas la última vez
que nos vimos,
cómo me dijiste que me amabas, de rodillas a mis pies?
¡Oh!, tan orgulloso frente a mí estabas en tu traje azul
cuando juraste ante mí y ante el país entero
¡que el nuestro era un amor verdadero!

Sintió que Lily le había enviado un mensaje con su elección de canciones; pensar en eso le daba fuerzas mientras cantaba frente a los oficiales. Tras haber escuchado las mismas canciones una y otra vez, las nuevas melodías eran refrescantes para sus oídos. Incluso Willie, quien estaba sentado bajo un árbol esperando a tocar con Teddy, se quedó impresionado.

Tras tocar durante más de una hora, Jacob, cansado y lleno de sudor, anunció que tenían un invitado especial para concluir el repertorio.

—Creo que quedarán maravillados. Tenemos a un verdadero maestro entre las filas —anunció por encima del barullo—. Cuando lo escuché tocar por primera vez, sentí que estaba de vuelta en las salas de conciertos de Nueva York. Caballeros... —Hizo un gesto en dirección a William y Teddy. El par de músicos negros se acercaron y comenzaron a prepararse para tocar.

Willie movió su mano y Teddy empezó a tocar un ritmo suave y cadente. Al principio sonaba parecido a la lluvia ligera cayendo, pero pronto fue creciendo en volumen y velocidad. Willie se llevó su flauta a los labios y comenzó a tocar una hermosa melodía, tan aguda y brillante como la luz del sol.

Jacob se dio cuenta de inmediato de que la composición no era ni clásica ni moderna, sino algo salido por completo de la imaginación del flautista. La música llenaba el espacio con tanta gracia que las improvisadas notas parecían pertenecer al quinto elemento, por encima de los simples fuego, agua, tierra o aire.

Los oficiales guardaron silencio y quedaron hipnotizados. El ritmo constante de Teddy continuó mientras la flauta de Willie subía y bajaba con arabescos vertiginosos.

—¡Otra! ¡Otra! —clamaron los hombres una vez que la flauta de Willie se separó de sus labios y los brazos de Teddy regresaron a sus costados.

Los dos músicos del campamento negro hicieron lo que les pedían; acabaron tocando varias canciones más.

Luego, cuando los oficiales dieron la noche por terminada, Jacob habló con William, reafirmándose en lo que había sabido todo ese tiempo.

—Van a pedirte que vengas más seguido —le dijo—. Has conseguido alcanzar lo que todos soñamos con lograr. No os veían ni a Teddy ni a ti en el escenario. Solo escuchaban la música.

Jacob únicamente había experimentado un momento así en su vida y era un recuerdo que guardaba con llave en su corazón. Ocurrió en una ocasión en la que tocó para una persona. No se trataba de su amada Lily, sino su madre, en su lecho de muerte.

Sus últimas semanas fueron dolorosas y difíciles. La tos que la había acompañado durante meses empeoró sin previo aviso, dificultándole la respiración. Jacob escribió a Samuel pidiéndole que regresara a casa para verla antes de que fuera demasiado tarde, ya que el doctor le había dicho que era solo cuestión de tiempo que se reuniera con su esposo.

Kati jamás se sintió cómoda en Nueva York, no de la forma en que las demás inmigrantes lo hicieron una vez que los negocios de sus esposos comenzaron a dar frutos. Siempre había preferido la seguridad de su casa, por lo que casi nunca salía. Mientras sus hijos crecían, Kati extrañaba los días en que tocaba música para ellos en el salón, en especial para Samuel, quien era tan bueno con el violín como Jacob con la corneta. Era una mujer callada que se sentía más acompañada por los sonidos de las cuerdas que por los de los metales. El violín, para ella, era una forma de desatar su nostalgia y la añoranza de la tierra que había dejado atrás, sentimientos que no podía expresar con sus limitadas palabras. Nada la hacía tan feliz como coger su instrumento y tocar un dueto con su hijo mayor.

Por eso, en el delirio inducido por la morfina que le habían administrado, le pidió a su hijo que tocara el violín para ella una última vez.

—Samuel, querido, tócame una pieza clásica bávara —le imploró con una voz tan débil que las palabras casi quedaron atrapadas en sus jadeos—. Samuel...

—Madre, soy yo, Jacob —intentó explicarle. Se acercó, se sentó en un costado de la cama y tomó su mano pálida.

—Samuel, una canción más —le suplicó mientras sus ojos miraban a través del semblante de Jacob, viendo solo a su otro hijo, quien en realidad estaba a cientos de kilómetros, en su nueva vida en Misisipi.

Jacob se llevó la palma de su madre a su mejilla, pensando que quizá reconocería su tacto.

—Mi violín está justo ahí, cariño. —Señaló la esquina de la habitación—. Por favor, cógelo y tócame algo...

¿Cómo podía Jacob decirle que no? Se levantó, caminó hacia el violín de su madre y sacó el instrumento color burdeos del estuche. Era una de las pocas pertenencias que Kati había traído consigo de Alemania; Jacob admiró la pátina y la forma elegante.

Sin hacer mucho ruido, lo afinó hasta que sonó perfecto. Colocó el instrumento debajo de su barbilla y comenzó a tocar, a pesar de no haber levantado un violín en más de una década.

La expresión de su madre cambió con la música. Sus ojos se cerraron, sus labios dibujaron una ligera sonrisa y —quizá lo más importante— su respiración se relajó mientras las notas llenaban la habitación.

Tocó la música de su infancia, la que había tocado con Samuel. Valses bávaros y aquella música romaní lenta y sombría sobre la que era fácil improvisar.

Pero había puesto algo más en su modo de tocar, porque era todo lo que podía dar en ese momento. En cada nota, se encontraba la única cosa que un hijo puede darle a su madre de forma verdadera: el corazón.

Al bajar el arco, se acercó a Kati una última vez y puso su mano sobre las de ella.

No repitió el nombre de Samuel ni dijo el suyo. Sus ojos estaban cerrados, sus labios sonreían en paz. Sus últimas palabras fueron un murmullo: «*Ich liebe dich, mein Sohn*».

—Te quiero, hijo mío.

18

Habían pasado varias semanas desde que Stella había considerado la posibilidad de estar embarazada. Pero al no haber tenido el periodo por segundo mes consecutivo, tanto ella como Ammanee supieron que era un hecho.

Los ojos de Stella seguían hinchados por la siesta del mediodía cuando la señora Hyacinth tocó a la puerta y pidió hablar con ella en privado. El tiempo se había vuelto inusualmente caluroso y húmedo para ser comienzos de primavera; a pesar de su intención de ayudar a Ammanee con los quehaceres de la casa, se había quedado dormida de nuevo.

—¿Qué se te ofrece, Hyacinth? —preguntó Stella, levantándose e intentando arreglarse un poco.

—A mí nada —respondió la mujer mientras entraba en la cabaña—. El hermano de Emilienne... —Cruzó el umbral con la cabeza en alto, el sonido de su falda imitando las plumas de un ave al tomar vuelo—. Nos preguntábamos si harías otro bordado como el que hiciste para mi hijo.

Stella se quedó callada mientras admiraba a Hyacinth. La mujer, cuya edad rondaba los cincuenta, era alta, parecía una emperatriz. Tenía la tez canela, ojos color verdeceledón y un cuello largo que le otorgaba un aire que evocaba otro tiempo y otro sitio mejor que Rampart Street a media guerra. Stella ahora entendía por qué las otras mujeres le habían otorgado el apodo de Reina y por qué su propia madre jamás había usado ese mote. Por más hermosa que fuera Janie, no presentaba con el mismo porte regio que Hyacinth.

—El hermano de Emilienne va a fugarse también.

Stella se apretó los dedos de las manos, entrelazando sus dedos frente a ella. Frye la había visitado hacía solo dos días y había estado tan parlanchín como siempre; le había hablado acerca de todas las ubicaciones a las que mandaría los próximos cargamentos. Pero ella no lo había estado escuchando con tanta atención como la vez pasada. Más bien, estaba preocupada de que notara que sus pechos comenzaban a hincharse, o que sus pezones se habían oscurecido. Stella había rezado para que no advirtiera los signos de un embarazo que cualquier otra mujer habría sabido identificar ya a esas alturas.

—No estoy tan segura de la información como la vez pasada. No recuerdo todo lo que dijo Frye la última vez que estuvo aquí —le advirtió—. No quisiera ser responsable si algo le llegara a pasar.

La mirada de Hyacinth era intensa, pero mantenía su voz mesurada y llena de calma.

—Nadie pensaría eso, mi niña. Solo preguntamos porque cualquier cosa que sepas puede favorecer al hermano de Emilienne. Yo tengo que creer que el que le diste a mi Jonah lo ayudó en su recorrido.

Stella bajó la mirada. Al final, todo era una cuestión de fe. Como con Willie. Jamás recibirían ninguna carta o mensaje que les indicara que sus seres amados habían llegado a un lugar seguro.

—Siempre hemos hecho las cosas a nuestra manera... Tú lo sabes bien, Stella. —Hyacinth se le acercó y cogió sus manos. La calidez de sus palmas irradió a la joven—. ¿Por qué crees que pintamos nuestras puertas de azul? ¿Por qué crees que colgamos botellas de los árboles? ¿O ponemos una escoba en la puerta trasera? Tenemos que acorralar a los fantasmas y proteger a quienes amamos. —Hyacinth tomó aliento—. Las hermanas de Rampart creemos que tu hilo y tu aguja pueden proteger a nuestros hijos...

A los oídos de Stella, las palabras le sonaban como una declaración. La consumía el miedo de pensar que sus puntadas podrían conducir a alguien de su comunidad por el camino incorrecto. Pero la petición inicial de Ammanee seguía siendo su verdad. Stella podía ayudar.

—Voy a necesitar algo más de hilo —dijo después de un momento—. Usé el de un bolso viejo la vez pasada, pero ya no queda casi nada.

Hyacinth consideró la solicitud.

—No sé si te servirá, pero tengo un chal que podrías usar. Está bastante suelto... con muchos colores diferentes. Quizá podría serte útil.

Stella tenía uno también, pero solo era color avena. Le había pertenecido a Janie, y ahora ella lo usaba alrededor de sus hombros en los días que hacía más frío.

—Me servirá de maravilla —contestó, imaginando cómo descosería las hebras y ensartaría el alfiler.

—Debemos usar todo lo que tenemos —afirmó Hyacinth—. Ayudar a nuestros chicos a alcanzar su libertad. Quizá entonces, si es la voluntad de Dios, puedan regresar a por nosotras para que consigamos la nuestra.

Punto por punto, Stella sacó las hebras que quedaban en su bolso. Quería asegurarse de haber sacado todo lo que pudiera antes de comenzar a deshebrar el chal de la señora Hyacinth.

En sus manos, el largo chal parecía no pesar nada; el tejido de algodón era ligero, al igual que una telaraña. Comenzó a aflojar la cuadrícula de hilos que formaban el patrón y fue quitándolos uno a uno. Primero el verde, luego el azul y, por último, el rojo. El chal estaba hecho de cientos de fibras, así que Stella no necesitó usar todos los colores. Una vez que terminó, el amarillo, negro y lavanda seguían en su lugar, abundantes. Se alegró de tener algo con lo que poder contar en caso de que se necesitara otro mapa.

No había usado su propio algodón para el lienzo, sino un viejo saco de harina hecho de yute. Su tela áspera contrastaba con la delicadeza del chal, pero era fácil de usar y no costaba nada. Seguramente, Emilienne le habría ofrecido algún material sobre el cual bordar, un trozo de uno de sus abrigos o de alguna otra prenda, pero Stella sabía que el yute marrón era tan útil como cualquier otra tela.

Al terminar su trabajo, dobló el mapa como una servilleta y lo colocó en el bolsillo de su falda.

—Está listo —le informó a Ammanee cuando la vio al día siguiente, barriendo la cocina. No dijo nada del mapa en voz alta, pero su hermana entendió a lo que se refería—. Voy a la cabaña de Emilienne a dárselo, no quiero hacerla esperar.

Ammanee dejó su escoba a un lado. Su pelo estaba envuelto en un pañuelo; sus ojos amplios y marrones miraron a su hermana, evaluando su salud. No quería que saliera si se estaba sintiendo débil de nuevo.

—Estás cansada. Igual es mejor que lo lleve yo.

Stella negó con la cabeza.

—Me sentará bien la caminata. —Se puso una mano sobre la espalda baja.

—Puedo ir contigo...

—No te preocupes, hermana —insistió—. Además, hace días que no veo a mamá. Pasaré a verla después de la entrega.

Stella recibió la calidez del sol de la mañana sobre su rostro como una esponja sedienta. Las lluvias de las últimas semanas habían hecho que los árboles frutales florecieran y los pájaros cantaran. A pesar de las alacenas vacías y la tensión de la ciudad bajo la ocupación, la naturaleza seguía adelante.

La cabaña de Emilienne estaba cerca de la de Janie, al final de Rampart Street, a unos pasos de la iglesia de San Antonio de Padua. Junto a su reja de hierro forjado, un enorme árbol de magnolia presumía de sus enormes flores, que parecían globos. Stella evocó cómo solía recolectar en su cesta los pétalos que caían cuando era niña; sonrió al recordar la forma en que su madre los usaba para elaborar mermeladas o infusiones.

Su hermana siempre había amado esa iglesia, sus tres arcos simétricos y el gigantesco campanario con el reloj en medio. Ammanee se había ofrecido para barrer el coro y traer flores para el altar. A Stella le sorprendía que su hermana estuviera tan dedicada al lugar, ya que su antiguo sacerdote, un francés llamado Turgis, quien en sus primeros días predicaba sobre los males de mantener a hombres y mujeres en la esclavitud, les había dado la espalda con la guerra. Se había pasado los últimos años sirviendo de ministro en el Ejército de la Confederación. Pero, a pesar de todo eso y de su desagrado por los rebeldes, Ammanee seguía yendo cada semana a terminar sus quehaceres.

Stella apenas pudo esconder su desprecio cuando Frye mencionó que algunos oficiales, incluyéndose entre ellos, se reunirían en la iglesia tras su visita a la cabaña.

—Van a comenzar a usar el lugar para sus juntas rebeldes, ¿puedes creerlo? —le dijo a su hermana, consternada por la profanación de un lugar sagrado.

Pero Ammanee no respondió. Solo levantó una ceja, y una sonrisa extraña —casi pícara— se dibujó en sus labios.

Las paredes exteriores de la casa de Emilienne eran de un profundo rojo cornalina. Stella tocó la puerta negra y notó que mucha de la pintura se había desvanecido durante la guerra.

—¿Quién es? —se oyó murmurar por la ventana medio abierta.

—Soy Stella, Emilienne. —Se tocó el bolsillo, dándole algo de su calidez al mapa—. Te he traído algo...

La puerta se abrió y alguien le indicó que pasara. Era Emilienne, baja y voluminosa, con un pecho enorme, completamente opuesta a su amiga Hyacinth. Sus pequeñas manos tomaron las de Stella.

—Gracias por hacer esto, querida.

Stella sacó la yuta doblada de su bolsillo.

—Como le dije a la señora Hyacinth, no estoy segura de que esto ayude a tu hermano, pero he bordado todo lo que sé.

Emilienne cogió la tela. Su palma la cubrió como si fuera un artefacto sagrado.

—Hay que darles algo de información, algo de protección. Es todo lo que podemos hacer, ¿no es así?

Stella asintió. Sentía mariposas en el estómago: las náuseas eran peores durante la mañana. Pero al trabajar en aquel mapa había logrado olvidarse por un momento de sus problemas y preocupaciones constantes. Puntada tras puntada, sentía que estaba canalizando el amor maternal que crecía dentro de ella. Había tanto que no podía controlar..., pero trazar un camino que atravesara la oscuridad, ¿cómo no iba a ser bueno eso?

19

Al principio, Lily había rechazado la propuesta de Ernestine, quien le había sugerido que convenciera a su círculo social de tejer mantas para los hospitales de la Unión o para subastas en eventos de caridad.

—Sé que es un trabajo importante, pero creo que mis habilidades estarían mejor empleadas ayudándote con el boletín *El Liberador* —le dijo—. Soy mucho mejor escritora que costurera, Ernestine.

—Sé que preferirías blandir la pluma a usar la aguja, pero hay más de una forma de pelear en una guerra, Lily —le contestó su amiga—. Piensa en cómo ayudarás a los soldados que luchan por liberar al país de la esclavitud. Es una labor por completo abolicionista, querida.

Lily no estaba convencida del todo, pero se obligó a buscar un significado mayor en el reto.

—Quizá puedo bordar una cita o dos de Frederick Douglass —pensó en voz alta—: «¿Qué significa para el esclavo el 4 de julio?».

—Ese es el espíritu. —La cara de Ernestine resplandecía—. Tu trabajo inspirará a nuestros hombres y les dará aún más valor. Hasta entonces, consigue a tantas mujeres como puedas y poneos a trabajar. ¡Le prometí a la Comisión Sanitaria veinte mantas para Navidad!

—¿Tejerás con nosotras? —le preguntó Lily.

Ernestine levantó sus manos hinchadas.

—Mi artritis no me lo permite, así que pasaré la batuta a las más jóvenes.

Dieciséis mujeres tejían sentadas formando un círculo en el recibidor del apartamento de Lily. Sobre sus regazos había mantas de distintos colores. Junto a ellas había cestas llenas de hilo. La mayoría de sus esposos estaban en la guerra y cada una de ellas quería contribuir con algo a la causa.

—Gracias por organizar esto —dijo Adeline Levi mientras cosía. Era la costurera más rápida y talentosa del grupo: al cabo de unos días ya estaba trabajando en su segunda colcha.

El primer intento de Lily no había quedado tan limpio como a ella le hubiera gustado. Había creado un patrón simple de cuadrados carmines y blancos, pero pronto descubrió que le faltaba tela roja para terminarlo. Los recortes de la tela que había usado se amontonaban a sus pies cual hojas en otoño.

—Tienes que hacer un boceto de tu diseño antes de comenzar a coser la colcha —le recordó una de las mujeres—. ¿Acaso tu madre no te enseñó a coser de pequeña?

La garganta de Lily se anudó.

—No, por desgracia no —respondió con ternura mientras deshilaba su trabajo para comenzar de nuevo, lista para añadir un tercer color que compensara el carmín que faltaba.

Miró a las mujeres reunidas y vio a Jenny Roth poner una mano sobre su vientre, sonriendo con cariño maternal, como si su bebé estuviera aprendiendo a coser ahí mismo, con ellas.

Un dolor terrible e indescriptible se apoderó de ella por sorpresa, una de las varias cicatrices que la habían acompañado durante toda su vida como hija sin madre. Si su madre siguiera viva, ¿sería tan talentosa como el resto de las mujeres a su alrededor, quienes parecían poder coser con los ojos cerrados? Cada línea de puntos le tomaba tres veces lo que a las demás, y tampoco tenía la misma confianza que ellas. Esta era la razón por la que no había querido organizar el círculo de costura en primer lugar. ¿Por qué no la había dejado Ernestine ayudarla con el boletín o a escribir los discursos? Era torpe con una aguja, pero la pluma siempre había sido como una espada en sus manos.

Henrietta Byrd, una mujer de habla suave y tranquila, notó su frustración y, en silencio, se dispuso a ayudarla.

—Cámbiame el lugar —le dijo a la joven sentada junto a Lily.

Henrietta se sentó y tomó su colcha.

—Piensa que es una cuadrícula —la instruyó con amabilidad—: todo lo que tienes que hacer es conectar un cuadro con el que sigue. Usa una puntada corrida, es la más fácil. Simplemente, deja que tu aguja entre y salga, luego arriba y abajo.

Ella observó los movimientos lentos y metódicos de Henrietta mientras se tocaba el pulgar.

—¿No tienes un dedal? —le preguntó a Lily. Se llevó una mano al bolsillo de su delantal—. Ten, me sobra uno. Vas a encontrar tu propio ritmo, te lo prometo. —Lily aceptó el dedal y Henrietta le devolvió su colcha.

Su amiga tenía razón. Cuanto más practicaba, más consistentes se volvían las costuras de Lily y más crecía su confianza. En el reverso de su primera colcha, bordó con cuidado las palabras de Frederick Douglass, sin saber si la persona que la recibiría se daría cuenta del conmovedor mensaje cosido en el borde. Pero lo hizo de todas formas para recordarse a sí misma el trabajo que debía realizarse. En silencio, sintió orgullo de su labor mientras tocaba el relieve de las letras con sus dedos.

Luego agarró la colcha que le había hecho a Jacob, la cual siempre sería distinta a todas las que haría con el grupo de costura. Lily había seleccionado la tela con gran cuidado: cada retazo tenía una conexión específica con la historia que compartían. Del guardarropa en la casa de su padre había tomado el mantel de lino que usaron en su primera cena de *sabbat*. Inmediatamente, se había imaginado cómo lo cortaría en cuadrados para crear el fondo color noche de la colcha. De su propio armario había sacado la preciada sábana blanca de su noche de bodas, sabiendo que podría usarla para la miríada de estrellas del diseño.

Había hecho un boceto primero, como las mujeres del círculo de costura le habían enseñado. Estudiando su bosquejo, había decidido que quería añadirle una capa adicional de amor, así que había planeado coserle un amuleto en forma de corazón hecho con el dobladillo de su camisón, el cual colocó justo debajo del recuadro central de la colcha.

No esperaba que Jacob reconociera la fuente de los materiales que había empleado, en especial porque ella casi nunca le mostraba su lado sentimental. Prefería esconderlo tras una fachada de fuerza y practicidad. Sabía que él solo vería constelaciones sobre los cuadrados entrelazados que formaban el cielo nocturno. Pero desde que había comenzado la guerra, era consciente de la importancia de poner todo su espíritu en cada labor. Así que, mientras confeccionaba la única protección que podía darle, puso su alma en cada puntada.

20

Al día siguiente, mientras los oficiales se relajaban dentro de sus tiendas, William se preguntó qué canciones tocaría para ellos por la noche. Recordó la época en la que seguía bajo el yugo de Frye. En ese entonces, tenía los domingos libres y los usaba para encontrarse con Stella en secreto, en la plaza Congo, justo pasado Rampart, al norte del barrio francés.

Era el lugar perfecto para quedar, ya que la plaza estaba llena de gente, música y danza. Durante casi medio siglo, la plaza Congo había sido el único espacio en el que los esclavos de Nueva Orleans podían congregarse los domingos, su único día de descanso establecido por ley. Desde el momento en que William había llegado a la ciudad, fue como si la plaza lo llamara. Saboreaba el bazar lleno de vida, el aroma a especias y el barullo.

Pero, por encima de todo, William apreciaba los sonidos de los instrumentos que llenaban el aire. Había hombres golpeteando tambores de todas las formas y tamaños, sonajas de guaje que se agitaban en el aire y banyos que añadían sus acordes y punteos. Lo que más le llamaba la atención eran las melodías que salían de los instrumentos de viento, las cuales le recordaban la flauta que Abraham le había tallado a mano en la isla Sapelo. Aquellas tardes en las que esperaba a Stella eran su sustento. No solo porque por fin veía a su chica, sino también por los ritmos que flotaban en la plaza. La música de sus ancestros africanos lo llenaba de vida y lo acercaba al recuerdo de su madre.

Todavía le era fácil imaginarse a Stella llegando, cogida del brazo de su hermana, cada una con una cesta en la muñeca, sonriendo como el sol. William le seguía la corriente a Ammanee, quien atravesaba la multitud para conducirlos a algún lugar en el que pudieran permanecer los dos durante una hora o dos sin que nadie se diera cuenta. Su refugio temporal casi siempre era un almacén abandonado o una bodega, lugares en su mayoría húmedos e inhóspitos. Sin embargo, ni a él ni a Stella les importaban las condiciones de sus guaridas. Todo lo que deseaban era la calidez de la presencia del otro.

William cerró los ojos e intentó buscar inspiración de aquellos recuerdos y sonidos.

—Déjame ver tu tambor —le dijo a Teddy.

El chico se quitó las correas del cuello y le ofreció su instrumento a William. Cuando le ofreció también las baquetas, William negó con la cabeza.

—No —le dijo—, no voy a necesitarlas.

El chico lo observó mientras él comenzaba a golpear la piel del tambor con sus manos. No era un redoble tradicional, sino un sonido que buscaba imitar lo que había escuchado en la plaza Congo. Mientras William tocaba, la mirada del niño se iluminó.

—Ahora veamos si puedes hacerlo tú...

Le devolvió el tambor a Teddy, quien se puso a imitar el ritmo que había escuchado hacía unos momentos.

—Sí, justo así —dijo William, sonriendo.

Cogió su flauta y comenzó a tocar una melodía que alternaba entre tonos agudos y graves.

Jacob los miró y sintió que su cuerpo se llenaba de vida. Cualquier hombre se habría sentido conmovido al escuchar a William tocar, pero el acompañamiento de ese ritmo tan particular le otorgaba a la melodía más emoción de lo normal.

—No te preocupes —le aseguró el joven negro—, no comenzaremos con esto. Tocaremos Mozart antes. Luego, quizá algo tradicional. Solo cuando estén un poco bebidos tocaré la música de la plaza Congo.

Jacob inspeccionó las dos tiendas de lona. Casi deseaba no tener que tocar para los oficiales aquella noche, así podría relajarse y escuchar a William. Los ritmos eran nuevos para sus oídos. Quería coger su corneta y añadir otra capa a la música.

—¿Quién va a querer escucharme tocar *Yankee Doodle* después de escucharte a ti? —bromeó.

William se encogió de hombros.

—Creo que cualquier tipo de música tiene el mismo poder: transporta a quien la escucha a otro lugar.

Jacob sabía que decía la verdad. Más allá de sus deberes como músico militar, era durante los momentos de descanso cuando su talento más les servía a sus compañeros. Su corneta transportaba las mentes cansadas de los hombres de vuelta a la calidez de sus hogares, a los brazos de sus seres queridos, y aminoraba el sufrimiento en su corazón.

Teddy se sentó de cuclillas junto a su tambor, golpeteando con suavidad el nuevo ritmo que acababa de aprender.

—El chico no habla mucho, ¿no? —señaló Jacob—. Apenas lo he oído decir más de unas palabras.

William miró a Teddy con compasión.

—Está hablando, soldado Kling. Está hablando con su tambor.

Mi amada Lily:

Te escribo al amanecer, tras una larga noche en la que hemos ofrecido entretenimiento a un grupo de oficiales. ¡Me ha sido imposible dormir tras la emoción de la velada! Junto a algunos otros músicos de mi regimiento, toqué las canciones que incluiste en tu último paquete. A todo el mundo le encantó escuchar algo nuevo. Me atrevo a decir que el cancionero de la Unión ya nos tenía cansados de tanto tocarlo sin parar.

Pero el evento más emocionante de la noche fue, sin lugar a duda, la música del flautista negro. Este chico, William, es un prodigio musical de una talla que jamás antes había visto. Puede tocar a todos los compositores clásicos, desde Mozart hasta Beethoven, y de memoria. Pero ayer, tras varias melodías conocidas, nos deleitó con canciones que venían de sus raíces africanas.

No puedo explicar la forma en que su música cambió la atmósfera en el campamento de los oficiales. Primero, los superiores hicieron muecas de reprobación. Me decepcionó escuchar a uno de ellos quejarse de la «música de monos». Pero a medida que William continuaba y su acompañante, un pequeño niño tamborilero, complementaba el espectáculo con un ritmo hipnotizante, la opinión de los hombres iba cambiando por completo. Sus botas comenzaron a golpear contra el suelo, sus tazas se levantaron y sus rostros se iluminaron con un gusto que no había visto desde que recibi-

mos la noticia sobre el batallón Rosencran, que derrotó a los rebeldes en el río Stones.

Espero que sepas cuánto te echo de menos. Eres mi antorcha cada vez que me siento solo o desesperanzado. Cuando estoy en mi tienda, te imagino con una nueva colcha sobre tu regazo, aguja e hilo en tus manos. Sé que estás trabajando sin descanso para que hombres como yo podamos dormir arropados y para que hombres como William conserven su libertad.

Duermo bajo tu manta de estrellas, mi vida.

Solo tuyo,

Jacob

21

Ammanee abrió la puerta trasera de la iglesia y entró al templo. El aroma familiar a incienso, escayola y humedad le dio la bienvenida mientras se dirigía al armario de limpieza en el que se encontraban el cubo y la esponja.

La iglesia era casi un segundo hogar para ella. Conocía cada habitación y cada sala como la palma de su mano. Cuando eran niñas, Janie solía sugerirles a ella y a su hermana que cruzaran la calle y entraran a la iglesia de San Antonio a pasar el rato. Con regularidad, sucedía las tardes en las que el viejo Percy visitaba a su madre y la presencia de las chicas no era deseada en la pequeña cabaña criolla. A veces, solo salían de la casa, y Ammanee ayudaba a Stella a perfeccionar su técnica de bordado. Otras veces tomaba a su hermana de la mano y la llevaba en dirección a la iglesia. Incluso antes de que el padre Turgis llegara, había habido otros sacerdotes y diáconos que estaban dispuestos a darle migajas de amabilidad a la pequeña esclava.

—El sacerdote Dupont me ha dado galletas por cambiar el agua en las urnas —le dijo una vez con orgullo Ammanee a la pequeña Stella—. No le gusta el olor a humedad cuando el padre está dando su sermón.

Le encantaba contarle a su hermana que la trataban bien en la iglesia y compartía con Stella algunas de las historias que Dupont le contaba, por ejemplo, que la iglesia en un principio había sido una capilla mortuoria para los fallecidos durante la epidemia de fiebre amarilla que había arrasado la ciudad décadas atrás.

A medida que Ammanee crecía, comenzó a ofrecerse para ayudar con los quehaceres en la parroquia. Fregaba el suelo y limpiaba los bancos. Pulía los pasamanos y barría las escaleras. Pero Ammanee jamás dejó que Stella la ayudara, pues sabía que tenía que proteger las manos de su hermana. Sus palmas tenían que permanecer suaves y sin callos para cuando le llegara el momento de ir al Mercado. De cualquier forma, el lugar se volvió un santuario para ambas, en especial en las tardes en las que el calor de Luisiana era insoportable, ya que la capilla era fresca y silenciosa.

Mientras entraba ahora, Ammanee recordó con nostalgia aquellas tardes en las que Turgis le había demostrado gentileza por primera vez. En alguna ocasión, le había hablado sobre el amor de Dios para todos sus hijos, sin importar que fueran blancos o negros. Él venía de un lugar diferente, no de África, como los ancestros de Ammanee, sino de un país llamado Francia. Sin embargo, la guerra había cambiado sus prioridades: sus sermones ya no se inclinaban a favor de la libertad del hombre negro, sino que predicaba para los soldados. Él decía que estos lo necesitaban como capellán en el campo de batalla. Ammanee intuía, por la forma en que el padre bajaba la mirada, que esos soldados no incluían a hombres como Willie o Jonah, quienes se habían fugado para unirse al ejército.

Cada dos semanas, la iglesia era el punto de reunión para las juntas secretas de aquellos hombres que todavía le eran leales a la Confederación. A pesar de que muchos de ellos habían hecho el juramento que el general «la Bestia» Butler exigía, sabían que, si la Unión se consolidaba, les arrebataría su forma de vida. Como se encontraba lejos de los cuarteles de la Unión, la iglesia de San Antonio era el lugar idóneo para que hombres como Mason Frye se reunieran a discutir sus estrategias sin alertar a nadie. Muchos de ellos tenían a sus amantes en Rampart, así que la ubicación era doblemente ideal. Ninguno de aquellos hombres habría avanzado tanto en la vida perdiendo el tiempo.

Ammanee se arrodilló y comenzó a frotar el suelo. Le daba calma limpiar aquello que se había ensuciado. Cepilló las huellas sucias que habían dejado las elegantes botas de los hombres blancos y recogió la ceniza que había caído de sus pipas. Sin embargo, era más difícil deshacerse de la sensación de que habían profanado un lugar sagrado. Pensó en todos los hombres, mujeres y niños negros que llevaban años pidiéndole a Dios su libertad. La blasfemia más reciente de los rebeldes se añadía a una lista de transgresiones que la inspiraban a esforzarse más, que agitaban su respiración. Quería borrar a cada uno de ellos.

22

NUEVA YORK
ABRIL DE 1863

Lily despertó y se destapó mientras los primeros rayos del sol entraban en la habitación. Toda la noche había soñado con Jacob. Habían pasado ya siete meses desde su partida, y los recuerdos de sus primeros días de matrimonio se volvían más distantes con cada día que transcurría.

Extrañaba tantas cosas de Jacob... Su ritual de cada mañana, preparar café y leer el periódico juntos mientras desayunaban pan tostado con mantequilla; cuando regresaba del trabajo al atardecer con ramos de flores amarillas; la sonrisa en sus labios mientras ella compartía con él sus discursos para las juntas abolicionistas.

Ahora, su lecho marital era un espacio solitario y demasiado grande para ella. Echaba de menos levantarse junto al calor del cuerpo de su esposo. Odiaba pensar en los peligros que corría, o imaginarse que un día le podía llegar la noticia de que estaba herido, o peor aún, muerto. Lily se obligaba a creer que Jacob regresaría a casa sano y salvo una vez que el país no estuviera dividido por la terrible guerra.

Su propia vida llena de comodidades le suponía casi

una vergüenza. Era demasiado opulenta para una mujer de tan solo veintitrés años. Su apartamento en la esquina de la calle 12 con la Quinta Avenida, en Manhattan, había sido un regalo de bodas de su padre. Era un espacio precioso, con techos de yeso, puertas francesas y paredes color crema. Unos días después de la boda, su padre lo había recorrido, con el pecho inflado y una sonrisa de satisfacción en el rostro. Estaba orgulloso de su propio bienestar económico, gracias al cual la vida matrimonial de su hija comenzaría en un lugar elegante y sofisticado.

Lily sabía que su padre quería que ella tuviera más de lo que él había tenido. No quería que viviera en la hilera de casas sobrepobladas en las que había residido con su madre cuando desembarcaron en Nueva York. Con su gesto demostraba su generosidad, pero también era un recordatorio para su yerno de que Lily no era la hija de un simple vendedor ambulante, sino de un hombre que había creado una formidable empresa a través del trabajo duro.

Era bien sabido que Arthur Kahn se había arriesgado como pocos hombres tenían el valor de hacerlo. Había alquilado un almacén grande en Brooklyn, había negociado varios préstamos bancarios para invertir en la imprenta, había contratado a una docena de artistas para diseñar las portadas y a maquetistas igual de talentosos. Aunque le había dicho a Lily que apreciaba cómo Jacob había tomado las riendas del negocio de su difunto padre y había evitado que este se hundiera, en el fondo sabía que las dos empresas no tenían punto de comparación.

Aun así, a pesar de su escepticismo inicial sobre el joven que había pedido la mano de su hija, había llegado a aceptar a Jacob. Se dio cuenta de que apoyaba la causa abolicionista; además, no le tenía miedo a la naturaleza tempestuosa de Lily, que ya había ahuyentado a más de un pretendiente. Pero lo más importante era que Jacob mostraba sensibilidad e inteligencia, por lo que sabría llenar el doloroso vacío que había dejado la muerte de Elsa, la madre de Lily.

«Sé valiente», era lo que Arthur Kahn siempre le susurraba a su hija. Era su lema, lo que le decía siempre que ella se despertaba asustada. Lily repetía las palabras una y otra vez, en especial ahora que Jacob se encontraba lejos y el miedo a perderlo la atravesaba como un punzón cada mañana, con la misma intensidad todos los días. Sabía que por fuera aparentaba ser alguien valerosa y segura de sí misma, excepto en el círculo de costura, donde lucía sus inseguridades. Pero, por dentro, aquella niña asustada —quien tan poco sabía sobre su madre— seguía ahí. Todo lo que Lily conocía de Elsa era que había muerto durante el parto y que ambas tenían el mismo pelo rojizo.

Mientras su padre trabajaba durante horas construyendo su imperio, Lily había pasado su niñez en las repisas de roble tallado de la biblioteca de su casa. Ahí, entre las hileras de tomos encuadernados en piel y mapas viejos, se adentró en otro mundo, dentro del cual intentó despojarse de la timidez que la poseía. Buscó historias sobre mujeres que pudiera admirar y absorbió las biografías de Juana de Arco e Isabel de Castilla. Mujeres que llevaban sus convicciones en lo más profundo de su vientre y que no temían levantar la espada para defender sus ideas.

Años más tarde, mientras abrazaba el boletín de

Ernestine Rose y entraba al teatro para escucharla hablar, Lily descubrió en ella a una mujer que rebosaba valentía y seguridad. Desde el podio, en el centro del escenario, una mujer robusta, maternal, que llevaba un vestido negro y un collar blanco, miró al público con ferocidad y anunció con la certeza de los hechos, deleitando a Lily: «Buenas tardes, damas y caballeros. Permítanme comenzar compartiéndoles mis raíces. Soy judía; nací en Piotrków, Polonia. He sido una rebelde desde los cinco años».

El público enloqueció. Algunos hombres la abuchearon. Uno de ellos se levantó y le exigió que se retirara del escenario y se fuera a casa. Pero Ernestine se mantuvo imperturbable. El volumen de su voz aumentó para hacerse escuchar por encima del inquieto público: «No seré silenciada —insistió—. He venido a hablar sobre los males de retener a hombres, mujeres y niños como si fueran una propiedad, y me mantendré firme».

El corazón de Lily latió con intensidad al ver la forma en la que Ernestine vencía a sus oponentes con razón e ingenio. Siempre había odiado las injusticias de todo tipo, pero la esclavitud le parecía una aberración. No entendía cómo alguien podía justificar mantener a otras personas bajo su yugo para enriquecerse. Escuchar a Ernestine hablar con tanta elocuencia y pasión la motivó a ayudar de cualquier manera posible. Unos días más tarde, Lily visitó la oficina de *El Liberador* y ofreció la colaboración de imprenta de la familia Kahn sin cargo alguno. Su padre no estaba al corriente de la oferta, aunque eso no la detuvo. Estaba convencida, tras escuchar a la señora Rose imponerse sobre adversarios mucho más contestatarios, de que Arthur Kahn terminaría apoyando la causa.

Cuando Ernestine le sugirió que iniciara un círculo de costura, Lily pensó que buscaría a otra voluntaria para ayudarla con el boletín o para coordinar la logística de la imprenta. Fue un alivio para ella descubrir que la señora Rose no creía que una mujer tuviera que cambiar una responsabilidad por otra.

—Una mujer inteligente no le impide a una compañera de armas alcanzar sus metas —le recordó a Lily—. La apoya, la alienta a conseguir más.

23

—Me han informado de que nuestros hospitales militares necesitan vendas limpias con urgencia —les dijo Lily a las mujeres durante la reunión semanal del círculo.

Adeline dobló las manos sobre su creación más reciente y exquisita.

—Es verdad. Lo he oído de varios miembros de la Comisión Sanitaria. La preocupación es grave, pues muchos de nuestros hombres están muriendo de infecciones, ya que las enfermeras se ven obligadas a reutilizar las vendas. Cualquier ayuda que podamos enviarles sin duda será apreciada.

—Muy bien —continuó Lily con resolución—. Sugiero que por el momento dejemos de lado las agujas y nos concentremos en asuntos más urgentes. —Este era el tipo de llamado a las armas que la llenaba de energía—. Hagamos acopio de todo el algodón que podamos encontrar: sábanas, camisas, camisones viejos. Podemos darles un uso mucho mejor que tenerlos guardados en nuestros armarios.

—Tengo el juego completo de ropa de cama de mi suegra en su casa en Harrisburg. Desde que falleció, solo han estado ocupando espacio en un baúl —ofreció Henrietta—. Podemos cortarlos para ayudar a nuestros hombres.

—Yo puedo ofrecer la casa de mi padre para almacenarlo todo, pero debemos asegurarnos de que se laven primero —les recordó Lily—. No queremos enviarles algo sucio que pueda perjudicarlos.

—Lily tiene razón —intervino Adeline—. Aseguraos de que vuestras criadas lo laven todo.

—No perdamos más tiempo —añadió Lily.

Miró satisfecha a las mujeres desde su silla mientras continuaban hablando sobre el nuevo proyecto. Era la primera vez desde que había iniciado el círculo de costura que sentía que podía ayudar de verdad.

Durante los días que siguieron, no dejaron de llegar carruajes a la residencia de Arthur Kahn llevando cajas de algodón.

El padre de Lily había intentado mantenerse optimista ante el proyecto más reciente de su hija, a pesar de que ocupaba toda la planta baja.

—No tengo siquiera donde sentarme —se quejó mientras buscaba su humidor para extraer un puro—. Me alegra que los vecinos no puedan ver el interior de la casa. Pensarían que las criadas están en huelga.

—Ay, papá. —Lily sonrió, intentando organizar toda la ropa por pilas.

Se había pasado la mayor parte del día doblando, apilando y acomodando ropa interior en el sofá. La mesa de centro estaba desbordada, con varias torres de sábanas encima.

—Cada una de estas donaciones ayudará a nuestros soldados una vez que se conviertan en vendas. ¿Quién habría pensado que cosas tan simples como cortinas y enaguas ayudarían a hombres de la Unión como Jacob?

Su padre pellizcó la cubierta de papel de su puro, aunque sabía que no podía encenderlo ahí, a riesgo de contaminar los preciados montones de algodón que Lily había acumulado.

—Hija, tu determinación es admirable —la felicitó—. Que Annie traiga algunas de mis camisetas. No sería apropiado que yo no contribuyera con nada a la causa.

En unas horas llegarían el resto de las mujeres para ayudar a Lily a organizar las camisetas, sábanas y enaguas que llenaban el salón de la casa. Una montaña de tela blanca que debía transformarse en jirones que serían después enrollados y enviados como vendas.

La primera en llegar fue Henrietta.

—¿Cómo deberíamos comenzar, Lily?

Ella se acercó a una pila alta de enaguas, colocada sobre una de las sillas. Tocó la primera capa con delicadeza. El algodón transparente sería el más fácil de romper.

—Se supone que debemos rasgarlos en cintas largas y, luego, enrollarlas —dijo, tomando una de las enaguas de la pila—. Así...

Se llevó el material delgado y suave a la barbilla. Sonrió mientras lo rasgaba con energía por la mitad.

24

Campamento Parapet
Jefferson, Luisiana
Abril de 1863

—¡Levántate, Teddy, levántate de una vez! —William sacudió al niño, que dormía sobre su cama de hojas. Estaba envuelto en una delgada sábana de algodón manchada de tierra—. ¡Ya he dado el toque de diana!

Los ojos del niño se abrieron de súbito. No era común que durmiera tan profundamente, pero había estado soñando con sus padres; el sueño había sido tan vívido que parecía que casi podía tocarlos.

—¡Teddy! —La voz de William sonaba urgente—. Nos marchamos, Teddy. Coge tus cosas y tu tambor. Nos vamos a Port Hudson en una hora.

Pero el niño seguía sin espabilarse.

—Venga —insistió su amigo, dándole un golpe suave con la bota—. No te dejarían dormir así en la plantación..., ¿o sí?

El niño lo miró desde el suelo. Solo le había dicho unas cuantas palabras a Willie desde que habían entablado amistad, pero esta vez su voz fue clara y resonante.

—Yo nunca he sido un esclavo, señor.

Teddy, el joven músico que tocaba su tambor con

tanta energía y determinación, tan callado como un ratón de iglesia durante sus dos primeras semanas en el campamento Parapet. A nadie parecía importarle que hubiera llegado sin abrir la boca. William se había enterado de que el general Phelps no rechazaba a ningún esclavo que llegara al campamento. A Teddy le habían dado un tambor al no saber qué hacer con un recluta fugitivo más, al parecer, y encima un niño.

—Lo siento. No sabía que eras libre.

Teddy se levantó y se quitó las legañas de los ojos.

—Supongo que hay muchas cosas que todos nos guardamos dentro —dijo mientras se colgaba la mochila y agarraba su tambor.

—Vamos a estar marchando todo el día. —William le dio una cantimplora llena de agua fresca—. Si hay algo que quieras contarme, estoy más que dispuesto a escuchar.

Por entre caminos enlodados y tierras pantanosas, Teddy derramó su historia como una represa que se abre tras meses de silencio. Había nacido como Theodor Bennet, hijo de James y Phebe Bennet, y hasta hacía solo unos meses había tenido una cama acogedora y padres que lo amaban.

Vivían en una casa alargada y estrecha, con las habitaciones alineadas una detrás de la otra; era de color azul pálido con un borde rosado. Se encontraba sobre Dauphine Street, en Nueva Orleans, una acera iluminada por lámparas de gas y macetas repletas de flores que adornaban las casas. Las familias que vivían ahí —todas personas negras y libres— se enorgullecían profundamente de sus hogares. Los domingos rezaban juntos en la iglesia de San Agustín, en St. Claude Avenue, y, al terminar el servicio, los hombres iban a la tienda de los Bennet en Hospital Street, en donde el olor a hojas de tabaco y papel para liar saturaba el aire ahumado. Incluso ahora, mientras marchaba junto a Willie, el olor de las hojas húmedas que caían de los robles le recordaba a Teddy al aroma amaderado de la tienda paterna.

Su padre no era un hombre grande, sino esbelto y elegante, con ojos azules haitianos, como solía decir su madre. Dormía con pijamas de lino y se frotaba las manos con manteca de karité perfumada todos los días, pues se pasaba el día entero liando las hojas secas. James Bennet tocaba a su esposa solo con manos que olían a salvia, no a tabaco.

Habían llegado de noche. Bajo la cubierta de la oscuridad, cinco hombres blancos con ojos enrojecidos, cargando rollos de soga gruesa. Teddy oyó el sonido de sus botas en el porche antes de que derrumbaran la puerta principal.

Su padre corrió a la entrada para suplicar a los intrusos que no le hicieran nada a su familia.

Los hombres lo golpearon y le escupieron. Uno de ellos pateó un taburete de mimbre y otro arrojó una mesa al suelo. Antes de que su padre lograra llegar a la cocina para coger un cuchillo, lo tiraron al suelo, le pusieron una rodilla sobre el cuello y le gritaron mientras le ataban las muñecas detrás de la espalda.

—¿Te crees mejor que nosotros, negro? —masculló uno de los hombres blancos.

Por su acento quedó claro que era un residente del Canal, un barrio lleno de inmigrantes irlandeses que bebían demasiado. Habían sido relegados a los empleos más peligrosos y peor pagados. Sacó otra medida de soga y ató los tobillos de James para que dejara de moverse.

La madre de Teddy se escondió en el fondo de la habitación. En su mirada había un miedo que el chico jamás había visto antes. Con una mano le cerró los labios a su hijo para que no dijera nada y le indicó con murmullos que se metiera debajo de la cama; luego lo envolvió con la sábana blanca que cubría el colchón.

Su esposo debía de haber olvidado que tenía una navaja de afeitar en el borde del lavabo del baño. Antes de mirar a los ojos de los invasores, Phebe cogió el filo de metal y lo levantó enfrente de ella con una mano que temblaba.

—Salid de mi casa —les ordenó.

Proyectó su voz desde lo más profundo de su alma, por encima del miedo. Desde su escondite, Teddy solo podía ver los pies descalzos de su madre bajo su camisón mientras caminaba en dirección opuesta a la cama, alejando por instinto a los hombres de su único hijo.

Uno de los hombres soltó una carcajada macabra.

Otro miró a su amigo y le ordenó:

—Controla a esta negra altanera.

El tercer hombre no gastó palabras. Saltó sobre ella y, tras forcejear, le arrebató la navaja.

Fue la primera vez que Teddy lamentó tener un oído tan desarrollado. A pesar de que no podía ver mucho desde su escondite, podía oírlo todo. Y lo que oyó fue terrible.

Su padre todavía bregaba en el suelo, y los golpes que daba al retorcerse resonaban en el suelo de madera. Una mordaza ahogaba sus bramidos. Antes de cerrar sus ojos con fuerza, Teddy vio a Phebe: la mano sucia de uno de los asaltantes presionaba su cara contra el suelo. En un instante, miró a su hijo por última vez, implorándole con los ojos que se refugiara en lo más profundo de las sombras. Luego volvió la cabeza y comenzó a rezar en voz alta: «Santa María, madre de Dios, ruega por nosotros pecadores, ahora y en la hora de nuestra muerte».

Por un momento, el grotesco celo de su agresor se detuvo. La invocación de la fe católica que compartían lo tomó por sorpresa. Pero, tras un segundo, retomó su violencia y le hizo señas a uno de los cómplices para que se le uniera.

Tras lo que pareció una eternidad, Teddy oyó un sonido nuevo y horrible. Era Phebe, jadeando y gorgoteando, intentando respirar mientras el más grande de los agresores rodeaba su cuello esbelto y le quitaba la vida.

Los hombres abandonaron la habitación y regresaron a donde habían amarrado a James. Este yacía inmóvil, con el cuerpo exhausto y el corazón destrozado. No había logrado proteger a su esposa, pero aún podía pelear por salvar a su hijo.

—Blanquitos cobardes —logró mascullar—. Vienen de noche a violar a una mujer. Todavía apestan al Canal.

Los hombres lo rodearon y comenzaron a patearlo.

—Apuesto a que no os atreveríais a tocarme a la luz del día —continuó, entre jadeos—. Lo hacéis todo en secreto, en la oscuridad.

El líder del grupo lo miró a los ojos, furioso, mostrando sus dientes podridos y dejando escapar un aliento pútrido.

—No te confundas. Nos encantará mostrarles a todos los negritos de la calle lo que te vamos a hacer.

Habiendo dicho eso, tomó uno de los nudos con que había atado a James y lo arrastró a la puerta. Mientras tiraba de él, las astillas del suelo de madera desgarraron el pijama de lino. James se preguntó por qué habrían elegido a su familia. ¿Era acaso por la envidia de algún competidor blanco? ¿O por la ira de un trabajador blanco al que le hubiera negado crédito en su tienda? O quizá se debía a la razón más insidiosa de todas: la crueldad aleatoria de los hombres.

El grupo de criminales arrastró a James a la calle gritando y retando a los vecinos a que llamaran a las autoridades. Pero nadie se atrevió. Una ventana se oscureció y en otra las cortinas se cerraron. Las familias de Dauphine deseaban en silencio poder ayudar a los Bennett, aunque el miedo los paralizaba. Así que cerraron con llave sus puertas y se encerraron en sus habitaciones, rezando para que nada les pasara a sus propias familias.

Teddy salió mucho después, una vez que los gritos de terror de su padre hubieron cesado y el bullicio de la risa de los hombres blancos desaparecido. Con mucho cuidado, emergió de debajo de la cama y se aventuró a la puerta principal. Sus manos temblaron mientras la abría. No tuvo que girar el picaporte, ya que los agresores no se habían molestado en cerrarla. Teddy salió a la calle y, tras unos momentos, se permitió mirar el suelo debajo de una de las farolas de gas. Poco a poco fue subiendo la mirada hasta ver los pies de su padre meciéndose. Las manos de James siempre habían sido suaves, pero nunca les había prestado el mismo cuidado a sus pies con callos, que se llevaban la peor parte del esfuerzo que implicaba estar de pie todo el día tras el mostrador.

Teddy no se movió. El aire soplaba en la calle, provocando que la cuerda rechinara. Se concentró en ese sonido durante unos momentos, sin levantar jamás la mirada por encima de los pies de su padre. Siguió escuchando hasta que se dio cuenta de que solo le quedaba una cosa por hacer ahora que se había quedado sin nadie en el mundo. Tenía que huir.

Segunda parte

25

Mayo llegó a Nueva Orleans y trajo consigo humedad en el aire y lluvias. Las flores maduraban sobre las ramas de los árboles frutales mientras que los pechos de Stella seguían creciendo, así como se ensanchaban su estómago y caderas. Hacía dos días que había tenido que quitarle la cintura a una de sus faldas y ajustar los botones de una de sus blusas.

—Tendrás que decírselo a Frye pronto —observó Ammanee, recalcando lo obvio mientras desgranaba guisantes para la cena.

Stella suspiró. Había logrado esconderle su embarazo a Frye las últimas veces que había pasado por la ciudad, distrayéndolo con licor y llevándolo a la cama sin que ella tuviera que desvestirse. Pero a medida que el tercer mes se avecinaba, Stella sabía que, como mucho, en cuestión de semanas sería imposible ocultar la transformación.

—¿Por qué no tuviste más cuidado, niña? ¿No te lavaste con zumo de limón cada vez, como te dije? —le reprochó Janie cuando Stella al fin le dio la noticia.

—Claro que sí, mamá. Me limpié cada vez, como me enseñaste. Solo que no funcionó... Eso es todo.

Janie sacudió su cabeza.

—No puedo reprochártelo. Dios sabe que el zumo de

limón tampoco me funcionó a mí. —Miró a la distancia—. No hay nada que podamos hacer ahora, salvo esperar, pero, si ese bebé sale oscuro, ya sabes lo que tienes que hacer...

—¡Mamá! —irrumpió la voz estremecedora de Ammanee—. ¡No vuelvas a decir eso!

Janie asintió y tragó saliva.

—Solo estoy siendo práctica —respondió—. Vosotras, niñas, os creéis que el dolor de ser madre termina en el parto —Negó con la cabeza—, pero os equivocáis. Apenas empieza en el momento en que se corta el cordón. —Miró fijamente a Stella—. No me voy a quedar callada cuando hay cosas difíciles sobre las que tenemos que hablar —prosiguió—. ¿Cuándo volverá Frye?

Stella se encogió de hombros. Frye nunca le avisaba de cuando iría, y dudaba que incluso él lo supiera. Le vino a la memoria una de las enseñanzas de Janie: una debía centrarse en las cosas que podía controlar. Bajó la mirada a su regazo. Mientras su madre la reñía, ella deshebraba el chal de Hyacinth, enrollando cada color en madejas separadas. Para su sorpresa, se había comenzado a correr la voz sobre sus mapas de la suerte. Semana tras semana llegaba alguien más a pedirle un mapa. Un golpe en su puerta. Un susurro. Una conversación secreta entre ella y alguien cuyo amado planeaba huir. «Podrá no servir más que una pata de conejo o un amuleto», les recordaba siempre a las mujeres (pues eran siempre mujeres quienes hacían la petición para un hombre). Pero las súplicas seguían llegando.

—Mamá, ¿en serio tenemos que hablar del amo Frye en este momento?

—¿El amo? —se rio Janie—. ¿Ahora te da por actuar con todo el respeto del mundo?

Stella bajó la cabeza. No quería pensar en él. Solo quería ocupar sus dedos con algo que pudiera ayudar. Otras embarazadas quizá habrían matado el tiempo tejiendo una manta para su bebé, pero ella estaba deshaciendo una para los hijos, hermanos, esposos y amantes de otras mujeres. Con cada puntada, Stella se sentía más cerca de William.

—¡Suelta esa aguja ya, niña! —Janie levantó la voz—. ¡Deja de arriesgarte por otras personas! Ahora tienes que pensar en ti y en lo que vas a hacer.

Golpeó el brazo de su silla de madera. Stella se encogió.

—Dile a Frye que vas a tener un bebé suyo —insistió Janie—. Es mejor que se lo digas de una vez, así no pensará que le escondes algo.

Stella apretó el borde del chal para controlar sus nervios.

—No estoy lista para decírselo, mamá.

—No puedes retrasar esto mucho más —recalcó Janie—. Y si no te vas a deshacer del bebé, solo hay una cosa que puedes hacer —inhaló profundo—: tienes que hacerle creer, convencerlo más allá de cualquier duda, que ese bebé es suyo. Pero si se lo dices cuando ya tengas la barriga del tamaño de un melón, va a pensar que hay gato encerrado.

—Estoy de acuerdo —murmuró Ammanee—. Dile lo más dulcemente posible que apenas estás en el segundo mes. No tiene que saber que son tres. Todavía se te ve delgada.

El cuerpo de Stella se estremeció. No había imaginado ni por un segundo que la vida que crecía dentro de ella pudiera ser de Frye. Se obligaba a creer que el bebé era de William, alejando a toda costa la otra posibilidad de su cabeza.

—Y cuando el bebé salga más negro que yo, ¿qué va a decir entonces, mamá?

Janie miró a su hija.

—¿Qué fue lo que escuchó tu hermana en la iglesia? Los yanquis están avanzando hacia Port Hudson.

Janie chasqueó con la lengua. Ammanee había sido muy específica con respecto a lo que había escuchado en San Antonio. Aunque no comprendía todos los términos militares que los hombres usaban, sí que había entendido que las derrotas de la Confederación iban en aumento y que cada hombre sureño tendría que tomar las armas o arriesgarse a que la Unión consiguiera el control del río. Janie adoptó de nuevo su semblante de dureza.

—Solo podemos esperar que algo malo le pase al hombre —masculló entre dientes—. Que, de aquí a seis meses, Frye deje de venir para siempre.

Stella yacía en su cama esa noche sin poder conciliar el sueño. Port Hudson estaba a tan solo ciento sesenta kilómetros de Nueva Orleans. Era un bastión del ejército rebelde ubicado sobre los acantilados que resguardaban una curva del Misisipi. No le había dicho nada a su madre o hermana, pero Frye había mencionado sin preocupación alguna la importancia de la base durante su última visita, lo que confirmaba que Ammanee había oído bien.

—Quisiera poder quedarme más tiempo —había musitado en voz alta mientras yacía en la cama, cansado y saciado. Su cuerpo pálido, frío y húmedo, en comparación al suyo, se extendía sobre las sábanas blancas—. Pero tenemos que proteger el río de esos malditos yanquis.

Bajo la tutela de Ammanee, Stella había practicado la mirada inofensiva de ojos suaves y vacíos que adoptaba cuando Frye hablaba sobre asuntos militares. Domesticada, tierna e ignorante: así era como a él le gustaba. Mientras más vacua pareciera, más información le revelaría, confirmando su creencia de que nada podía echar raíces en la mente indocta de Stella.

Incluso había sacado un mapa de su macuto y lo había desenrollado sobre su vientre desnudo, indicando hacia dónde movería los próximos suministros. Su dedo trazó las curvas sinuosas del Miss-Lou, más allá de los pantanos y *bayous* donde William se había alistado en la Unión; señaló el punto en que tendría lugar la batalla por el puerto.

El corazón de Stella latía de miedo. Un pequeño quejido se le escapó.

—¿Qué ocurre? —indagó Frye.

Ella negó con la cabeza y se obligó a sonreír.

—No te preocupes por mí, no pienses en los peligros que correré —le dijo, acariciando su brazo sin pensarlo—. Yo estaré bien.

26

Port Hudson, Luisiana
Mayo de 1863

La caminata a Port Hudson había dejado a los hombres exhaustos antes siquiera de que llegaran a los acantilados traicioneros del Misisipi. William y el resto de la Tercera Guardia Nativa de Luisiana habían marchado durante cinco días seguidos a través de pantanos llenos de mosquitos, bosques tupidos y curvas peligrosas, cargando con ellos la mayor parte de los suministros de la Unión.

—Somos como mulas para ellos —se quejó uno de sus compañeros negros. La soga gruesa con la que había tirado de uno de los carros de artillería por el terreno húmedo y caluroso le había dejado las manos llenas de surcos profundos y sangrantes.

Las manos de William también estaban en carne viva.

—¡No quiero volver a tener que sacar una carreta del lodo! —exclamó, gritando las palabras como un alarido, como una llamada para canalizar su miseria colectiva en una canción.

Otro hombre se le unió:

—Que me den un rifle, que me dejen pelear...

Después, una voz nueva y profunda añadió un bajo al lamento improvisado.

William miró las caras furiosas de su regimiento. Teddy, quien cargaba un saco lleno de platos y tazas de hojalata, sacó sus baquetas y comenzó a tocar su tambor.

«La guerra la vamos a ganar; a casa, a mi amada, voy a regresar... Compraré un pedazo de tierra... ¡Tendré mi libertad!»

La música se elevó por encima de los quejidos y jadeos de los hombres que arrastraban las provisiones de las tropas blancas por el terreno. El espíritu de William remontó. Podía sentir cómo cambiaba la atmósfera de la tropa.

Pero cuando uno de ellos cantó «Estoy enamorado de una chica con corazón de fuego, a quien adoro», un escalofrío recorrió su espalda. La letra de Jacob flotaba en el aire como la cola de una cometa, llena de color y pasión. A pesar de que los hombres en la tropa le añadían sus propias florituras —distintas armonías de acuerdo con los varios registros de sus voces—, las palabras siempre le pertenecerían a Jacob.

Un barítono se unió: «Una mujer que arde como una vela, que desea que todo lo que respira y ama sea libre...».

William observó a Teddy golpear el tambor. Su timidez aún no le permitía cantar junto a ellos, pero el chico sonreía por primera vez en mucho tiempo.

El flautista llevaba días sin ver a Jacob, y se preguntaba dónde estaría entre los cientos de hombres de la Unión que marchaban hacia Port Hudson. ¿Se encontraría delante de su regimiento o detrás de ellos? No tenía ni idea. Solo deseaba que Jacob estuviera ahí para agradecerle el hecho de que hubiera dado a su tropa una nueva canción de guerra.

Más trabajo arduo los esperaba cuando, días más tarde, William y la Tercera Guardia Nativa de Luisiana por fin llegaron a Port Hudson. Unas horas después de levantar el campamento, el oficial general los informó que los habían asignado al «servicio de fatiga», es decir, cualquier tarea que no involucrara armas. Debían construir puentes para ayudar al general Banks a controlar el puerto rebelde.

—¡Cojan sus palas! —ordenó el teniente.

Pero los hombres querían pelear, no cavar lodo ni cortar árboles.

—Los rebeldes acamparon por aquí, los superamos por miles de hombres —comentó alguien entre la multitud.

William sacó el pífano de su estuche y lo limpió. Si alguna vez dejaban que la Guardia Nativa de Luisiana luchara, Teddy y él serían quienes liderarían a los hombres a la batalla.

Durante los días que siguieron, el joven aprovechaba con emoción cualquier oportunidad que tuviera para integrar la música a su rutina diaria. Despertaba a Teddy con el amanecer y lo sacaba de su cama de pasto y hojas para hacer sonar el toque de diana con él. Al mediodía, se reunían de nuevo para tocar durante los entrenamientos.

Cuando no estaba cumpliendo con sus deberes musicales, William ayudaba a recolectar madera para los puentes, mientras que Teddy se encargaba de limpiar el campamento y las tiendas de los oficiales blancos, vaciando y llenando cubos de agua, tirando la basura y llevándoles comida.

—Nunca he oído ni una sola queja del pequeño —escuchó William comentar a uno de los tenientes, sin saber que lo más probable era que jamás oyera a Teddy decir ni una sola palabra.

—Ojalá todos los negros fueran como él —agregó su colega—. No les gusta mucho cavar zanjas, pero ¿de verdad que podrán pelear?

Su compañero se rio.

—Supongo que lo descubriremos si Banks se decide a echarlos al fuego.

—El general quiere darles a los hombres un respiro esta noche —le informaron a William tres días después—. Trae tu flauta, y al niño del tambor también, si quieres.

Se levantó emocionado. Al fin tenía la oportunidad de darle un poco de vida a sus cansados pulmones. No sucedía a menudo que William recordara su tutela bajo el maestro Peabody en Sapelo, pero el hombre, con absoluta seriedad, lo había iluminado una vez al decirle: «La flauta solo es un pedazo de metal sin vida hasta que soplas a través de ella...». Ansiaba tocar, extrañaba la energía de hacerlo frente a otras personas. Era el momento en que se sentía más vivo.

—En su mayoría, serán solo bandas de los regimientos blancos —agregó el teniente—. Pero tú y algunos trompetistas de la Guardia Nativa estáis invitados. Hacednos sentir orgullosos.

—¡Sí, señor! —saludó al teniente.

Tendría que decírselo a Teddy; deseaba poder decírselo también a Jacob. Hacía más de dos semanas que no lo veía. Cada vez que su regimiento cantaba *Chica de fuego*, se preguntaba si sus caminos volverían a cruzarse.

De su bolsillo, William sacó el pañuelo que Stella le había bordado y estudió los puntos. Su amada no era impetuosa de la forma en que Jacob cantaba sobre su esposa. Stella era suave y reservada. Tanto que, cuando compartía sus pensamientos más íntimos, parecía el regalo más preciado del mundo. Le dolía no tener manera de comunicarse con ella y se preguntaba si estaría a salvo. Se llevó el pañuelo a la nariz, pero el perfume de Stella se había desvanecido hacía mucho tiempo. Aun así, su espíritu lo envolvió mientras buscaba a otra alma reservada: Teddy y su tambor.

Dentro de un largo tramo de pasto verde y amarillo, los músicos de más de una docena de regimientos de la Unión se preparaban para tocar. William estaba ayudando a Teddy a ajustarse las correas cuando vislumbró una silueta familiar: la cabeza con rizos gruesos y oscuros, la postura inclinada ligeramente hacia el frente, la inconfundible corneta abandonando su estuche.

Era Jacob. William intentó saludarlo con ambos brazos, pero la distancia entre ambos era demasiado amplia para que lo notara, y una multitud de hombres comenzaba a reunirse en el centro para el concierto.

—¡Oye, mira! —le indicó a Teddy, señalando al soldado que había acudido cada noche a escucharlos tocar en el campamento Parapet, quien ahora se acercaba para tocar al otro lado del campo—. Voy a decirle que estamos aquí —añadió con una sonrisa. Se llevó el instrumento a los labios y comenzó a seguir el largo hilo de una composición que brotaba de su imaginación.

Tan ligera como las alas de un pájaro, la melodía subió y atravesó el aire; era una llamada para un cómplice distante. Revoloteó en trinos por encima del mar de hombres cansados y sucios que se habían reunido en el campo para disfrutar de un interludio musical que los sacara de la guerra por unos momentos. Algunos de ellos se giraron de inmediato para escuchar mejor la prodigiosa música del flautista, pero él no tocaba para sus oídos. Infundió en su instrumento la totalidad de su espíritu, con la esperanza de que el sonido llegara hasta su amigo.

Jacob alzó la cabeza y supo casi al instante que esa melodía airosa no podía venir de otro músico que no fuera él. Dejó su corneta y comenzó a seguir las notas.

William bajó su flauta y levantó la mano para saludarlo por entre el mar de uniformes militares que los separaban.

27

Desde que el sol se había ocultado, Stella aguardaba con nervios la llegada de Frye.

—Llegará hoy junto con el resto de los hombres —insistió Ammanee—. Lo sé... Puedo sentirlo en mis huesos. —Cogió la escoba y barrió el salón una última vez—. Escuché que vendrían casi veinte hombres. El padre estaba aterrado.

El corazón de Stella se aceleró.

—Esperaba tener unas semanas más... —Se puso una mano sobre el vientre.

—Mejor decírselo ahora y dejar de preocuparse —dijo su hermana, sacudiendo la cabeza y evaluando cómo de arreglada estaba la habitación—. Y recuerda que mamá espera que te trate bien..., quizá que incluso te ofrezca algo de dinero cuando sepa que tendrás un hijo suyo. Percy lleva unos meses sin darle nada a mamá y no lo está pasando bien.

El estómago de Stella gruñó. A Ammanee y a ella tampoco les quedaba demasiado. No habían cenado más que hojas de diente de león y un pedazo de patata hervida. Ya no la afligía la fatiga del principio, pero ahora se pasaba todo el rato con antojos. Pan de maíz con mantequilla, los dulces de melaza que William le traía, incluso las batatas dulces de su madre. Pero la alacena estaba vacía, y, aunque hubieran tenido algo, ya no había con quién hacer trueques en Rampart Street. Con cada semana que pasaba, parecía que todas tenían menos que ofrecer.

—¿Y si me echa?

—Con más razón tienes que hacerle creer que ese bebé es suyo, Stella. —La voz de Ammanee se volvió más recia—. No puedes tener miedo. No está permitido que tengas miedo —enfatizó—. Piensa en William, en todo lo que está haciendo para sobrevivir. Tienes que proteger a las personas que amas. ¿Por qué crees que todas las mujeres quieren tus mapas? Nadie desea cargar con penas si puede evitarlo.

Stella se encontraba de pie en el centro del salón, las manos juntas frente a su vientre, con el pelo recogido detrás de las orejas. Temblaba a pesar del calor que hacía en esa noche de verano. Oyó las botas pesadas de Frye subir por el porche y se preparó para recibirlo. Sabía que él jamás tocaba la puerta. Simplemente, giraba el picaporte y entraba. Estaba en su derecho.

Frye entró en la cabaña y de inmediato se estremeció al fijar la mirada sobre Stella. Antes de que ella pudiera decir algo, los ojos de él se clavaron en sus caderas. El crecimiento, llegado aquel punto, era evidente.

—¿Qué tienes ahí, Stella? —Entrecerró los ojos. Su voz sonaba molesta.

De inmediato, ella intuyó que la reunión con los rebeldes lo había dejado impaciente y de mal humor. Ya no era el hombre tranquilo que le había comprado aquella casa. La guerra le estaba dejando cicatrices.

Al principio no dijo nada. Pasó las manos por encima

de su abdomen y sintió, en algún punto, un latido diminuto agitarse.

—Estoy embarazada, amo Frye. —Respiró hondo—. Voy a tener un bebé... —enunció con torpeza—. Vamos a tener un bebé.

Las palabras le sabían a veneno. ¿Cuántas veces se había imaginado diciéndole lo mismo a William? En sus sueños, veía la felicidad en su cara al recibir la noticia.

Pero Frye solo le dirigió una mirada vacía. No había sorpresa ni alegría en su expresión, ni una pizca de ilusión en sus ojos grises.

Stella lo observó mientras la cara de él se contraía. Un suspiro fatigado escapó de sus labios.

—¿Cómo se te ha ocurrido hacer algo así? —Negó con la cabeza—. Vaya puto incordio.

Frye sacó su reloj del bolsillo y Stella se dio cuenta de que estaba calculando sus opciones. ¿Iba a gastar aliento discutiendo por algo que no le interesaba o le daría prioridad a su placer, por el que había corrido el riesgo de visitarla en primer lugar?

—Pues todavía se ve que puedes —observó sin pasión mientras miraba hacia la habitación—. Y sea cual sea la situación en la que andes metida, no podré darte más dinero. —Miró la casa, limpia y ordenada, y evaluó su propia generosidad—. Recuerda tu lugar, Stella. Puede haber una guerra ahí fuera, pero yo he cumplido con mi parte del trato. Tú tienes que cumplir con la tuya —le dijo, subrayando que ella nunca había sido más que una transacción para él.

Comenzó a desabrocharse el cinturón.

—Stella —concluyó con frialdad—, esto siempre será todo lo que recibas.

Una hora después, la cabaña todavía olía a Frye. Stella percibía su aroma en las sábanas, en el aire que permeaba cada habitación. Le quitó las colchas a la cama, se llevó la tela al jardín y llenó una tina de agua.

No estaba segura de a quién odiaba más: si a él por no darle importancia al embarazo o si a ella misma por mentir. Pero, de cualquier forma, se sentía llena de aversión.

Comenzó a sacudir la ropa, golpeándola con una pala de madera. Limpiar las sábanas le calmaba.

—Déjame hacerlo a mí —le dijo Ammanee, tocando con delicadeza su muñeca. A Stella siempre le sorprendía la forma en que su hermana desaparecía durante las visitas de Frye y, sobre todo, la forma en que intuía el momento exacto para regresar—. Sé que duele, pero ya has hecho lo más difícil.

Stella se derrumbó.

—Lo echo de menos —susurró, invocando la memoria de William—. No sé qué es lo que haría si no creyera que lo que crece dentro de mí es de él. Creo que me moriría.

—No te morirás de ningún modo —la corrigió Ammanee mientras asía la pala—. Mira lo fuerte que te has vuelto. Estás haciendo cosas por él y por otras personas —le dijo, aludiendo a los mapas clandestinos.

Stella asintió.

—Pero Frye me ha dicho algo antes de irse. No sé si lo he entendido bien... Me ha dicho que tenía suerte de estar aquí porque están planeando algo contra los yanquis en la ciudad. Por la manera en la que hablaba, sonaba a que buscan venganza.

Ammanee dejó de sacudir las sábanas.

—Creo que están planeando algún tipo de sabotaje

cerca de los cuarteles de Banks. Escuché lo mismo en la iglesia durante la junta de los rebeldes.

A Stella se le puso fría la piel.

—Tenemos que decírselo a alguien —afirmó, con urgencia en la voz—. No es algo que yo pueda esconder en mis bordados... Debemos decírselo a alguien de la Unión.

—Lo sé —respondió Ammanee.

Ambas guardaron silencio, cada una consciente del riesgo que estaban contemplando.

Los cotilleos no eran algo que les gustara a Ammanee o a Stella, pero su madre no les veía nada de malo. Al contrario: mientras más jugosos, más le gustaban a Janie.

—Tengo la sensación de que Claudette se ha estado acostando con chicos yanquis en su casa —les compartió a sus hijas—. Ya he visto un par de abrigos azules entrar y salir de su choza tarde por la noche.

—No creo que eso sea cierto, mamá —protestó Stella.

Las mujeres de Rampart no compartían los mismos sentimientos que aquellas que apoyaban a la Confederación, quienes habían ignorado por completo a los hombres de la Unión durante los primeros meses de la ocupación, pero eran lo suficientemente astutas como para no mostrar ningún tipo de apego con los norteños.

—Estará hambrienta, todas tenemos hambre. —Janie se encogió de hombros—. No la estoy juzgando. Tenemos que sobrevivir. Además, al menos ella está procurando tener algo de carne en sus huesos. Las demás estamos comiendo como conejos.

—Podrá tener una despensa más llena que la nuestra, pero ¿no le da miedo que su amo se entere? —La voz de

Stella se volvió un susurro—. Si descubre que se ha estado acostando con yanquis, podría matarla. —Ella temía el mismo castigo si Frye se enteraba de que se había estado acostando con William.

—Sí, podría matarla —asintió Janie mientras pasaba un dedo por el borde de su taza de té—. Espero que no lleguemos a eso, pero si algún día tenemos que intercambiar algo por mantequilla o harina, podríamos pedírselo a Claudette.

En cuanto Janie se fue, Stella se dirigió a su hermana.

—Ammanee, ¿recuerdas lo que hablamos? —Stella miró por encima de su hombro por instinto. La revelación de un posible ataque a los cuarteles de la Unión le había robado la tranquilidad—. ¿Y si se lo decimos a Claudette? —sugirió—. Si lo que mamá dice es verdad, quizá ella se lo pueda contar a uno de los norteños. Tal vez pueda advertirles.

Ammanee hizo una mueca.

—No sé si podemos confiar en ella... Siempre ha sido un lobo solitario.

—Déjame ir a visitarla. Tantearé cuál es su postura. Quizá le lleve algo bonito. —Stella aún tenía la mitad del chal. Sus manos se habían vuelto expertas en deshilar y tenía suficiente para un regalo pequeño—. Le bordaré una pequeña bolsa de lavanda. No necesitaré mucha tela. Y tengo flores secas del año pasado en un frasco. Le gustará, le hará sentir bien algo así, de estilo francés.

—Ten cuidado, Stella —le advirtió Ammanee—. La señora Claudette solo cuida de ella misma. No te vaya a morder si llegas pidiendo favores. —Dudó por un momento—. Quizá es mejor que vaya yo.

—Tú eres la quc siempre me está diciendo que sea valiente. Que tengo la oportunidad de cambiar las cosas.

No, déjame hacer esto —insistió ella—. Además, no quiero que los yanquis piensen que estamos involucradas en cualquier traición contra ellos. ¿Recuerdas cuando colgaron a Mumford por quitar una bandera? Es mejor contarles lo que hemos oído.

Ammanee asintió lentamente.

—Tienes razón. Quién sabe si ya sospechan algo por la celebración de las juntas en la iglesia.

Stella cogió la mano de su hermana y la apretó. Las colchas sucias estaban al fondo de la tina; podía ver el reflejo de ambas sobre la superficie del agua. Ya no parecían tan distintas, algo había cambiado. La mirada de una ya no era más fuerte que la de la otra. Comenzaban a ser una misma.

28

La cabaña de la señora Claudette era la única en Rampart Street que estaba recién pintada. Incluso las flores en su ventana se veían más vivas, regadas, con pétalos blancos y rosas que parecían casi estar felices de florecer. Stella subió las escaleras del porche y tocó la puerta color verde esmeralda.

—¿Quién es? —se oyó gritar desde dentro—. ¿Acaso no saben que una chica como yo necesita sí o sí su siesta reparadora? —No se molestó en usar el dulce tono que por lo general empleaba cuando se trataba de un caballero.

—Lo siento —se disculpó la chica—. ¿Tiene un momento para hablar? Soy la hija de Janie, Stella.

Tras unos segundos, la puerta se abrió y la señora Claudette apareció con un turbante de algodón en la cabeza y una bata de seda firmemente atada por la cintura. Stella jamás había visto a alguien que vistiera tanto púrpura.

—Bueno, vaya, sí que has florecido sin que nadie se haya dado cuenta —exclamó, mirando la barriga de la joven—. Parece que apenas era ayer cuando tú y tu hermana jugabais bajo las magnolias de San Antonio.

Stella se sonrojó.

—Así es... Ya soy bastante mayor. —Tomó la pequeña bolsita de lavanda que llevaba en su bolsillo y se la ofreció a Claudette—. Le he traído un detalle.

Claudette la tomó con una sonrisa en la cara.

—Hace mucho que nadie me regala algo que huela tan bien como esto. —Se llevó la bolsa a la nariz y respiró—. Gracias —le dijo, mientras la invitaba a pasar.

Sobre la mesa había una hogaza de pan caliente. A Stella se le retorció el estómago tan solo de verla.

—Me imagino que tienes hambre, como el resto —dijo Claudette—. No me gusta compartir nada con esas harpías a las que tanto les apasiona cotillear sobre mí. —La mujer dudó al decir esto, y la miró—. Pero tú traes un niño..., tú no deberías pasar hambre. —Se levantó, caminó hasta la mesa, cortó una rebanada y le dijo a Stella que se sentara.

La chica cogió el pan y arrancó un pedazo pequeño, dejando que la calidez de la comida llenara su boca. Era lo mejor que había probado en los últimos meses.

—Entonces, ¿a qué vienes por aquí, señora Stella?

—Es un tema un tanto delicado —comenzó, sin saber cuánto decirle a Claudette.

—Me he enterado de que has estado bordando mapas de la buena suerte para algunas de las mujeres de la calle... Pero yo no necesito nada de eso. No tengo hijos ni amante, solo mi amo, pero no ha dejado verse por estos rumbos en dos años. No creo que vaya a regresar.

Stella bajó la mirada. Janie tenía razón. Claudette, como todas las demás, solo estaba intentando sobrevivir.

—Tengo algo de información... y no sé qué hacer con ella. Pero mi hermana siempre me dice que debemos ser fuertes y ayudar a la Unión cuando podamos. Si no, seremos eternamente la propiedad de alguien más.

La expresión de Claudette se suavizó.

—Así es, hija. Dime lo que tienes y te diré si puedo ayudar o no.

Stella hizo una pausa para buscar las palabras indicadas. No tenía detalles concretos, solo los comentarios de Frye y lo que Ammanee había escuchado en la iglesia. No tenía hora, fecha o siquiera más detalles sobre lo que planeaban los rebeldes.

—Creo que mi amo está organizando algún tipo de sabotaje junto a los demás rebeldes. Me parece que se trata de un ataque cerca de Magnolia Street.

La mujer levantó las cejas.

—Vaya pedazo de aperitivo que andas cargando, hija.

—Lo sé —admitió ella—. Y no solo es lo que yo sé. Mi hermana ha oído también algo al respecto. La cosa es que estamos bastante asustadas, y pensábamos que quizá usted podría... advertir a los hombres de la Unión.

Claudette entrecerró los ojos y miró con dureza a Stella.

—Entonces tú también me juzgas. —Se cruzó de brazos y se recostó en el respaldo de la silla.

—No, no la juzgo —respondió la chica en voz baja—. Para nada. Solo quiero evitar que algo malo ocurra... Solo hago lo mismo que mi amado al irse a luchar: quiero ayudar.

—Déjame pensarlo —dijo Claudette—. He sobrevivido porque no me meto en asuntos ajenos. Me mantengo al margen de la política. No me importa quién gane esta maldita guerra, yo planeo sobrevivir.

—Creo que apreciarían la información —insistió Stella.

—Mírate. —Una sonrisa inesperada se dibujó en el

rostro de la señora—. Parece que fue apenas hace unas semanas que Emilienne vino a pedirme una donación para tu colcha de bienvenida. Y ahora eres tú quien vienes, creyéndote que puedes ayudar a ganar la guerra. Jamás creí que te volverías tan audaz.

—No lo era antes, pero, como dice mi hermana, tener miedo es una decisión. Y también lo es ser valiente.

30 de mayo de 1863
Port Hudson, Luisiana

Mi querida Lily:

Siento mucho que hayan pasado tantos días desde mi última carta. Me ha sido imposible encontrar la calma necesaria para escribirte. Incluso ahora, con mi pluma en mano, intentando encontrar las palabras indicadas, mi amor, debo aferrarme a la manta que me mandaste para hallar refugio en las estrellas que bordaste y salir así de esta oscuridad. Se ha derramado tanta sangre en los últimos días..., y me ha dejado una terrible conmoción.

Me temo que no hemos conocido los horrores de la guerra hasta ahora. El campamento Parapet era un refugio idílico comparado con el infierno que ha sido Port Hudson. Hace solo tres días, los campos estaban cubiertos de más sangre, extremidades y cadáveres de los que uno podría imaginar en su peor pesadilla. Los pastos junto a mi campamento, hacia el río, siguen repletos de muertos.

No esperábamos que los rebeldes —a quienes superábamos por miles— opusieran tanta resistencia. Y el general Banks, por primera vez, accedió a darles armas a todos los valerosos soldados negros de la Guardia Nativa de Luisiana para ver cómo de comprometidos estaban en la lucha por su libertad.

Creo que ninguno de nosotros esperaba la valentía con la que atacaron, mi amor. Mientras mi regimiento aguardaba a las orillas del río, enviaron a la Guardia Nativa primero, a cargo de uno de sus generales. Me cuentan que el valeroso teniente, André Cailloux, lideró el ataque, gritando a sus hombres en inglés y francés: «¡Avancemos!». El teniente siguió con el ataque incluso después de que recibiera el impacto de una bala de cañón. No dejó de alentar a sus camaradas a la pelea hasta que el último golpe lo derribó.

No puedo evitar llorar mientras escribo esto, pues los campos siguen repletos de cadáveres. Cientos de hombres negros sobre la orilla norte del Misisipi, los hombres de Cailloux y otros incontables. Pero ningún bando ha llamado a una tregua y quién sabe cuánto tiempo más los cuerpos de tan intrépidos soldados yacerán sobre la tierra antes de que podamos darles el entierro que se merecen. Me temo que fue un sacrificio inútil; quienes dieron las órdenes no se habían tomado el tiempo para entender la posición superior del enemigo. No tuvieron cuidado con las vidas de hombres a los que no consideraban sus iguales.

Mi corazón está roto y estoy preocupado por mi amigo William, el músico; también por el pequeño niño del tambor que siempre está a su lado, pues ellos forman parte de la Tercera Guardia. Por favor, reza por ellos, pues yo sé que tus plegarias me han mantenido a salvo.

Con amor,

Jacob

29

El calor de junio era sofocante y el aire apestaba a muerte.

William se restregó los ojos enrojecidos. Habían pasado más de dos semanas desde que la batalla había comenzado y cientos de soldados negros habían muerto en la cañada, bajo el acantilado. Sus cuerpos se hinchaban y se pudrían con el calor. Los cadáveres atormentaban a los supervivientes de sus regimientos.

—He visto a perros callejeros recibir mejor trato —se quejó un joven, apenas de veinte años, mientras se sentaba junto a William—. Peleamos bien, y ahora ni siquiera nos dejan enterrar a los nuestros.

El flautista suspiró. Su cuerpo estaba agotado tras el brutal ataque que había acabado con la vida de más de quinientos hombres negros. El general blanco les había dicho que debían sentirse orgullosos, pues estaban a punto de batirse en armas. «El país entero estará viendo cuán aguerridos sois para pelear», los animó. Pero nadie les había dicho que era una misión suicida. Un ataque sobre una cañada expuesta con rebeldes disparándoles desde ambos lados. Por supuesto, no arriesgarían a los soldados blancos a esa suerte. Habían mandado a los hombres cuya sangre no les importaba derramar. Los comandantes apenas se habían molestado en evaluar las defensas del ejército confederado una vez que decidieron enviar a los soldados negros.

William todavía tenía pesadillas al recordar cómo había tenido que sacar a Teddy de la línea de fuego tras haber sonado el toque de batalla. Por suerte había logrado empujar al niño a una zanja mientras las balas de los mosquetes rebeldes llovían y las rondas de artillería pesada hacían estallar el suelo.

Permanecieron pecho a tierra durante casi dos días, sin un bocado de comida. Solo pudieron arrastrarse fuera de la zanja una vez que el ejército confederado declaró su victoria.

Teddy había perdido su tambor en la conmoción. Las correas se habían roto cuando William lo empujó al inicio de la batalla. Por un segundo, pareció que Teddy correría a recuperarlo, pero Willie lo miró y negó con la cabeza, indicándole que no lo hiciera. Sin decir una palabra, Teddy le dio la mano al flautista y se giró para no ver el campo de batalla.

William se sintió agradecido cuando Jacob encontró su campamento unos días después.

—Estaba tan preocupado... —le dijo su amigo, que llevaba con él un pañuelo lleno de comida.

No era mucho. Unos pedazos de pan duro y una lata de frijoles. A pesar de que a los soldados de la Unión les iba mejor que a los rebeldes, quienes sufrían de hambre por el sitio, los soldados negros eran los últimos en recibir suministros. William le daba casi todo lo que le tocaba a Teddy, quien jamás pedía nada a pesar de que por su complexión era evidente que estaba desnutrido.

—Estoy muy feliz de que ambos hayáis sobrevivido. No me lo podía creer cuando me enteré.

William apenas podía hablar. En aquel campamento

sobrevivían los hombres que quedaban de la Guardia Nativa de Luisiana. La pérdida de tantas vidas ya era un tormento, pero el hecho de que los muertos siguieran en la cañada, expuestos a los buitres y a los elementos, era imposible de soportar.

—Por primera vez, no estoy seguro de poder salir de aquí —le confesó el joven. Estaba exhausto. Todavía podía oler la muerte en su nariz y oír a los hombres gritar en sus oídos—. Me alisté porque no me importaba mi propia vida. Hay una chica en Nueva Orleans; no es libre de amar a quien elija y yo no lo soy de protegerla. —Sacudió la cabeza—. Estamos luchando por una causa verdadera..., ¿pero enviarnos a una emboscada y dejarnos ahí para que nos pudramos? ¿Cuál es la diferencia entonces? ¿Somos esclavos de cualquier forma? ¿Somos solo cuerpos que sirven de escudos para que tú y tus hombres os cubráis?

Jacob se acuclilló junto a él.

—No sé si esto significa algo para ti, pero no he podido descansar hasta saber que tú y Teddy estabais bien.

—Puede que ese niño sea más valiente que yo. —Miró a Teddy—. Siguió tocando incluso con las balas volando sobre él. Ahora está destrozado porque ha perdido su tambor.

Jacob abrió los ojos como platos.

—Sus padres deben saber que hicieron un excelente trabajo criándolo. Donde sea que estén, tienen que estar orgullosos.

William negó con la cabeza ante la inocencia de su amigo. La historia que Teddy le había contado lo había sacudido, dejándolo descorazonado.

—Jacob, es como si no escucharas lo que digo —contestó, cogiendo un palo y dibujando en el lodo—. Es como si a nadie le importara si tenemos esposa o padres que nos quieren. —Cerró los ojos intentando no pensar en todos los cadáveres apilados en el suelo—. Solo somos cuerpos negros para estos malditos generales. Joder, nadie piensa siquiera que tengamos alma.

Jacob hizo una mueca.

—Eso no es cierto. Yo lo creo.

En voz baja, comenzó a cantar una serie de palabras en un idioma que William no entendía.

> *Yitgadal v'yitkadash sh'mei raba b'alma di-v'ra chirutei, v'yamlich malchutei b'chayeichon uvyomeichon uvchayei d'chol beit yisrael, ba'agala uvizman kariv, v'im'ru: amén.*

Ante el telón de desesperanza y destrucción, la voz de Jacob resonó con tristeza y gravedad. Sus ojos estaban cerrados. Sus manos, juntas. Su cuerpo se mecía hacia delante y hacia atrás.

Al principio, William se quedó paralizado. Se aferraba a su creciente ira como alivio ante la pena. Pero el ritmo y la intención de la melodía de Jacob tocaron algo dentro de él. Lo exótico de aquella lengua le recordaba a las palabras místicas de las islas Gullah.

Jacob cantó unos versos más antes de murmurar un último «amén».

—¿Qué ha sido eso? —le preguntó el flautista. El dolor en su corazón, por alguna razón extraña, se había aliviado un poco. La melodía le había llegado hasta los huesos.

Jacob lo miró con lágrimas en los ojos.

—William, yo no soy un hombre religioso. No había vuelto a decir estas palabras desde que mi madre murió.

Pero es la plegaria judía para los muertos. Todos merecen ser recordados —afirmó con solemnidad—. Ninguna muerte es en vano.

Cuarenta y siete días después, el general Banks al fin permitió a la Guardia Nativa de Luisiana recuperar los cuerpos de sus muertos. Para entonces, los cadáveres se habían descompuesto por completo. Pilas y pilas de hombres negros desintegrados bajo sus uniformes azules de la Unión manchados de sangre. Durante años, William había pensado que aquel color evocaba protección, pero ya no era así. La creencia se había roto.

El músico se cubría la cara con la manga para protegerse del olor, aunque el panorama era demasiado horrendo para ponerlo en palabras. Lograron identificar al elegante teniente Cailloux solo por el anillo de sello en su dedo gris y putrefacto.

Odiaba que Teddy tuviera que repartir agua entre los hombres mientras cargaban los cuerpos de los muertos en camillas, pero el niño lo hizo sin un solo asomo de miedo.

Cuando regresaron al campamento esa noche, ninguno de los dos contaba con lo que ahí los esperaba. Junto a la cama improvisada de Teddy, Jacob había dejado un tambor usado pero en perfecto estado.

18 de julio de 1863
Nueva York

Mi querido Jacob:

No estoy segura de que, para cuando recibas esta carta, te hayan llegado ya las noticias de lo ocurrido aquí, en Nueva

York. Incluso ahora, mientras te escribo, me pesa el corazón. En tu última carta compartiste cómo te había afectado el horror de la batalla que sufrieron tu amigo William y su regimiento. Ahora me siento como tú, testigo de un espantoso torrente de crueldad en contra de hombres, mujeres y niños inocentes.

Manhattan ha estado en llamas durante cinco días. Turbas furiosas han causado disturbios y desatado el caos en la ciudad. Todo comenzó por las nuevas leyes de servicio militar; los hombres están rabiosos, pues cualquiera de ellos podría ser seleccionado para responder a la noble llamada de nuestro presidente, quien ha pedido que trescientos mil hombres más se unan a la guerra. Los nombres serán extraídos al azar de un barril. Jamás habría imaginado cuánto odio existía bajo la arquitectura de nuestra gran ciudad. Es la crueldad de hombres encolerizados por la posibilidad de que los obliguen a pelear en lo que ellos llaman «una guerra de negros».

Los autodenominados manifestantes comenzaron la destrucción el lunes, justo antes de que el alguacil sacara el primer lote de nombres. Tomaron por la fuerza las oficinas de reclutamiento en la esquina de la calle 46 y la Tercera Avenida. Arrojaron rocas y ladrillos a las ventanas y a cualquier policía que intentara detenerlos. Rompieron el barril con los nombres y luego le prendieron fuego al edificio.

Pero eso no fue lo peor, mi querido esposo. Procedieron a desatar su ira contra las familias negras y sus negocios. Jacob, arrastraron a la gente fuera de sus casas para darles palizas. Lincharon a once hombres.

Después, como si la pesadilla no tuviera fin, los manifestantes siguieron con su campaña de miedo. Atacaron el Orfanato Negro de la Quinta Avenida, donde había docenas de huérfanos. Las mujeres de la Comisión Sanitaria me han informado de que los niños que viven ahí son los hijos e hijas de soldados negros que están peleando, o que murieron peleando, por la Unión.

Los pobres huérfanos estaban sentados en sus pupitres cuando cientos de hombres, mujeres e incluso adolescentes, entraron al edificio con ladrillos, palos y bates. La señora Rose escuchó de uno de los testigos del ataque que los hombres gritaban: «¡Quemen el nido de negros!».

Siento mucho contarte todos estos horrores en una carta. Quizá hubiera sido mejor dejarlo en las páginas de mi diario. Pero la única calma que puedo encontrar tras enterarme de tal maldad y prejuicio es saber que me casé con un hombre que pelea en nombre de la justicia y equidad. Espero que sepas que no estás solo. Los manifestantes podrán haber manchado la sede de nuestro periódico con las palabras «¡Muerte a los lincolnitas!», pero las mujeres aquí no tememos unirnos a la lucha de cualquier forma que podamos.

Por favor, escríbeme y hazme saber que estás a salvo. El correo se vuelve más lento cada día, y me preocupo por ti.

Regresa a casa, a mí, mi soldado querido. Te echo de menos. Mañana me uniré a algunas de las mujeres de la Comisión Sanitaria. Con la llegada del verano, hemos decidido posponer nuestras actividades de costura (¡hace demasiado calor para mandaros mantas!). En vez de eso, nos dedicaremos a preparar y enrollar vendas. Espero que nunca utilices estos trozos de gasa para cubrir tus extremidades, y que solo mi manta te abrigue cuando haga frío otra vez.

Te adoro, y rezo por que los tiempos cambien.

Tu esposa amada y devota,

Lily

30

Stella volvió a visitar a Claudette solo para enterarse de que su postura sobre mezclar política y negocios no había cambiado.

—Escucha, no es que no quiera ayudar, es solo que no quiero ser una espía. Es demasiado arriesgado para una mujer en una posición como la mía.

—Lo entiendo, señora —empatizó Stella—. Yo me despierto cada mañana con miedo de que algo nos vaya a pasar a mi bebé y a mí. Las cosas no marchan bien en la ciudad, pero tampoco fuera de Nueva Orleans —suspiró—. Pero mientras más hagamos por apoyar la causa de la guerra, más pronto seremos libres de verdad.

—¿Libres? —Claudette la miró casi con ternura—. Eres tan joven, tienes aún tanta esperanza... —Negó con la cabeza—. Pero mujeres como tu madre y como yo sabemos cómo es la vida en realidad. Sabemos lo que es haber pasado por una subasta.

Stella se sobresaltó.

—Ahora no te pongas a llorar. Sé que tú tuviste que atravesar el Mercado, que básicamente te vendieron también, pero es diferente a ver cómo le dan latigazos a tu padre hasta que su espalda es pura carne viva, o ver las muñecas de tu madre destrozadas por las esposas. —Claudette se levantó y se limpió las manos con un trapo—. He tenido que cuidar de mí misma durante mucho tiempo y he aprendido que lo único que vale la pena es salvarse. Además, en realidad no tienes información sobre lo que están planeando, o al menos nada a lo que un hombre de la Unión vaya a prestarle atención.

La cara de Stella se llenó de frustración.

—Si puedo conseguir más información, ¿lo consideraría al menos? ¿No hay un solo soldado en quien pueda confiar?

—Confiar es una palabra muy grande en estos días, hija. Lo único en lo que puedo confiar es en el dinero.

—No va a ayudarnos —informó Stella a Ammanee mientras pelaban patatas en el jardín—. Y quizá Frye solo está pavoneándose. Quién sabe si de verdad tienen algún plan.

Ammanee chasqueó con la lengua.

—El diácono Dupont ha estado actuando de forma muy extraña estos últimos días. Lo he visto peleándose con un viejo, diciéndole que ya no podrían usar la iglesia. Después de la discusión, estaba tan pálido como un muerto.

Stella sacudió la cabeza con vigor, como si quisiera borrar las palabras de Ammanee.

—Tengo que centrarme en cosas de verdad, como dice mamá. —No le dijo a Ammanee que, en realidad, había sido Claudette quien le había dado ese consejo.

Bajó la mirada a su vientre. Estaba casi en el sexto mes, y ya había crecido más de lo que esperaba. Era un alivio que Frye no la hubiera visitado, pues todavía no sabía cómo esconder lo mucho que la barriga se había expandido.

Sus dedos no habían estado tan ocupados los últimos días como hubiera querido. La mayoría de los hombres que habían huido con sus mapas lo habían hecho hacía meses y los que no se habían marchado, como Benjamin, trabajaban para hombres demasiado viejos para pelear. Otros se habían quedado a cargo de las mujeres de sus amos, quienes estaban en el frente.

—No he tenido motivos para coser un mapa en un tiempo... Se me ocurre que quizá pueda usar lo que queda del chal para tejerle algo al bebé. Algo que le haga saber cuánto lo quiero, a él y a su padre. Necesito poner todo este amor en algún sitio, y no puedo hacerlo en una carta. Y él tampoco me puede escribir —terminó en un susurro, mordiéndose la uña del pulgar.

—Siempre estás buscando dónde poner ese corazón tuyo. —Ammanee le sonrió a su hermana—. Yo puedo terminar las patatas. Tú ve, descansa, y luego usa ese chal para tejerle algo especial al bebé.

Dentro de Stella había muchas historias que anhelaban un lugar para ser contadas. El recuerdo de la primera vez que fue al Mercado y su mirada se entrelazó con la de William. La sensación en su pecho cuando él se llevaba la flauta a los labios y le daba vida a su alma. El momento en el que él se atrevió a contarle un poco sobre su niñez en Sapelo, donde el color azul manchaba los dedos de su madre y ahuyentaba a los malos espíritus de la isla.

Stella tomó lo que quedaba del chal de la señora Hyacinth y un poco de hilo azul que había guardado. Crearía una tela con la que pudiera envolver a su bebé. La idea para el bordado se le había ocurrido de forma natural. Con cuidado, sus dedos comenzaron a crear lo que serían unas guirnaldas de flores azules y conchas de cauri para el borde.

Cada puntada la calmaba, y, en el transcurso de los días que siguieron, Stella regresó a la tela y plasmó su anhelo sobre el algodón blanco, alfiler en mano. Recordaba la voz de su hermana hablándole sobre el lenguaje del color. «El verde es el color de la esperanza.» Anhelaba un futuro en el que su hijo pudiera jugar en los pastizales, entre las flores silvestres, corriendo con una sonrisa tan brillante como el sol. Tomó un trozo de hilo color esmeralda. Su brazo se movía como el de una bailarina, pasando la aguja por la muselina y haciéndola salir por el otro lado. Más hacia el centro, Stella bordó hojas de pasto que parecían plumas. Al día siguiente, agregó una mariposa amarilla cobijada por la pradera verde.

Jamás podría controlar la guerra que asolaba el mundo exterior, pero, cuando bordaba, caía en un mundo de paz donde podía confeccionar un paisaje lleno de esperanza con el cual envolver a su hijo.

Ya casi terminada, la manta con la que envolvería a su bebé parecía una obra de arte y, sin duda alguna, era el objeto más valioso que había creado jamás. Stella quería sellarla con un símbolo que representara el espíritu con el que la había bordado.

Cogió el color que representaba el amor, un nido de rojo en su mano.

El toque final fueron las letras S y W escondidas en los remolinos de puntadas dentro del corazón.

31

—Partimos por la mañana —anunció el oficial de campo de Jacob. La Unión al fin había triunfado tras el cerco, casi dos meses antes, sobre Port Hudson y la reciente batalla de Vicksburg. A pesar de las numerosas bajas que habían sufrido las tropas y el devastador número de soldados negros muertos pertenecientes a la Guardia Nativa de Luisiana, el general Banks había alcanzado su objetivo: el Misisipi estaba bajo su control. De esta forma, aislaba a la Confederación del mundo exterior—. Nos llevará un par de días llegar a Port Gibson, donde nos necesitan como refuerzo —añadió—. Así que descansad todo lo que podáis.

Jacob tembló al recibir la noticia. Habían pasado poco más de tres años desde que visitó a Samuel en Satartia, pero la casa de su hermano estaba cerca de Port Gibson; además, sabía que el Ejército de la Unión lo devastaría todo a su paso. Le aterraba pensar en lo que podría ocurrir.

Su última correspondencia había sido cordial, pero las filosofías que los dividían seguían ahí. Al detenerse la comunicación entre el norte y el sur, Jacob no había tenido manera de enterarse de si su hermano se había alistado en el Ejército de la Confederación o si había pagado a un sustituto para que tomara su lugar y, así, poder salvar su negocio de la guerra y de la inflación.

Sin embargo, una cosa era cierta: Jacob esperaba no tener jamás que enfrentarse cara a cara con Samuel en el campo de batalla.

El miedo lo atacó a la mañana siguiente mientras su regimiento se colgaba las mochilas y se preparaba para avanzar. Como músico, no tendría un rifle: solo haría sonar el toque de guerra y ayudaría con las camillas para recoger a los muertos y heridos tras la pelea. Pero pensar que Samuel podía estar al otro lado de la línea de fuego lo paralizaba.

Cuando los hombres establecieron su campamento esa noche, Jacob oyó una flauta en la distancia. Sabía que se trataba de William. Miró a las estrellas y respiró hondo el aire de la noche. Tras un momento, comenzó a caminar hacia él.

William estaba de pie, fuera de su tienda, con la flauta sobre los labios. Teddy se encontraba sentado con las piernas cruzadas y un palito en la mano, dibujando sobre la tierra.

Ambos eran de los pocos supervivientes que quedaban de la Guardia Nativa de Luisiana. El general Banks no había dudado en sacrificar a los soldados negros para asegurar su victoria, así que varios cientos de ellos habían muerto. Muchos de los hombres restantes habían perdido toda esperanza tras atestiguar el trato indiferente que habían recibido sus camaradas caídos.

Jacob esperó a que William terminara su melodía antes de acercarse.

—Estaba leyendo una carta que he recibido, que me

ha roto el corazón —señaló el bolsillo de su chaleco—, y entonces te he oído tocar.

—Al menos te llegan cartas —dijo William, dejando su instrumento—. Yo y Teddy no recibimos ninguna de nuestros seres queridos. —Negó con la cabeza—. Incluso si nos llegara algo, no podríamos leerlo. Mi primera dueña, en la isla Sapelo, se arriesgó a enseñarme a leer música, pero no creyó que fuera necesario compartir el alfabeto conmigo.

Jacob sintió un vacío en el estómago. Nunca había considerado que la mayoría de los hombres en el regimiento de William jamás habían recibido una carta, y mucho menos escrito una. Todas las que Lily le había enviado eran un tesoro para él. No podía imaginarse cómo William mantenía la frente alta sin las palabras de aliento de la mujer que amaba.

—Mi Stella..., ella conoce las letras, pero no me puede escribir porque es demasiado peligroso. Y yo no puedo siquiera formar un enunciado que le diga lo mucho que la amo. —Su voz comenzó a quebrarse—. Tú tienes suerte. Si algo te llega a pasar, Lily tendrá un poco de tu voz en papel. —William respiró pesadamente—. Si yo muero, no quedará nada de mí. Solo una flauta que pudo haber sido de cualquiera.

Jacob no sabía qué decir. Había seguido la melodía de William buscando algo que lo hiciera sentirse mejor, que lo ayudara a dejar a un lado los pensamientos acerca de su hermano, pero ahora su corazón se rompía por un motivo distinto. No podía creerse que William jamás hubiera tenido la oportunidad de escribir cómo se sentía.

—Podría traer algo de papel y una pluma. Podrías dictarme una carta para Stella...

—¿De qué serviría si no puedo mandarla?

—¿Tocas la flauta para el público o para ti mismo?

—Para mí mismo...

—Entonces considéralo así. Una carta para la persona a la que amas es tu corazón y tu alma plasmados en el papel —le explicó Jacob—. Y si algo llega a ocurrirte, yo me aseguraré de que Stella la reciba. Así tenga que mover cielo y tierra para dársela, por ti lo haría.

—¿Por qué lo harías por mí? Es una carga horrible.

—¿Por qué? —repitió Jacob—. Porque no somos solo compañeros de música. Tú y yo somos amigos.

No mucho después, Jacob regresó con pluma y papel.

—Cierra los ojos y dime qué es lo que quieres decirle a Stella.

William se sentó y Teddy se acurrucó junto a él, reposando la pequeña cabeza sobre su hombro. Las palabras del hombre flotaron en el aire como un cuento.

Stella:

¿Dónde estás en esta noche oscura? ¿Estás en el jardín mirando las estrellas, la luna? Estamos lejos ahora, pero ambos nos encontramos bajo el mismo techo.

Mi corazón se acelera cuando pienso en ti. Quiero caer en tus ojos y refugiarme ahí. Quiero creer que, al dejarte sola, hice lo correcto, que nada malo te pasará.

Quiero que sepas que estoy vivo. Que no estoy herido. Que, incluso, he tenido la oportunidad de tocar la flauta y un pífano frente a mi tropa. Todos los días le doy buen uso a mi talento, y espero que pronto ganemos esta guerra para poder regresar contigo y convertirte en mi esposa.

Te alegrará saber que guardo tu pañuelo siempre junto a

mi pecho. La mayoría de los soldados blancos guardan cartas de sus seres queridos junto a su corazón, pero yo tengo algo que tú bordaste para mí y que está lleno de amor. Me protege, Stella. Lo sé.

Espérame. Pienso regresar a casa, a ti. Te lo prometo.

William

Había otra cosa que quería confesarle: su deseo de compartir con ella el salario mensual que recibía del ejército. Mes a mes, guardaba cada centavo de los siete dólares. William nunca se quejó, como otros hombres de su tropa, de que los blancos ganaran trece dólares mientras que los negros de la Unión recibían menos; además, se les descontaba dinero para pagar su comida y ropa. En total, tenía más de cincuenta dólares ahorrados que conservaba en el bolsillo de su chaleco. Cada noche soñaba con Stella y se imaginaba cómo se gastarían ese dinero juntos. Pero, por ahora, las palabras que había compartido gracias a Jacob eran suficientes.

32

NUEVA ORLEANS, LUISIANA
AGOSTO DE 1863

La explosión ocurrió cerca de los cuarteles de la Unión en Nueva Orleans, lo que solo acrecentó la tensión en el lugar. Las tropas norteñas recorrieron la ciudad, intentando dar con las personas que habían plantado la bomba casera en las escaleras del edificio. Comenzaron a circular rumores de que las esposas de los hombres confederados habían jugado un papel clave en el atentado. Incluso tras firmar el obligado juramento de lealtad a la Unión, la vida cómoda a la que estas mujeres estaban acostumbradas había desaparecido: en su lugar se habían instalado el hambre y la pobreza. Pero Stella y Ammanee sospechaban que las mujeres no habían tenido nada que ver, sino que los causantes habían sido Frye y sus compatriotas.

—Dos muertos —le repitió Stella a su hermana mientras le quitaba los tallos a un puñado de higos.

—Pudo haber sido mucho peor, me imagino —dijo Ammanee—. De todas formas, la señora Claudette debería haber dicho algo. Podría haberles advertido de que algo se estaba tramando. —Dejó escapar un resoplido.

—Cada día me siento más nerviosa —admitió ella mientras le ofrecía un higo a su hermana—. Y con más miedo —añadió un momento después—. Para cuando termine agosto, estaré en mi sexto mes. Esperaba que la guerra acabara antes de que naciera el bebé. No puedo creer que no se le vea fin a esto.

—Nada de valor se ganó sin pelear por ello. —Ammanee se llevó el fruto a la boca y le dio un mordisco—. Nadie dijo que sería fácil.

Stella sintió al bebé patear.

—Creo que está de acuerdo contigo. —Se llevó una mano al vientre y sonrió.

—¿Gastaste todo el chal de Hyacinth en la manta para el bebé?

Asintió.

—Casi todo. No me queda mucho por hacer ahora, solo rezar para que William esté bien y que Frye me deje en paz. —Jugueteó inquieta con los dedos, deseando poder ocuparlos con algo.

—No reces demasiado por eso... —le advirtió su hermana—. No queda mucho dinero en el frasco, Stella, y el sacerdote solo me da unas cuantas monedas cada semana por los quehaceres. Todavía necesitamos que Frye ponga comida sobre nuestra mesa.

Stella estudió la habitación, buscando objetos que pudieran vender en caso de que llegaran a necesitar dinero. Janie ya había vendido sus muebles de roble por una fracción de su valor. Percy había dejado de visitarla y sus ahorros se habían evaporado. Incluso había vendido el espejo decorado con hojas que tanto le gustaba.

—Tenemos el sofá, la mesa, las sillas... —contó en voz alta—. Podemos sobrevivir si lo vendemos todo.

—Antes se sabía si una casa en Rampart Street andaba mal cuando la pintura del exterior estaba descascarada. Ahora lo sabes si dentro la gente se sienta en el suelo. —Ammanee se levantó del asiento y se limpió las manos en el delantal—. No vamos a vender nada por ahora, hermana. Voy a ver a Benjamin por la tarde: prometió traerme un poco de sémola. Parece que la esposa de Percy no está vigilando la plantación con cuidado, ahora que el amo se ha ido. Dicen que se pasa todo el día encerrada, llorando.

La boca se le hizo agua a Stella. Había pasado mucho tiempo desde que había disfrutado del pan de ceniza de su hermana.

—Dale las gracias de mi parte a Benjamin.

Miró a Ammanee, en cuya mirada había aparecido un particular brillo de esperanza; reconoció la expresión que a ella misma la inundaba cuando se reunía con William en la plaza Congo.

Ammanee regresó resplandeciente de felicidad. Sacó una pequeña bolsa de sémola de su cesta y la colocó sobre la mesa.

—Pensé que hoy llegaría y te pediría un mapa, pero Benjamin dice que no tiene planeado huir.

«Al menos ella sabe dónde está su amado», pensó Stella mientras miraba por la ventana. Había salido a caminar mientras Ammanee no estaba y se había encontrado con la señora Hyacinth.

—Me parte el alma no saber dónde está Jonah —le había confesado la mujer—. No sé si llegó ni si está bien. No sé si le ha ocurrido algo en alguna batalla. En especial ahora que están dándole rifles al Cuerpo de África. —Sacudió la cabeza—. Supongo que solo podemos rezar para que Dios los cuide.

—Sí —había coincidido Stella. Se sentía igual. Su preocupación por la seguridad de William la acompañaba a cada momento.

Pero Stella quería compartir un poco de la alegría de su hermana.

—Debes de estar feliz de haber pasado un rato con Benjamin.

Ammanee no respondió. Se lavó las manos, vertió la sémola de maíz sobre la encimera de la cocina y añadió agua para hacer la masa.

El silencio llenó cada rincón y grieta de la cabaña. Era un recordatorio de que, a pesar de la cercanía que Stella sentía con su hermana, había partes de Ammanee que siempre le estarían vedadas. Habían pasado los meses y jamás le había hablado de la conversación que tuvo con Janie sobre la posibilidad casarse. Nunca había compartido con Stella su propio deseo de tener un hijo, incluso mientras veía que el vientre de su hermana iba creciendo.

—Tú siempre logras animarme —insistió la chica con suavidad—. Me pones a hacer cosas para que no piense solo en mí misma. —Se levantó, caminó hacia la encimera, cogió un poco de la mezcla y comenzó a hacer una bolita de masa—. Pero yo también estoy aquí si necesitas hablar de tus sueños y de tu dolor.

Ammanee tomó dos de las bolitas y las echó sobre el carbón.

—Mi deber siempre ha sido cuidarte, protegerte. Es lo que me dijo mamá cuando llegamos aquí y eras apenas una bebé.

—Pero ya soy grande, hermana.

Ammanee se puso rígida.

—Sigue siendo mi deber y Frye sigue siendo mi amo.

—Se agachó a darles la vuelta a los panes, evitando su mirada—. No lo olvides: tú y yo somos diferentes.

Esa noche, Stella se quedó en su cuarto. Nunca había considerado la habitación blanca y pequeña un refugio. Era solo el lugar en el que dormía y donde se acostaba con Frye. Prefería pasar el tiempo en el salón o en el pequeño jardín de la casa.

Pero tras la conversación con Ammanee se sentía angustiada. Si bien reconocía que el sistema las había separado en distintos tipos de esclavitud, quería creer que, como hermanas, lograrían superar esos límites. Odiaba que el techo sobre sus cabezas dependiera de que ella se sometiera a los deseos de Frye, pero, también, sabía que su madre había hecho el mismo sacrificio por ellas con Percy. Entendía que no era justo que Frye obligara a Ammanee a dormir en el suelo de la cocina, o que no importara cuánto amor tuviera su hermana por ella: seguía siendo una esclava en su casa.

Sintió al bebé patear de nuevo. El movimiento parecía imitar su propia inquietud, su propio deseo de ser libre.

Se puso las manos en el abdomen y comenzó a tararear una melodía que William solía murmurarle al oído. En ese entonces, su música era un alivio inmediato; sintió cómo la canción tenía el mismo efecto sobre su hijo.

Al pie de la cama estaba la colcha que las mujeres de Rampart Street habían bordado. Pedazos de tela que cada una de esas mujeres había usado. Stella se imaginó cómo el cobertor habría ido creciendo, pasando de casa en casa, de vecina en vecina.

A pesar del calor, se tapó hasta la barbilla, protegiéndose junto con su bebé, usando la colcha como un escudo.

33

PORT GIBSON, MISISIPI
SEPTIEMBRE DE 1863

Las noches al inicio del otoño todavía eran calurosas e incómodas. Jacob había extendido la colcha que Lily le había mandado sobre el suelo de su tienda para no dormir sobre la tierra infestada de hormigas, las cuales habían dejado sus diminutas marcas sobre las extremidades de varios de los hombres.

La manta se había gastado mucho con el paso de los meses. Las estrellas blancas eran ahora de color marrón por la tierra. Los cuadrados azul marino se estaban descosiendo en algunos lugares. Pero aquella tela le hacía sentirse cerca de ella.

Sacó la última carta que había recibido de Lily. Había tardado más de un mes en llegarle, así que leyó sus palabras con hambre.

3 de agosto de 1863

Mi querido Jacob:

Rezo todas las noches por tu bien. Apenas puedo creer que el próximo mes marcará un año de tu partida para alistarte al ejército. Todavía recuerdo la semana antes de que te fueras, tan cerca de Rosh Hashaná. ¿Recuerdas que intenté prepararte una tarta de manzana y miel antes de tu marcha, pero se me quemó la parte de arriba? A medida que el Año Nuevo judío se acerca otra vez, debo trabajar en mi repostería para así poder preparártelo todo cuando regreses. Te hornearé tantas tartas, cariño... De canela, limón y una de chocolate oscuro con cobertura de vainilla. ¡Cómo vamos a celebrarlo cuando vuelvas a mí!

Tengo una noticia que compartirte, algo molesta. Mi padre vino de visita anoche y me presionó para que me vaya a vivir con él mientras tú no estés. Considera que no es seguro que me quede sola en nuestro apartamento. Creo que la violencia de los disturbios lo afectó mucho y se enfadó conmigo por salir a las calles a intentar ayudar a las víctimas de la turba.

Me ha pedido que me mude con él la próxima semana. Me aseguró que seguiría haciendo los pagos de nuestra casa mientras viva con él. Aunque no sea lo que quiero, he accedido. Me pesa mucho dejar el santuario que es nuestro hogar, donde podría seguir durmiendo en nuestra cama marital. Mi único alivio es que pronto estaré cerca de mi vieja arpa y podré tocarla.

Te mando mi abrazo más cálido y mi amor,

Lily

Jacob dobló el papel y lo guardó con el resto de sus cartas. Le preocupaba lo volátil que Nueva York se había vuelto en los últimos meses y que su esposa pudiera estar en peligro. Aunque sabía que su suegro cuidaría de ella, sentía que la protección de Lily era su responsabilidad. No poder cumplirla lo entristecía en extremo.

Sonrió al recordar la tarta chamuscada que Lily le había preparado hacía doce meses. El Año Nuevo judío ya había pasado, pero no hubo nadie en su regimiento con quien compartirlo. En un humilde acto de celebración, consiguió una manzana. Se la comió con felicidad, saboreando la dulzura del fruto.

Yom Kipur, la jornada judía de la expiación, estaba a menos de una semana. A pesar de que no mantenía el *kosher* ni iba al templo todas las semanas, Jacob planeaba respetar el ayuno de su día. Tanto los Kahn como los Kling siempre habían pensado que estas festividades se celebraban en señal de respeto hacia sus antepasados.

Se sintió agradecido de que el miércoles no hubiera que hacer mucho trabajo manual, pues llevaba sin comer desde el atardecer del día anterior. Se tomó su tiempo mientras ayudaba a descargar los suministros médicos que habían recibido en el último vagón de entregas, pero el calor y el hambre lo hacían sentirse débil.

—¿Estás bien? —le preguntó William. Le habían ordenado limpiar los residuos alrededor del hospital de campo, una carretilla llena de vendas sucias que había que quemar.

Jacob se limpió el sudor de la frente.

—No como desde ayer por la noche. Hoy es el día en que los judíos ayunamos por nuestros pecados.

William se rio.

—No me pareces alguien muy pecador, amigo mío. Jamás te he visto meterte en problemas.

—Sí, bueno, tengo guardados mis malos hábitos —bromeó Jacob—. Pero, hablando en serio, este es el día más solemne del año para nosotros, en el que nos arrepentimos de nuestros errores y le pedimos a Dios que escriba nuestro nombre en el libro de la vida. —Puso una caja de botellas de yodo en el suelo y recuperó el aliento—. Supongo que me parece más importante que nunca que Dios me tenga en ese libro, con tanta muerte a nuestro alrededor. —Señaló la tienda, llena de soldados muertos o gravemente heridos.

William asintió con solemnidad.

—Ajá, sin duda parece que a Dios se le perdieron algunas páginas de ese libro este año. Ayer enterramos al menos a setenta y cinco hombres en mi regimiento.

Los últimos días habían sido difíciles también para Jacob. Su tropa estaba encargada de limpiar la matanza que el cerco de Vicksburg había dejado. De acuerdo con el protocolo militar, los músicos debían servir también en los hospitales de campo. No podía sacudirse los horrores de los que era testigo, un hedor a hombres muertos y moribundos, muchos de ellos sin alguno de sus brazos o piernas, con sus muñones cubiertos por vendas llenas de sangre. No podía olvidar los gritos salvajes y desesperados de los agonizantes, que pedían más morfina.

Había enfermeras junto a las camas de los heridos. Sus delantales estaban manchados de bermellón; tomaban de las manos a los soldados a los que les quedaban, como mucho, algunas horas de vida.

Esa tarde, Jacob buscó a William para aliviar sus pensamientos.

—No me lo puedo sacar de la cabeza —le confesó—. Ver a esos doctores cortarles los brazos a chicos a los que ni siquiera les ha salido la barba... Todavía puedo oír sus gritos. —Se suponía que, tras un día de ayuno, estaría hambriento, pero ahora no podía tomar más que un par de cucharadas a la papilla que le habían servido—. ¿Qué queda de un hombre después de que lo despedacen así? —preguntó con la cabeza entre las manos. La fogata frente a ellos bailaba, plagada de chispas saltarinas. No podía imaginarse que regresase con Lily sin alguna parte de su cuerpo.

—Es duro —coincidió William. Tras respirar profundo, continuó—: Aunque supongo que estoy más acostumbrado a eso. Me he pasado casi toda la vida sintiendo que mi cuerpo no me pertenecía, al menos no por completo. Y allí, en Sapelo, le hicieron algo a mi madre que ningún hijo debería ver. —Miró a Teddy—. ¿Te has preguntado por qué cuido tanto de este niño? Casi no habla. Solo toca el tambor y hace lo que le piden.

Jacob guardó silencio.

—Me recuerda a mí después de que a mi madre le quemaran la lengua. —Se limpió la frente con un trapo—. Supongo que, después de eso, no me asusta mucho que un doctor me rebane. A los hombres como yo nos cercenan todo el tiempo, nos cuelgan de un árbol y nos meten partes de nuestro propio cuerpo en la boca. Así que un cirujano cortándome una pierna... —William se encogió de hombros y se dio la vuelta.

A Jacob le entraron náuseas. Se le revolvió el estómago a pesar de estar vacío. Era la primera vez que su amigo se había abierto tanto con respecto a su pasado.

Uno de los hombres de la tropa de William salió de una tienda. De inmediato se percató de la presencia de Jacob, sentado junto a la hoguera.

—¿Por qué siempre estás aquí, en nuestro campamento? Tu cara la he visto más veces de lo que me importa desde que llegamos de Port Hudson. ¿No sabes que se supone que tenemos que estar lejos de vosotros? —El hombre negó con la cabeza, como si no se lo pudiera creer—. ¿No tienes otros amigos, aparte de Willie, o qué?

—Déjalo en paz —lo defendió el flautista—. Este hombre me consiguió un pífano cuando me alisté. Lo conozco desde que me entregaron mis hilos azules en el campamento Parapet.

—Aun así —insistió el hombre—. Es muy jodido y extraño que no quiera pasar el tiempo con los suyos. Solo nos va a traer problemas.

Jacob miró a Teddy, quien estaba puliendo la flauta de William. No sentía nada por los hombres de su tropa. A excepción de Riordan, quien tenía tendencia a insultarlo, los hombres de su regimiento eran buenos y decentes, pero siempre se había sentido como una oveja negra. Casi nunca bebía, y no disfrutaba de las travesuras con las que los demás se divertían una vez que el aguardiente les hacía efecto.

—De hecho, soldado, cuando estoy aquí con William y con Teddy, siento que estoy con los míos.

Esa noche, Jacob regresó a su descolorida manta de estrellas. Se estiró sobre la tela, imaginando que estaba junto a Lily. Su cuerpo cedió y la memoria de la primera vez que se acostó con ella regresó a él.

—¿Cuál es tu parte favorita de mí? —le había preguntado ella mientras acariciaba el contorno de su pecho descubierto. Su figura parecía mármol esculpido bajo la luz de la luna, acurrucada contra él, sin sábanas que los cubrieran.

La había besado de nuevo y con pasión. Sabía la respuesta de inmediato, pues era la verdad.

—Tu cara y tu cuerpo son preciosos, mi cielo. ¿Pero qué es lo que amo más de ti? La respuesta es tu alma.

34

Port Gibson, Misisipi
Septiembre de 1863

Frye irrumpió en la cabaña por la noche, ya tarde, humeando de ira. Su actitud empeoraba con cada visita; si bien alguna vez había sido un hombre relativamente tranquilo, la presión de su trabajo y la marea cambiante de la guerra lo habían transformado por completo. Esta vez, su humor se agrió de inmediato en cuanto notó lo mucho que Stella había engordado.

—Me da asco ver cómo cargas ese crío ahí dentro, Stella —le gruñó—. ¿Cómo se supone que voy a relajarme en esta casa con el vientre que tienes? Te quedas sin aliento solo con moverte. —Se sentó al pie de la cama y comenzó a quitarse la ropa—. Joder, nadie hace lo que quiero últimamente.

A pesar de su frustración, Frye no reveló lo que había ocurrido hacía unas horas.

Pero ella no necesitaba que se lo contara. A la mañana siguiente, Ammanee compartió con ella lo que había escuchado en la iglesia con una sonrisa radiante.

—Creo que Frye no regresará en un buen rato —dijo Stella mientras su hermana entraba en la cocina. La luz de la mañana se colaba por las ventanas, resaltando su abultado abdomen bajo la enagua—. Parece que no le gusta estar con una embarazada... Dice que no es natural. Creo que le doy asco ahora. —Una sonrisa de satisfacción apareció en su cara.

—Estás más guapa que nunca. Pero me alegro de que se mantenga alejado de ti.

A pesar de sentirse agobiada, pues sus provisiones se estaban acabando, Ammanee compartía el alivio de su hermana.

—Es lo más bonito que me ha dicho —se rio Stella.

—No voy a echar de menos el sonido de sus botas retumbando al salir —coincidió Ammanee—. Pero deberías haberlo visto ayer. No paraba de hablar de cómo la ciudad apestaba a yanquis, de cómo estaban arruinando la vida aquí. Dijo que no pensaba morir siendo un cobarde y que si los otros no eran lo bastante hombres para hacerles frente a Banks y sus tropas, él lo haría por su propia cuenta. —Ammanee chasqueó la lengua—. Le falta un tornillo, Stella. Pero va a peor. Incluso sus compañeros rebeldes piensan que está ido. Dice que va a enviar un paquete a los cuarteles con vendas de un paciente con fiebre amarilla para enfermarlos a todos. Y siguió diciendo muchas locuras, hasta habló de una bomba.

—Todo esto me pone nerviosa. Hablas como si estuviera loco.

—Está loco, Stella. Solo queda esperar que su locura no arrastre a nuestra casa. La única buena noticia es que el sacerdote les dijo que no quería que se reunieran más en la iglesia. También está asustado por la forma en la que hablan. ¡Y, chica, entonces Frye sí que se enfadó! Le dijo al cura que su superior, el padre Turgis, era capellán para los rebeldes y que él tenía que ayudar también —continuó Ammanee—. Pero Dupont le dijo, seco, que el padre Turgis solo ayuda a los enfermos y heridos, pero no apoya su deseo de matar. Que él y la Iglesia no formarán parte de ello.

—Bueno, eso es un alivio. —Stella se frotó la espalda baja y se sentó—. Al menos Dupont usa la razón.

—Sí, pero si se entera de que he estado espiando, se va a enfadar mucho. —Se sacó dos monedas del bolsillo y las puso en la lata—. Dupont me pagó esta mañana por fregar los suelos. Y lo hice con gusto. Quería limpiar el hedor de Frye.

Ese domingo Stella acompañó a su hermana y a su madre a misa. Se sentía agradecida, pues el padre al fin había decidido ponerles límites a los confederados. Sin más juntas rebeldes en el vecindario y ahora que su cuerpo no era del agrado de Frye, Stella no esperaba volver a verlo en lo que restaba de su embarazo. Lo cual significaba que podía centrarse en rezar para que la guerra terminara y William regresara con ella sano y salvo.

La congregación era diversa: la conformaba una mezcla de blancos, personas negras libres y algunos esclavos. Pero Stella y el resto de las mujeres de Rampart casi siempre se sentaban en los bancos del fondo para no llamar la atención.

—De mí no van a estar hablando esas presumidas de la primera fila —les decía Janie, con un meneo de su dedo, los días que iban a la iglesia—. Sentaos aquí atrás conmigo y las demás. El sermón no va a cambiar por estar más cerca. Tenemos todas el mismo Dios.

Esa mañana, mientras sonaba el órgano, Emilienne llegó al banco unos minutos más tarde y le pidió a Stella que le hiciera espacio a su lado.

—Pareces estar madurando bien —le susurró, y le dio una palmada en el muslo.

Desde el púlpito, Dupont comenzó a predicar sobre la voluntad de Dios, enfatizando con su dedo índice cada palabra de las Escrituras.

Cuando terminó el servicio y todas habían tomado la eucaristía, la señora Emilienne le pidió a Stella si tenía un momento para hablar.

—No sé si lo sabes, pero mi madre fue quien asistió a Janie cuando tú naciste.

Janie se encontraba más adelante, caminando agarrada del brazo de Ammanee.

—Puede que sea tan vieja como tu madre, pero nací en una cabaña criolla, justo como tú. Y aprendí algo sobre ser partera gracias a mi propia madre cuando aún vivía. He ayudado a traer al mundo a muchos de los bebés de nuestra calle con mis propias manos. —Tocó la mejilla de Stella—. Así que no seas tímida cuando empiecen los dolores, ¿vale? —Sonrió con calidez y su mirada castaña cautivó a la chica—. Tú dile a tu hermana que vaya a por mí y yo iré, no importa la hora. Es lo menos que puedo hacer para agradecerte que ayudaras a mi hermano con ese mapa.

—Es muy amable de su parte —respondió Stella, acariciando su vientre—. No es fácil pedir ayuda cuando todas lo estamos pasando tan mal.

—Así es, mi niña. Pero debemos ayudarnos. Es lo único que podemos hacer por quienes queremos. —Su voz estaba llena de empatía—. Yo nunca tuve hijos, pero ayudé a mi madre cuando dio a luz a mi hermano Jeremiah. El amo se lo quitó cuando era un niño y lo puso a trabajar. —Se le llenaron los ojos de lágrimas—. Pero mis manos fueron las primeras que lo tocaron. Lo sentía como si fuera mi propio bebé... hasta que nos lo arrebataron.

Ahora le quedaba claro a Stella por qué Emilienne había buscado con tanta desesperación un mapa para ayudar a su hermano a huir. Siempre había pensado que Ammanee y ella eran únicas, unidas por la sangre, aunque con vidas absolutamente distintas. Pero la historia de Emilienne le recordó que no eran tan especiales después de todo. Como todas a su alrededor sabían, había muchas formas diferentes de no ser libre.

35

Nueva Orleans, Luisiana
Octubre de 1863

Los dolores comenzaron por la mañana. Stella despertó afligida por calambres terribles en su abdomen.

Ammanee y ella habían echado cuentas cuando admitió que su periodo se había retrasado. Según sus cálculos, el bebé no llegaría hasta mediados de noviembre. Eso era dentro de un mes.

El dolor hizo que se doblara, obligándola a recostarse de lado con las piernas pegadas al pecho. Entonces llamó a su hermana.

—¿Qué pasa? —preguntó esta mientras corría a la habitación.

Vio a Stella sobre el suelo, meciéndose de un lado a otro, quejándose.

—Algo no va bien. No quise decir nada anoche. Pensé que me había sentado mal la batata que usamos para la papilla. —Sintió otra contracción en su vientre—. Pero desde muy temprano siento como si alguien me apretara las tripas.

Ammanee se acercó y le tocó la frente. Se habían reportado algunos casos de fiebre amarilla en la ciudad, lo que había infundido aún más miedo entre los habitantes de Nueva Orleans.

—No estás caliente, gracias al Señor. —Examinó los ojos de su hermana buscando indicios de ictericia, pero no encontró nada—. Supongo que podría ser la comida, que te sentara mal —dijo en silencio. Puso su mano en el vientre y sintió cómo se contraía—. Pero creo más bien que este bebé va a nacer antes de tiempo.

Stella dejó escapar un quejido de nuevo.

—¿Ammanee?

—Aquí estoy, pequeña —le aseguró.

—¡Se me está escurriendo algo! —gritó. Se llevó las manos a la parte trasera de su camisón, que estaba empapado.

Los ojos de Ammanee brillaron en la habitación oscura.

—Has roto aguas. —Agarró la mano de su hermana—. Pero todo va a salir bien.

—Se supone que no debe nacer aún —dijo ella, esforzándose por pronunciar las palabras—. No podemos dejar que le pase nada a mi niño, Ammanee. —Stella sabía, por instinto, que traería un hijo al mundo. Comenzó a llorar—. Nada.

—Shhh —la consoló su hermana—. Tú solo prepárate para conocer a ese precioso niño tuyo.

Los ojos de Stella se llenaron de lágrimas.

—Pensé que tendría más tiempo... No tengo nada listo. No tengo ni siquiera una cesta para acostarlo.

—No te preocupes por eso ahora. —Ammanee le dio unas palmadas al colchón—. Hay que levantarte para que me pueda llevar esta sábana mojada y tú te puedas poner algo seco.

—Tienes que ir a por Emilienne —le suplicó Stella—. Me dijo que me ayudaría cuando el bebé llegara.

—Sí, vale. Voy corriendo a por ella, y buscaré a mamá también.

—Ammanee, antes de irte, por favor, ¿te puedo pedir otra cosa? —le preguntó y, con mucho esfuerzo, se puso de pie.

—Claro que sí, hermana, lo que sea.

—¿Puedes quitar la colcha de la cama? —Los ojos de Stella miraron la manta doblada a los pies del colchón—. Significa mucho para mí. No quiero estropearla.

En la pequeña cabaña criolla con girasoles en la puerta, cuatro mujeres trabajaron juntas, cada una a su manera, para traer a una nueva vida sana y salva a este mundo.

Janie hirvió una olla grande de agua y buscó tela limpia.

Ammanee preparó una compresa fría para la cabeza de su hermana y le dio algo para mitigar el dolor.

—Toma esto —le dijo, poniendo la concha de cauri que William le había dado en la palma de su mano—. Apriétala cada vez que sientas dolor. Así Willie estará aquí también, a su forma.

Stella tomó la concha y la apretó.

Emilienne se lavó las manos en un cuenco lleno de agua caliente y echó un vistazo por debajo de la sábana que Ammanee había colocado sobre el vientre y las piernas de su hermana.

—Parece que ya estás a la mitad, querida. Solo concéntrate en respirar y deja que tu cuerpo haga todo el trabajo.

—Así es, eres fuerte —la confortó Ammanee.

Cogió la compresa de la cabeza de Stella y fue a la cocina a exprimirla.

—No falta mucho para que sepamos quién es el padre —dijo Janie cuando su hija entró en la cocina, donde se encontraba ella esperando a que el agua de la olla hirviese.

—No me importa el tono de piel del bebé —respondió Ammanee con dureza—. Lo primero es que salga llorando y no con la cara azul.

La mirada de Janie se enardeció.

—No me hagas sentir como un lobo, hija. No importa lo que Stella quiera. Hasta que la guerra termine, ese bebé le pertenecerá a Frye, ya sea negro azabache o color café con leche.

—Ahora no podemos pensar en eso, mamá. —Ammanee exprimió la tela con fuerza y las gotas de agua cayeron sobre el fregadero como lágrimas—. Solo reza para que el bebé y Stella estén bien.

Janie suspiró.

—Voy a rezar para lo que sea mejor para mi hija —exclamó. Pero ni siquiera ella sabía qué era eso.

Emilienne atendió el parto de Stella durante varias horas hasta que el día dio paso al atardecer.

—Ya casi sale, chica —le instruyó—. Guarda tus fuerzas. No empujes hasta que te diga.

El dolor era inmenso. Entre sus piernas, Stella sentía el ardor hirviente de lo que Emilienne llamaba «el anillo de fuego». Se aferró a la concha de cauri con todas las fuerzas que tenía.

—Veo la cabeza —anunció Emilienne, mirándola a los ojos—. Lo estás haciendo muy bien, cariño.

—Trae a mamá —le pidió Stella a Ammanee con ojos brillantes—. Quiero que esté aquí también.

Ammanee se quedó congelada. Parte de ella quería,

por muy egoísta que fuera, ser la única pariente en la habitación. Había deseado que este momento lo compartieran ambas, como prueba de que ella había sido más madre de su hermana que Janie.

—¿Eso es lo que quieres?

Stella gruñó y se quejó.

—Sí, ve a por ella. Por favor, quiero que estemos todas juntas cuando salga.

La habitación estaba iluminada por la luz de las estrellas cuando Emilienne finalmente cogió al bebé de Stella. Ni Ammanee ni Janie podían creer lo que veían. El niño brillaba de vida.

—Tenías razón —dijo su hermana.

El bebé era un niño y su piel era de un color cálido como las nueces. Pero lo que más calma le dio a Stella fue que podía notar con total claridad que sus ojos eran los de William.

No se dio cuenta de la mirada ominosa que intercambiaron Janie y Ammanee al notar el color de piel del recién nacido.

La habitación se vio envuelta en un silencio tan antiguo como el tiempo mismo mientras Stella se llevaba a su bebé al pecho. No importaba cuántas veces había imaginado aquel momento, nada se comparaba con la maravilla de sentir esa mano diminuta envolviendo su dedo. Besó su cabeza; sus rizos aún seguían húmedos de la tela con la que lo habían limpiado.

Las demás mujeres la dejaron para que descansara y tuviera un momento a solas con su perfecta creación.

—Tienes que pensar en un nombre —le dijo Ammanee con una sonrisa a la vez que recogía las toallas que Emilienne había usado durante el parto para llevarlas a remojar.

Pero Stella había cargado un nombre con ella desde que se había dado cuenta de que estaba embarazada.

—Wade —susurró mientras acariciaba su nariz y su barbilla perfectas.

Quería que la primera letra del nombre de su hijo reflejara el de su padre, pero el nombre le gustaba, sobre todo, porque evocaba la sensación de caminar en el agua. Incluso aunque a William le resultara difícil encontrar el camino a casa, ella sabía que lo recorrería y que llegaría a ellos.

—Eres mío —proclamó con una mirada de alegría pura.

Su corazón aún latía deprisa por el parto, pero el aroma del bebé y la calidez de su piel la aliviaron. Stella levantó el diminuto brazo de Wade y le dio un beso; repitió la acción con cada dedo del bebé.

Una hora después, Ammanee entró y sostuvo a Wade.

—Tenemos que ponerle un pañal nuevo al culito de este bebé —anunció—. No he estado tan ocupada con un recién nacido desde que Percy te trajo para que te cuidara.

Cuando regresó de nuevo, llevaba al bebé en una cesta color verde. Lo rodeaba la tela bordada que Stella había preparado. Sus símbolos de colores, en relieve, eran como talismanes de protección.

—La señora Claudette se enteró de la noticia y nos trajo esta hermosura. —La levantó para que Stella pudiera ver a su bebé descansando dentro del cesto de segunda mano—. Y tu nene ya está envuelto con lo que le hiciste con todo ese hilo azul. —Sonrió—. Está protegido.

36

Nueva Orleans, Luisiana
Noviembre de 1863

Stella mantenía a Wade cerca de ella en todo momento. Se memorizó cada curva de su cara, atesoró cada gemido y cuchicheo. Jamás había tenido la oportunidad de quedarse dormida junto a William, pero ahora el bebé la hacía sentirse cerca del corazón de su amado. La llenaba de más fuerza y esperanza de lo que jamás hubiera podido imaginar.

A pesar de que la guerra seguía, las mujeres de Rampart se regocijaron por la nueva vida que había llegado a su calle.

Ammanee siguió el consejo de la señora Hyacinth y comenzó a preparar tisanas de hinojo y alholva para estimular la lactancia de su hermana. Preparaba infusiones fuertes que le daba a una Stella aún en cama.

La señora Claudette les llevó provisiones: una lata pequeña de harina y hasta un poco de mantequilla y huevos. Les pareció un regalo más valioso que el oro. Por primera vez en meses, la casa olía a pan recién horneado y a amor.

Hasta Janie se había adaptado a su nuevo papel como abuela, ayudando a cambiar pañales y a bañar a Wade.

—Nunca tuve un hijo —comentó mientras ponía el codo en la tina de agua para comprobar la temperatura.

Mojó unas telas en el agua tibia y comenzó a pasarlas por el cuerpo de Wade. El bebé se retorcía, maravillado por la sensación del agua sobre él.

—Se está poniendo grande —se emocionó Janie—. Vosotras dos erais unas cositas diminutas, pero él está comiendo bastante bien. Se está volviendo más nuestro hombrecito con cada día que pasa.

Stella estaba de pie junto a ella, jugando a cogerle los dedos de los pies a su hijo.

—La vida es tan fácil al principio —dijo en voz baja. Sus ojos comenzaron a humedecerse hasta que, al final, no pudo controlar el sentimiento—. Mamá, ¿cómo lo voy a mantener a salvo del dolor?

Janie puso sus manos sobre las de Stella, pero no ofreció una respuesta. No había descifrado aún ese misterio de la vida.

El ruido de golpes enfurecidos en la puerta de la cabaña la despertó. Ammanee había instalado una chapa adicional tras oír que habían asaltado algunas de las casas de la zona. Quería asegurarse de que, con un nuevo miembro en la familia, estuvieran a salvo.

Stella saltó de la cama. Su primer instinto la llevó a revisar que Wade siguiera en la cesta. Era casi un milagro que el estruendo de los golpes no lo hubiera despertado.

Tras unos segundos, oyó a Ammanee y a Frye discutiendo. Había desesperación en sus voces.

—Date prisa y ayúdame, ¿te enteras? —rugió el amo.

Stella avanzó de puntillas sin salir de la habitación; se

asomó lo justo para ver a Frye de pie en el salón, sosteniéndose el brazo. La manga de su chaqueta estaba llena de sangre.

—No somos médicos, amo —intentó decirle Ammanee—. Necesita que alguien vea eso, alguien que sepa lo que hace —afirmó, temblando—. No podemos sacarle una bala...

—¡Bala! No hay ninguna puta bala, perra estúpida. Ha sido una bomba casera —murmuró con los dientes apretados—. La maldita cosa explotó antes de tiempo.

Se derrumbó sobre una de las sillas y se quitó el abrigo, revelando el brazo, hecho pedazos.

—Dame un poco del aguardiente de higo que siempre tenéis —le ordenó a Ammanee.

—Sí, señor.

Stella nunca había oído la voz de Ammanee impregnada de tanto miedo. Vio a su hermana salir disparada hacia la cocina para buscar la bebida fermentada. Cuando regresó, Frye le arrebató el vaso y se lo empinó.

—¿Dónde está Stella? —Recorrió la habitación de un lado a otro con la mirada; la palidez de su cara y la saliva que le salía de la boca le daban la apariencia de un perro rabioso—. ¡Ambas tenéis que ayudarme! ¡Tenéis que curarme! —les ordenó—. No puedo llegar así a casa, con mi esposa allí. Ya hay hombres de la Unión ahí fuera, buscando al saboteador.

—Por supuesto, señor.

—¿Dónde está esa maldita chica? —exigió—. Y yo aquí desangrándome en el suelo, ¡me ahogo de dolor! —Agarró a Ammanee de la falda con su mano buena y la acercó a él—. Ve a por ella, ¡ahora!

Pero antes de que su hermana pudiera escapar de aquellas garras, Stella atravesó la puerta.

—Aquí estoy —anunció.

Se aseguró de que el tono de su voz estuviera tan lleno de preocupación como le fuera posible.

—¿Qué le ha pasado? ¡Está herido!

La furia del ataque contra Ammanee parecía haber gastado sus últimas fuerzas. Estaba perdiendo sangre con bastante rapidez y la tela que rodeaba el brazo estaba completamente roja.

Miró a Stella. Tenía el rostro pálido como la porcelana.

Entonces se derrumbó sobre el suelo.

Al pensar en los horrores que la guerra podría traer, Stella no había imaginado jamás que Frye fuera a aparecer herido y sangrando en su casa.

—¿Qué hacemos ahora? —le imploró a Ammanee.

Su hermana estaba a un lado del hombre, dándole bofetadas para que despertara. Los ojos de Frye se abrían, se mecían un poco y volvían a cerrarse.

—No está muerto —observó—. Intentemos llevarlo a la cama.

Las dos mujeres lo cogieron de los brazos y las piernas.

—¿Wade está bien? —preguntó Ammanee antes de sujetar los pies de Frye.

—Está en un cajón —respondió Stella—. No sabía dónde más ponerlo, pero lo moveré en cuanto terminemos.

Ammanee asintió.

—Creo que este va a seguir ido un rato más. Todo viejo, sucio y cansado del dolor. Y la copita que le di seguro que también ayudó.

—Con que los yanquis no vengan... Ni me quiero imaginar lo que pasaría si nos atraparan auxiliando a un criminal. —Tras una pausa, Stella añadió—: Pero tampoco se nos puede morir aquí.

Su hermana la miró sin responder.

Lograron llevarlo a la cama. Ammanee hirvió la tela con la que preparaban los pañales de Wade y, una vez que la herida estuvo limpia, envolvieron el brazo de Frye con las vendas caseras. Mientras tanto, Frye deliraba, maldiciéndolas y retorciéndose del dolor. La mayor parte de su antebrazo estaba gravemente quemado y sobre su mano había aparecido una capa de piel blanca llena de fluido.

Para que durmiera más tiempo, Ammanee preparó una infusión de matalobos o acónito, una flor de color azul profundo que crecía en el jardín. Janie solía pedirle que se la preparara cuando le dolían los huesos, ya que ayudaba a adormecer el dolor y provocaba somnolencia.

—¿Qué va a hacer cuando se despierte y se dé cuenta de que ya no estoy embarazada, hermana? —Stella estaba ahora más asustada que cuando Frye se había derrumbado hacía unas horas—. Con solo verlo va a saber que Wade no es suyo.

Ammanee la tomó de la muñeca.

—No nos toca ahora pensar en eso, Stella. Simplemente, lo alejaremos de la vista de Frye. Lo mantendremos a salvo, te lo prometo.

37

Durante los siguientes dos días, mientras Frye despertaba y volvía a perder la consciencia, las hermanas se turnaron para limpiarlo y vendarle el brazo.

Stella dormía junto a Ammanee en la cocina, sobre un colchón hecho de paja. A su lado, Wade descansaba en la cesta. Stella intentaba anticipar su hambre, acercándoselo al pecho antes de que llorara y le revelara su presencia a Frye, aunque en ocasiones poco podía hacer para mantenerlo callado.

En la tercera noche, el sonido de un vidrio que se rompía despertó a las dos mujeres. Frye estaba despierto y se tambaleaba en la oscuridad, buscando el aguardiente de Ammanee, hasta que llegó a la habitación donde ellas descansaban.

Stella se levantó de golpe justo cuando el bebé comenzaba a berrear, y Ammanee se apresuró a encender una vela. Frente a ellas, al brillo de la flama, estaba Frye. Su mirada vidriosa era la de un coyote y su labio temblaba de rabia.

—Y yo que me estaba preocupando, pensando que me había vuelto loco porque oía a un bebé llorar... —maldijo Frye mientras miraba la cesta—. Creí que era un sueño, una alucinación debida a la fiebre. Porque la panza de mi Stella seguía igual de redonda bajo su falda, así que no era posible que el bebé estuviera ya aquí. —Se tambaleó para acercarse a ellas, sosteniendo su brazo vendado—. Pero a juzgar por este negrito, creo que mi negrata me lleva mintiendo mucho tiempo.

—Mason. —Stella levantó la voz. Era la primera vez que se refería a Frye por su nombre. Se llevó a Wade a los brazos e intentó esconderlo de la vista de su amo—. Está oscuro y usted está herido. Se está imaginando cosas, señor.

—Lo que no me estoy imaginando es que este niño es más negro que un pedazo de carbón —refunfuñó—. No hay ni una gota de mi sangre en ese perro tuyo —le espetó.

Ammanee se levantó y se atrevió a intentar arrastrar a Frye lejos de Stella y su bebé.

Frye se liberó y continuó hablando.

—No me importa que seas una putita, Stella. Voy a ganar mucho dinero con ese mono tuyo cuando lo venda. Quizá incluso lo suficiente para irme de aquí. Ese bebé no es tuyo: es de mi propiedad. Y yo puedo hacer lo que quiera con él, incluso si no es mi hijo.

Un sonido terrible salió de Stella, un lamento que no pudo controlar.

—Amo, creo que el dolor le está haciendo decir cosas. —Ammanee intentó razonar con él—. Está todo oscuro ahora, pero cuando salga el sol en unas horas, verá que ese dulce niño es de usted.

Frye se volvió a mirarla por un momento. Su ataque lo había dejado sin fuerzas. Ammanee aprovechó la oportunidad y lo sujetó del brazo para llevarlo de vuelta a la habitación.

—¿Qué es lo que buscaba, de todas formas? Quería un poco de mi aguardiente para el dolor, ¿no? ¿No era así? —trató de calmarlo.

Gruñó mientras se apoyaba sobre ella.

—No soy estúpido —susurró.

—Claro que no, amo. Simplemente, está muy cansado y el dolor le está afectando la cabeza, pero yo le voy a dar algo para ayudarlo.

Ammanee dejó a Frye en la habitación, cerró la puerta y regresó a la cocina con su hermana. Stella tenía una mirada de ferocidad maternal, por lo que Ammanee no necesitó preguntar para saber lo que estaba tramando.

Las mujeres se pusieron manos a la obra. Ammanee sirvió un vaso de aguardiente y Stella preparó una infusión de matalobos con dos cucharadas de flores azules en lugar de la pizca usual.

En silencio, mezclaron los dos líquidos en un vaso grande.

Stella miró a Wade, dormido en su cesta, y sus párpados de medialuna la llenaron de fuerzas para hacer lo que sabía que debía. Levantó el vaso, ojeó las proporciones y añadió una cucharada generosa de miel para asegurar su dulzor. Puso el menjunje sobre una bandeja y se lo llevó a Frye.

Pero Ammanee la agarró de la muñeca y la detuvo.

—Baja eso, chica —le susurró—. Tú no se lo vas a dar. —Su mirada era resoluta y definitiva—. Yo lo haré.

Stella negó con la cabeza.

—No. Es mi hijo. Tengo que hacer esto yo, por mi cuenta.

Ammanee puso la mano sobre el hombro de su hermana para detenerla, luego tomó el vaso.

—Si esto algún día se vuelve en nuestra contra, ese niño va a necesitar a su madre. —Respiró hondo—. Mi único trabajo en esta vida ha sido protegerte. Y eso es exactamente lo que voy a hacer. Yo le voy a llevar la bebida —insistió—. No solo es por ti, hermana. También es por mi sobrino.

—Le he traído algo para que le ayude a recuperar el sueño —anunció Ammanee mientras entraba en la habitación.

Frye le arrebató el vaso y se lo bebió de un trago.

—Sabe diferente —observó mientras chasqueaba los labios y se volvía a recostar sobre la almohada.

—Stella quería darle un poco más de dulzor, amo, así que le agregamos un poco de miel —le respondió tan alegre como pudo. Lo miró de cerca—. Ahora tiene que descansar. No se está sintiendo bien, conjurando todo tipo de cosas raras esta noche.

Apenas pudo responder. Sus ojos comenzaron a cerrarse.

—Eso es, amo. Descanse —susurró Ammanee.

Stella observó desde la puerta que su hermana alisaba la manta que cubría a Frye. Ammanee recogió el vaso, en el que quedaban algunas gotas del potente líquido, y Stella cogió del respaldo de la silla el chaleco de brocado de Frye. No lo volvería a necesitar.

Se acomodó en el salón y comenzó a deshilar las fibras del pesado bordado. Sus hábiles dedos volaban sobre la tela mientras aguardaba el último aliento de Frye. No había razón alguna para gastar un hilo tan fino.

38

20 de noviembre de 1863
Brooklyn, Nueva York

Mi querido Jacob:

Mi padre ha dejado el periódico de hoy en la mesa del comedor para que lo leyera. No hay duda de que la primera plana, un reportaje sobre la visita del presidente a Gettysburg, lo había conmovido. Si hay un hombre que pueda invocar a los fantasmas de nuestros muertos para asegurarse de que no olvidemos su sacrificio es el señor Lincoln. Tiene toda la razón al decir que cada muerte debe significar algo. Y creo que nadie olvidará los comentarios que hizo en el nuevo Cementerio Nacional para Soldados. Como un recordatorio permanente para mí misma, he copiado sus poderosas palabras en una página de mi diario: «Estos muertos no dieron su vida en vano. Que esta nación, Dios mediante, tendrá un nuevo nacimiento de libertad. Y que el gobierno del pueblo, por el pueblo y para el pueblo, no desaparecerá de la faz de la Tierra». En tus últimas cartas has mencionado la pérdida de muchas vidas, querido esposo, pero ahora tus relaciones tienen una nueva profundidad. Volveré a mi labor para honrar esas vidas lo mejor que pueda, aunque mis acciones no estén al nivel de lo que tú y tus compañeros de la Unión hacéis cada día para ganar la guerra.

Me reuniré con las mujeres de la Comisión Sanitaria mañana. Como el invierno se acerca, hemos retomado nuestro círculo de costura. Con la ayuda de Henrietta, por fin me siento confiada con respecto a mis puntadas y ahora sé que mi contribución vale la pena. Encontré un baúl en el ático lleno de los viejos manteles de mi madre. Me obligué a no ser sentimental y a darles un buen uso. La señora Rose vino a cenar la semana pasada y juntas logramos convencer a papá para que imprimiera más ejemplares del último número de El abolicionista. *Así es, querido esposo, estoy intentando seguir las palabras del presidente Lincoln y contribuir al bien común de cualquier forma en la que pueda.*

Rezo por que estés bien, que tengas comida y abrigo. Por favor, escribe de vuelta y dime si hay algo que pueda mandarte para ayudarte con los meses fríos que quedan por delante. Le he puesto mi amor a cada palabra de esta carta, tanto que la punta de mi pluma casi se ha gastado por completo.

Me despido con todo mi afecto.

Siempre tuya,

Lily

39

Frye yacía rígido en la cama. Tenía la cara blanca como el sebo, los párpados sellados como cera derretida.

Stella sujetaba a Wade contra el pecho. El bebé bebía la leche de su madre, feliz de que la paz se hubiera restaurado dentro de la casa. No habría más gritos, no habría más ollas cayendo al suelo. La infusión de matalobos había dormido a Frye para siempre.

Ammanee entró en la habitación y acarició la cabeza de su sobrino.

—Jamás le contaremos esto a nadie. Ni siquiera a mamá —declaró.

Los ojos de Stella se abrieron de par en par.

—¿Está mal, hermana, que no sienta nada?

—No está mal. ¿Crees que a ese hombre alguna vez le importó cómo te sentías tú? —Su voz se endureció—. Jamás debió haber dicho eso de vender a Wade.

Stella asintió. Había un cierto código que todas las madres tenían para proteger a los suyos. Era tan evidente como la diferencia entre blanco y negro.

Fue idea de Ammanee contarle al padre Dupont la muerte repentina de Mason Frye.

—Él lo conoce —le recordó a Stella. El sacerdote había sido testigo del efecto que la guerra había tenido sobre Frye—. Sabrá que decimos la verdad sobre sus heridas. Lo escuchó decirles a los otros que planeaba alguna locura —razonó.

—Espero que sí —dijo ella, abrazando con más fuerza a su bebé.

—No voy a mentir —siguió Ammanee—. Solo le diré claramente que vino aquí después de haberse herido y que hicimos todo lo que pudimos por asistirlo.

—¿Crees que nos ayudará? —Stella no estaba tan segura. Jamás había confiado tanto en el padre como Ammanee.

—Claro que nos ayudará. Es un hombre de Dios. Además, no le dirá a la señora Frye que murió en Burgundy Street. Tiene buen sentido común como para no contarle esa parte, estoy segura.

Era cierto. Cuando Ammanee trajo al padre Dupont a la cabaña al día siguiente, el hombre no sugirió en ningún momento que no creyera lo que las mujeres le habían dicho sobre la muerte de Frye. Era una situación desafortunada, pero nada más.

—Lo avisé de que nada bueno saldría de la maldad —musitó el sacerdote, casi para sí mismo—. Que Dios se apiade de él. —Se persignó con rapidez antes de hacer el signo de la cruz sobre el cuerpo hinchado.

—Amén —entonó Ammanee.

—Mandaré llamar al sepulturero para que pueda llevarse el cuerpo sin montar un escándalo. Un incidente así debe ser tratado con la máxima delicadeza —les recordó—. Estoy seguro de que lo entendéis. —Sus ojos miraron a Wade.

Stella ajustó la tela con la que envolvía al pequeño y acarició su piel con la nariz, evitando la mirada del padre.

—No quiero alterar a la familia ni quiero que los hombres de la Unión anden husmeando por aquí —aclaró—. Solo quiero hacer lo correcto.

Ammanee conocía bien al padre y sabía que él creía que todo cristiano se merecía un entierro digno. Se guardó su opinión sobre lo que ella creía que Frye se merecía.

Después de que el sepulturero se llevara el cuerpo de la cabaña, Ammanee habló con Stella.

—Ahora toca quemar un poco de salvia y limpiar el lugar muy bien —anunció.

Sabía que muy pronto toda la calle estaría inventándose cosas. Bastaba con que una mujer viera cómo salía un cadáver de la cabaña para que los rumores comenzaran a circular. Ammanee quería evitar que cualquier espíritu maligno se colara por la puerta.

—Tenemos que ahuyentar la energía del hombre. —Miró cada rincón del salón—. Habrá que frotar el suelo con aceite de cedro también. Decirle a su espíritu que no es bienvenido aquí.

—Déjame poner a Wade en su cesta y te ayudo con eso —contestó—. No quiero que ninguna parte de él regrese, hermana. Jamás.

Tercera parte

40

Cuarenta y siete cajas de vendas enrolladas y cinco cajas de colchas ocupaban el pasillo de la casa Kahn sobre Pierrepont Street, en Brooklyn. En el atrio, bajo la luz del candelabro, Lily gestionaba todo con la eficacia de un reloj, ordenándole al portero subir las cajas al carruaje de carga.

—Hay que llevarlas a la armería lo más pronto posible —ordenó.

El joven comenzó poniendo las cajas más ligeras sobre su carretilla.

—Sí que ha estado ocupada, señorita —declaró, impresionado.

—Las mujeres y yo ciertamente hemos estado haciendo nuestra parte. —Se cruzó de brazos y sonrió, evaluando el trabajo colectivo que habían hecho.

Varias cajas más llenaban la sala de estar. Dentro de ellas había mantas más elegantes, que las mujeres sabían que podían venderse para recaudar fondos. Adeline Levi había utilizado dos pares de cortinas de damasco para hacer una manta con cuadrados grises y verdes. Era tan exquisita y la seda tan fina que Lily había pensado en comprarla ella misma para recibir a Jacob en su lecho marital cuando por fin regresara a casa.

—¿Ya habéis terminado? —Arthur Kahn entró en el

vestíbulo llevando un traje oscuro, con un periódico bajo el brazo—. No encuentro mi sombrero...

Lily sonrió.

—Está justo ahí, papá —dijo, señalando el sombrero de copa sobre la mesa. Las dos criadas con las que contaban se habían tomado unos días de descanso, pues tenían fiebre, pero hija y padre se las estaban arreglando para mantener todo en orden—. ¿Te has tomado tu tónico?

Una de las mujeres del círculo les había recomendado una mezcla homeopática de bayas de sauco y flor de tila para subir las defensas y evitar enfermar. Con la avanzada edad de su padre, Lily se aseguraba de tomar todas las precauciones posibles.

—Sí —gruñó él mientras sorteaba las torres de cajas del pasillo. Sacó unas monedas de su bolsillo para pagarle al chico—. Más te vale que las cajas lleguen en buen estado —le dijo, meneando el dedo—. Mi hija se ha esforzado mucho para ayudar a nuestros soldados. No quiero que pierdan ni un solo paquete.

Cogió el abrigo del perchero junto a la puerta, se puso el sombrero y metió las manos dentro de sus guantes.

—Pídele al cocinero que nos prepare filete para la cena —solicitó antes de partir—. Nos sentará bien algo de hierro.

Con las cajas en camino hacia la armería del 13.º Regimiento, en Henry Street, desde donde los administradores enviarían los suministros a los hospitales de campo de la Unión y a las infanterías que lo necesitaran, Lily al fin se permitió un respiro.

Todavía había mucho por hacer y detestaba sentirse inútil. Había renovado sus fuerzas gracias a su reciente correspondencia con Frances Gage, una abolicionista apasionada y sufragista que gestionaba un refugio para esclavos liberados en Parris Island, en Carolina del Sur. Dentro de los círculos sociales de Lily, la conversación no solo giraba en torno a la abolición de la esclavitud, sino que también se comenzaba a hablar sobre los derechos de las mujeres.

—La presencia de Frances es formidable —convino Ernestine Rose mientras tomaba el té con Lily esa tarde—. Me alegra que os hayáis hecho amigas durante su visita a la Feria Anual de la Comisión Sanitaria. —Revolvió una cucharada de azúcar en su té—. Tuve la fortuna de escucharla en una conferencia en Akron hace unos años: abogaba por que las mujeres tuvieran los mismos derechos de propiedad que sus maridos. No lo logró, por supuesto, pero es admirable cómo ha mantenido vivo el fuego. —Tras dar un sorbo a su té, le sonrió a Lily a través de la nube de vapor.

La luz de la tarde revelaba la edad de la señora Rose. A sus cincuenta y tres años, su cabello oscuro se había cubierto de hilos plateados y bajo su mirada se habían dibujado unas ojeras pronunciadas. Al mirarla, Lily se preguntaba a menudo qué aspecto tendría su propia madre, quien rondaría casi la misma edad que Ernestine.

—Vaya, esta es una habitación encantadora —aprobó la mujer mientras observaba la sala de estar de los Kahn. Las baratijas favoritas de la madre de Lily descansaban en las repisas de caoba, figuritas de porcelana y ornamentos con filigranas de plata—. Quizá no lo sepas —le confió su amiga—, pero en los años previos a que comenzara a dar conferencias, yo tenía una tienda bastante elegante en Brooklyn. Vendía perfumes que yo misma hacía, fragancias con mezclas de todo tipo de flores, de rosas a azahares. Apuesto a que no sabías que los papeles perfumados que todas usáis en los cajones son invención mía. Los patenté en Berlín antes de emigrar con mi marido.

Lily apenas logró ocultar su sorpresa. Para ella, Ernestine encarnaba la practicidad: era alguien sin tendencia alguna por las frivolidades. Tenía un aire casi masculino. Jamás se maquillaba. Sus vestidos nunca llevaban encaje o adornos, y se dedicaba a recordarles a las mujeres del círculo que, si querían que las tomasen en serio, debían esforzarse por que sus palabras fueran el foco de atención, no su semblante ni su atuendo.

—Sé que debe de parecerte sorprendente —se rio y se recolocó en la silla—. Pero me otorgó la independencia económica que necesitaba para dedicarme a lo que me apasiona.

—No tenía ni idea de que fueran suyos los papeles con los que forro los cajones en los que guardo las prendas —reconoció Lily con una risa.

—Ni una palabra a las demás. —Ernestine sonrió con un aire de conspiradora—. Ahora, dime, ¿de qué has hablado con Frances últimamente? Tengo una gran curiosidad por el trabajo que está haciendo en Carolina del Sur y la impresionante enfermera a la que acaba de conocer, una tal Clara Barton.

—¡Fue una carta sumamente inspiradora! —se agitó Lily—. Me escribió relatando las heroicas labores de la señorita Barton, cómo atendía a los enfermos a las afueras de Charleston y lo mucho que apreciaron las vendas que enviamos a su hospital el mes pasado. —Lily miró el vestíbulo, ahora vacío, que horas antes se encontraba atiborrado de cajas—. Me alegra saber que van de camino a quienes las necesitan.

—Qué maravilloso. Al fin una buena noticia. Los titulares de hoy son un poco inquietantes. —Ernestine suspiró—. Para serte sincera, jamás pensé que esta guerra fuera a durar tanto.

—La ausencia de Jacob se me vuelve más difícil de sobrellevar con cada mes que pasa. Me resulta difícil hacerme a la idea de que ha pasado casi un año desde que se fue —admitió Lily—. Agradezco las cartas que nos enviamos, pero los días sin él me pesan más y más cada vez.

Lo que no compartió con Ernestine fue su más profundo anhelo: su creciente deseo por tener hijos. Rose jamás los tuvo y Lily no quería incomodarla; no quería que se interpretaran sus sentimientos como una creciente pérdida de interés en la labor que las unía. Pero su anhelo por ser madre crecía cada día. Se veía con un pequeño en los brazos, rebosante de vida. Un chico con rizos oscuros como los de Jacob o una niña pelirroja como ella. Se imaginaba el sonido de sus piececitos corriendo de arriba abajo por las escaleras de la casa, el sonido de su risa llenando los pasillos.

Era peculiar cómo su cuerpo la atraía hacia la maternidad mientras, al mismo tiempo, era plenamente consciente de la dolorosa realidad que la guerra imponía, una en la que incontables hombres como Jacob morían. Pertenecía a ese grupo de mujeres que no sabían si sus esposos algún día regresarían a casa. Incluso si los hombres sobrevivían, en muchos casos sus heridas no les permitían tener hijos. Una de las mujeres del círculo, por ejemplo, se había regocijado al enterarse de que su esposo volvería a casa. Pero cuando llegó, le faltaban ambos brazos.

—Te estás ocupando de una labor muy importante

—le recordó Ernestine—. Este año te has vuelto una verdadera líder para esas mujeres, convenciéndolas de darle un buen uso a sus habilidades. Y organizando su trabajo para que llegue a las manos indicadas.

—Gracias, señora Rose —dijo Lily—. He aprendido mucho de ellas, pero todavía hay bastante trabajo por hacer.

—Así es, mucho, de hecho —coincidió Ernestine.

Esa tarde Lily regresó a la habitación de su infancia. En la repisa, entre sus dos libros favoritos, encontró los diarios de su juventud. Con su dedo recorrió el lomo de los cuadernos. Recordó el año, y luego el mes, en el que había sido testigo de un acto terrible, tras el cual surgió su anhelo por unirse al movimiento abolicionista, justo antes de asistir por primera vez a la conferencia de la señora Rose.

3 de octubre de 1857

Hoy he sido testigo de una terrible injusticia que me ha hecho jurar tomar acción en contra de las atrocidades de la esclavitud. ¿Cómo puede ser que una chica, habiendo escapado milagrosamente de su cautiverio en el sur, haya sido capturada en mi amada Brooklyn por dos hombres con redes y grilletes? Me resulta difícil comprender que, entre las multitudes de Nueva York, yo fuera la única que intentara ayudarla.

Esta chica negra, que no parecía tener más de dieciocho años, estaba haciendo un recado, igual que yo, cuando la secuestraron de la manera más brutal. La esposaron de las muñecas y le ataron una venda a la boca para callarla. Cuando logré abrirme paso por entre la multitud, un policía me informó de que los hombres estaban en su derecho, que eran representantes de un esclavista de Charleston que era «dueño» de la mujer. «Es por la Ley de los Esclavos Fugitivos», me informó. Ella sigue siendo de su propiedad, incluso si está aquí, en el norte.

Seguí protestando, pero el oficial me tomó con fuerza del brazo y me dijo que me arrestaría si interfería con la ley. «¡Habla con el Congreso, mujer!» fue lo que me dijo.

¡Y eso haré! No seguiré ignorando los carteles que los abolicionistas han colocado por toda la ciudad, que anuncian sus próximas juntas y debates. Iré a sus eventos y ayudaré de cualquier forma que pueda. La bárbara institución de la esclavitud no tiene lugar aquí, en Nueva York, ni en ninguna otra parte del país.

Te juro esto hoy y por siempre, querido diario.

Habían pasado más de seis años desde que Lily había escrito esas palabras en aquellas páginas. Acarició su caligrafía, recordando a la joven que había sido. Su convicción no había disminuido desde entonces. Si acaso, bajo la tutela de la señora Rose, estaba más convencida que nunca. Los párrafos que detallaban los meses siguientes también describían cómo se había enamorado de Jacob. No estaba segura de tener la fuerza para leerlos sin derramar lágrimas. Quería ser su «chica de fuego», como él la llamaba. Una mujer llena de energía y amor.

41

El general Phipps le había ordenado a William que marchara junto a su tropa de camino a Lafayette.

Phipps se había quedado maravillado por las habilidades musicales del flautista y, cada vez que se permitía un momento de ocio, le pedía que interpretara su música para él. Ahora, mientras hacían el equipaje para dirigirse a la frontera oeste, Phipps le anunció que le permitía llevarse a Teddy consigo.

—Hablé con tu lugarteniente y le pareció bien —le explicó Phipps—. El hombre no siente un gran afecto por la música, y no es como que si perdiera a dos fusileros —se rio.

William forzó una sonrisa, intentando no pensar en todos los fusileros que habían perdido en Port Hudson. Se sentía agradecido, pues la música le había permitido estar junto a Jacob y Teddy más tiempo. Le inquietaba pensar que sus caminos podían divergir, en especial después de presenciar lo poco que los soldados negros les importaban a los oficiales en la guerra.

—Simplemente recuérdale al niño que ha de ser útil. Necesitaré que me sirva las comidas y los cubos de agua para mis abluciones. Habrá más cosas para las que lo necesite cuando no esté tocando el tambor por la mañana o en el entrenamiento.

—Sí, señor —le aseguró William al oficial al mando—. No lo decepcionará. Ninguno de nosotros lo hará, señor. —Pero para entonces el general Phipps ya estaba alejándose.

A Teddy le habían ido asignando más responsabilidades las últimas semanas, lo cual afianzaba el vínculo entre él y William. Parecían padre e hijo; cada vez que llegaban nuevos reclutas negros, les preguntaban si eran familiares.

—No es mi padre —respondía Teddy en voz baja—, pero es bueno conmigo.

Aquellos momentos llenaban de fuerza el corazón de William. No recordaba a su padre, y a su madre le habían robado la habilidad de contarle historias acerca de él. Fue el viejo Abraham quien un día le dijo: «Escucho un poco de tu padre en nuestra música, muchacho».

William jamás sabría si había heredado su talento. Pero algunas noches, cuando no podía dormir, se imaginaba de niño junto a sus padres en la casa de alabanza, en Sapelo. Veía a su padre dar palmadas al ritmo de las melodías que cantaban todos juntos y la cara de su madre brillando mientras se movía de un lado a otro, sujetando su mano con fuerza.

William prefería creer que el origen de su talento musical —aquello que lo había salvado todo este tiempo— era el amor.

Enrollaron las mantas e hicieron las mochilas. William limpió la flauta y el pífano y los guardó en su bolsa. Teddy se colocó las correas de su tambor alrededor de su cuello. Había crecido unos centímetros en los últimos meses y ya no arrastraba los pantalones por el lodo ni le quedaba tan grande la chaqueta. Estaba creciendo y, conforme lo hacía, ganaba seguridad en sí mismo. William lo notaba en la forma en que tocaba, con ritmos más fuertes y atrevidos. Las noches que dormían con los suyos, Teddy incluso comenzó a cantar con ellos. La última noche en Port Hudson, uno de los hombres de la Guardia Nativa entonó:

¡Maravillosa gracia, cuán dulce el sonido
que salvó a un miserable como yo!
Estaba perdido, pero encontré el camino.
Estaba ciego, pero ahora puedo ver.

Fue la gracia que me enseñó el miedo a temer
y fue la gracia la que alivió mis miedos.
¡Qué bondadosa fue conmigo la gracia
desde el primer momento en que creí!

Las voces de los hombres se elevaron en armonía, y la letra —que todos habían cantado en la iglesia o en el campo en algún momento de sus vidas— inundó el aire fresco de la noche. Para sorpresa del flautista, Teddy cantó a gritos. Siempre que William escuchaba la canción, pensaba en su madre. Incluso aunque Tilly no podía cantarla, siempre fue una de sus favoritas. Sacudía la pandereta con vigor cada vez que resonaba en las paredes de la casa de alabanza y se unía a la música de la única forma en que le era posible.

—Esta me recuerda a mi madre. —William pasó su brazo alrededor de Teddy cuando la canción terminó. Se llevó la otra mano al bolsillo y apretó su bolsita color índigo.

Teddy asintió con solemnidad, con ojos que comenzaban a llenarse de lágrimas.

—A mi madre también le encantaba.

La mochila de Jacob pesaba más desde que había estado en Port Gibson. Dentro de ella había ahora dos suéteres para el invierno que Lily le había mandado, así como la carpeta en la que guardaba sus partituras, que ya tenía varios centímetros de grosor.

Antes de partir, Jacob buscó a los músicos de otros regimientos con los que había estado tocando los últimos meses. Repartió entre ellos las partituras: sabía que su esposa hubiera estado de acuerdo. Los hombres apreciaron el gesto y le dieron las gracias mientras deslizaban las páginas en sus pertenencias. A pesar de que las partituras no eran caras, encontrar un lugar donde comprarlas era prácticamente imposible dadas las circunstancias.

Uno de los trombonistas miró la partitura de *Cuando Johnny regrese a casa* y sonrió.

—Quería aprenderla desde hacía tiempo.

En el campamento, se sabía que Jacob tenía las partituras más alegres. Otras canciones populares, como *Querida madre, vine a casa a morir* y *Dile a mi madre que morí feliz*, ambas sobre la muerte, no eran del tipo que Lily le mandaba. Ella prefería canciones llenas de esperanza y aliento. De esta forma, Jacob les transmitía a los otros músicos un poco de su espíritu.

Cuando las tropas finalmente se colgaron las mochilas y comenzaron a marchar, la escuchó de nuevo: *Chica de fuego* fue una de las primeras canciones que tanto los soldados negros como los blancos cantaron juntos mientras se abrían paso por el terreno.

Durante cuatro días caminaron hacia el oeste. Atravesaron los tupidos bosques de Luisiana, llenos de pinos y cipreses, y los pantanos en los que el musgo español cubría los robles ancestrales.

—Echo de menos esas flores azules que perfumaban el aire de la noche —le dijo Jacob a uno de sus compañeros de infantería—. Las recuerdo de la última vez que levantamos campamento. El olor... no tenemos nada parecido en el norte.

Inhaló hondo, buscando el aroma, pero, con el invierno en camino, las flores ya se habían secado en el lecho del bosque.

—Escuché a Phipps hablar. Dicen que la Unión acaba de tomar Knoxville —le contó el joven soldado mientras extendía su manta, preparándose para la noche—. Si tomamos Tennessee, estaremos mucho más cerca de ganar esta guerra —exclamó con la voz llena de esperanza.

Jacob colocó su manta militar, delgada y áspera, sobre el suelo y luego puso la de Lily encima. Se aseguró de que el lado con las estrellas fuera el que quedara hacia arriba.

—Esperemos que así sea —convino al recostar su cabeza contra la mochila y cerrar los ojos.

Esperaba que Lily hubiera comprado la manta con los cuadrados grises y verdes, la que había mencionado en una de sus últimas cartas. Pensó en cómo descansarían juntos bajo la misma tela mientras el sueño se apoderaba de él.

El clima se había vuelto más frío de lo esperado cuando llegaron a Lafayette cuatro días más tarde. No era nada comparado con las heladas de Nueva York o Boston, pero muchos de los negros nunca en su vida habían visto escarcha.

—Jamás había visto una hoja así. —Teddy levantó una hierba del suelo, con una esfera de humedad que parecía una perla encapsulando su punta.

William la observó y su aliento derritió el velo de hielo mientras hablaba.

—Más vale poner nuestras tiendas pegadas para no perder calor —aconsejó, mirando a los hombres que batallaban para clavar las estacas en la tierra congelada. Ahora que eran parte de la escolta del general Phipps, William y Teddy tenían una tienda, pequeña y maltrecha, sí, pero aun así seguía siendo un lujo inusual—. Y preséntate ante Phipps —le recordó al niño—. No olvides que tienes que traerle todo lo que necesite.

Horas más tarde, una vez que los hombres habían levantado el campamento y encendido una fogata para calentar sus latas de comida, William observó las caras cansadas que lo rodeaban. Conocía algunos rostros; otros eran nuevos. No había visto a Jacob desde que llegaron, pero sacó su flauta y le dijo a Teddy que tomara su tambor.

Animó a los hombres a cantar el *Himno de batalla de la República*. Sabía que Jacob vendría en cuanto escuchara la música.

42

Stella decidió salir un rato de la casa con Wade a dar una caminata por Rampart. El aire estaba fresco a pesar del sol que brillaba. Colocó a Wade en la cesta, lo tapó bien y se dirigió a casa de la señora Claudette para mostrarle que su regalo le había servido de maravilla.

—¡Pasa! —Claudette parecía feliz de verlos cuando abrió la puerta, aunque también se notaba cansada de trabajar la noche anterior. Casi de inmediato, le contó que a uno de sus clientes le había encantado el pañuelo que Stella le había hecho como agradecimiento por la cesta. La chica había bordado los hilos del chaleco de Frye sobre un cuadrado de tela blanca y los había usado para formar tres delgadas estrellas—. Le pareció admirable tu trabajo, Stella, y, con la Navidad tan cerca, está pensando en enviarle uno parecido a su novia como regalo. —Extendió los brazos para abrazar a Wade—. Creo que podría conseguir que te pagase medio dólar —calculó.

Stella le pasó al bebé y sonrió.

—Oh, eso son buenas noticias, la verdad. Dios sabe que nos vendría bien el dinero —admitió.

La señora Claudette levantó a Wade y le dio un beso en la cabeza.

—Quizá se corra la voz entre los hombres de la Unión y te lleguen más pedidos. Tus pañuelos son fáciles de enviar por paquetería porque son ligeros, por no hablar de lo encantadores que son.

—Sería un placer —respondió ella. La llenaba de satisfacción pensar que los hilos de Frye serían enviados al norte para que alguna mujer yanqui se sonara la nariz con ellos.

—Y, por si le interesa a Ammanee, he oído que están buscando una cocinera para el cuartel de la Unión. Han comenzado a circular rumores de que las mujeres blancas a las que habían contratado le estaban poniendo cosas asquerosas a la comida. —Hizo una mueca—. Ni siquiera te voy a decir qué, era asqueroso.

—Se lo diré a Ammanee. Creo que sería perfecta para el puesto.

Stella apreciaba que la señora Claudette intentara apoyar su economía de cualquier forma que pudiera. A pesar de su actitud distante al principio de la relación, ahora le transmitía una calma inmensa.

—¿Janie te está ayudando con todo?

Stella se sentó y alisó su falda.

—Ya conoces a mi madre. Hay cosas que no van a cambiar, pero adora al bebé. Incluso le ha estado cambiando los pañales y ayudándome a lavarlos. Hace lo que puede, pero el frío no le está sentando bien. Le duele la artritis.

—A nadie le hace bien —convino la señora—. Si las articulaciones le están dando dolores, deberíais prepararle un poco de té de matalobos.

Stella se tensó. No podía decirle a Claudette que habían usado toda la reserva que tenían de las poderosas flores azules.

—Sí —respondió en voz baja—. He oído que obra magia.

Durante las semanas que siguieron, Stella trabajó con diligencia en los nuevos pañuelos. Extrajo con delicadeza los hilos dorados y verdes del chaleco de Frye y con sus tijeras cortó lo que quedaba del último trozo de la tela que había usado para los mapas. Dependiendo de lo que le pidieran los soldados, bordaba estrellas doradas o zarcillos de hiedra. Por algo más de dinero, deshilaba lo poco que quedaba del chal de Hyacinth y añadía una flor. Roja para un amor apasionado, morada para sanar las preocupaciones de la distancia; para las madres y hermanas, la opción favorita era el junquillo amarillo, un símbolo de amor familiar.

—Me recuerda a los viejos tiempos —comentó Ammanee, mientras Stella tejía y el bebé dormía la siesta.

—Tú me enseñaste cómo sostener mi primera aguja. —Le sonrió a su hermana.

—Siempre tuviste talento para ello y ahora eres mejor que yo. —Ammanee se notaba cansada. Se había pasado el día entero cocinando para los hombres de la Unión, pero al menos había traído a casa una cesta de sobras para compartir con su hermana—. Les encantó el *hoppin' John* —le dijo mientras recalentaba la comida en la estufa—. No sé qué les estaban cocinando esas mujeres blancas. Nunca había visto hombres tan felices de comer arroz con alubias.

Los ojos de Stella se abrieron de par en par con el primer bocado.

—¿Esto tiene codillo? —El sabor a cerdo cubrió su paladar como una explosión.

—Un poco, picadito, sí. —Ammanee sonrió—. Un viejo clásico, alubias, pimiento morrón...

Stella podría haber llorado de lo delicioso que estaba. Se comió la mitad de su plato y lo dejó a un lado.

—Le voy a guardar un poco a mamá.

Ammanee negó con la cabeza.

—No, termínatelo. Le he preparado a ella un plato antes de venir. Nadie revisa cuánto traigo a casa. Tenemos suficiente para todas.

43

La paquetería llegó al campamento por montones. Adams Express se encargaba de entregar paquetes que venían de lugares tan lejanos como Albany y Búfalo. La compañía de paquetería, con sede en Boston, había expandido su servicio de envíos. Al ser una empresa privada, que servía a ambos bandos en la guerra, le era posible realizar entregas tanto en los territorios de la Unión como en los de los confederados. Su negocio florecía gracias al conflicto.

Varios hombres que no habían recibido una sola carta en todo un año fueron recompensados con paquetes de sus seres queridos. Dentro de algunas cajas había suéteres para el invierno o pantalones nuevos, mientras que en otras había pan horneado casero, galletas, salsas y mermeladas. Algunos suertudos incluso presumían de haber recibido fruta seca y dulces. Otros, quienes no tenían familia ni amores, recibían paquetes de jóvenes solteras, con notas escondidas dentro de guantes tejidos a mano, que buscaban entablar correspondencia con algún hombre valeroso.

A pesar de la dureza de la guerra, la atmósfera del campamento comenzaba a llenarse de un aire navideño. Además de los paquetes y la comida, Jacob notó que incluso los soldados más rudos eran más amables con los otros. Sus peticiones musicales cambiaron también: ya no querían baladas de guerra. En su lugar, querían canciones que representaran aquel espíritu festivo.

Jacob siempre había disfrutado de las festividades con la perspectiva de alguien de fuera. De niño le encantaba caminar por las calles atiborradas de la ciudad, entre las farolas decoradas con coronas y las ventanas que brillaban con la luz de dentro de los cirios. El ambiente era contagioso, incluso aunque en su familia no intercambiaran regalos ni simularan la visita de San Nicolás.

Aun así, aquellos recuerdos reafirmaban lo que ya sabía. A pesar de haber pasado su vida entera en Estados Unidos, jamás sería parte de muchas de las tradiciones fundamentales del país.

—¿No hay ningún regalo para ti? ¿Ni siquiera de esa chica de fuego? —lo molestó uno de los soldados.

Jacob se encogió de hombros.

—Hoy no.

Era verdad: no había recibido nada desde su llegada a Baton Rouge. Pero desde su conversación con William era más consciente de la suerte que tenía de haber estado recibiendo paquetes desde el principio. Antes de hablar con él, Jacob no se imaginaba que la mayoría de los reclutas negros jamás habían recibido siquiera una carta.

Guardó la corneta en su estuche. Había pasado gran parte de la mañana limpiándola y lubricando las válvulas, ya que no había podido hacerlo durante el viaje.

—Mi novia me ha enviado algunos dulces. —El soldado abrió la mano y le mostró dos caramelos de sirope de arce, envueltos en cera de abeja—. Tú siempre compartes con nosotros lo que te llega. Toma uno —le dijo con una sonrisa.

Jacob lo cogió y le dio las gracias.

El soldado se echó el otro a la boca.

—Feliz Navidad, Kling. Por otro año de vida.

Jacob se guardó el dulce en el bolsillo, pues no quería derretirlo con el calor de su mano. Se moría por probarlo, pero sabía que había alguien que lo disfrutaría aún más.

Caminó hacia el extremo del campamento y encontró a Teddy de rodillas, restregando las camisas de los oficiales con una pastilla de jabón y una tabla de lavar. A su lado había un cubo de hojalata lleno de agua jabonosa.

—Te he traído algo —le anunció. Se llevó la mano al bolsillo y sacó el dulce—. No es mucho, pero pensé que te gustaría un poco de dicha navideña.

—Gracias, señor —respondió el niño. Tomó el caramelo, lo desenvolvió con cuidado y se lo llevó a la boca—. No como dulce desde hace mucho, señor. —Una gran sonrisa le iluminó la cara.

—Me alegra que te guste —le respondió Jacob, sonriendo también, aunque le habría gustado tener más para darle—. ¿Has visto a William? El general quiere dar un concierto para la víspera de Navidad y tengo que organizar un repertorio para elevar el espíritu de las tropas hasta Año Nuevo.

—Está por ahí —señaló Teddy.

William estaba de pie fuera de su tienda, flauta en mano, observando el bosque.

Jacob reconoció la mirada lejana en el rostro de su amigo. No estaba pensando en la Navidad o siquiera en la música. Estaba pensando en Stella.

—Es extraño. Es mi primera Navidad sin ser un esclavo —le confió William.

Pensó en su infancia en la isla Sapelo, cuando Eleanor Righter repartía a cada esclavo una naranja o un pomelo, como si las frutas fueran tan exóticas o valiosas como el oro. Incluso entonces, mientras a los otros esclavos les daban el día libre, William era el entretenimiento para los invitados de la patrona.

—Mientras los otros cantaban y bailaban en las chozas, yo tenía que tocar los clásicos, todas esas piezas barrocas que tanto le gustaban. Lo peor es que tenía que ponerme el traje de terciopelo y la camisa alechugada del tonto de su hijo. —William resopló—. Mi madre me guardaba una porción de zarigüeya asada y batata para cuando volviera a casa. La dejaba en una pequeña lata, en mi cuarto, pero aun así siempre sentía que me estaba perdiendo algo especial.

—Lo siento —empatizó Jacob—. Ahora me siento mal porque Phipps te haga tocar mañana. A mí no me importa, ni siquiera es mi celebración.

—A mí tampoco. —William se encogió de hombros—. El general no quiere Vivaldi o Bach, sino canciones alegres de Navidad. Al menos nos deja decidir la música que tocamos.

—Eso es cierto.

—Pero sí que me gustaría regalarle algo especial a Teddy, algo que le haga sentir que tenemos motivos para celebrar. Es solo un niño, debería recibir algo que lo emocionase. —William se frotó la cabeza—. Había un hombre en Sapelo..., lo llamábamos el viejo Abraham. Era el único de los esclavos que tenía permitido cortar un árbol por Navidad. El ama Eleanor estaba en deuda con él porque había salvado a su hijo de ahogarse. Además, a la señora le encantaba la idea del árbol desde que Jenny Lind, la cantante de ópera, puso uno en la habitación de hotel en la que se hospedaba; causó un gran revuelo en Charleston. La señora pensaba que le estaba dando algo muy especial a Abraham al permitirle tener uno en su choza. —Cerró los ojos, recordando al hombre que le había regalado su primer instrumento—. Solía decorar el árbol con todo tipo de detalles. Nada que fuera demasiado caro, como el de la señora. Pero el de Abraham era especial. Usaba piñas de pino y collares que hacía con bayas secas. —Tomó aliento—. Me gustaría regalarle a Teddy un árbol así.

—No veo por qué no podemos hacerlo —dijo Jacob—. Estamos en medio del bosque. Seguro que podríamos encontrar un árbol y traerlo al campamento.

William arqueó una ceja.

—¿De verdad? —respondió, encariñándose con la idea—. Podemos llevarlo con nosotros para que escoja el árbol que quiera. Podemos cazar un conejo también, hacer un festín.

Jacob asintió.

—Suena bastante mejor que el lechón que mis hombres comerán esta noche. He comido tanto cerdo este último año que mis antepasados se estarán revolcando en sus tumbas.

—Te tengo otra sorpresa. —William despertó a Teddy de su sueño al amanecer.

El chico dormía sobre una cama de hojas de roble, dentro de su pequeña tienda de lona, con el tambor a su lado.

William habría querido que Teddy, Jacob y él hubieran salido el día anterior, pero sus responsabilidades como músicos la noche de la víspera de Navidad se lo había imposibilitado. Se pasaron el día entreteniendo a los regimientos blancos.

Pero ahora, con la niebla del amanecer extendiéndose por el campamento y los hombres roncando tras una noche de celebración, los tres podían salir sin que nadie los extrañara.

—¿Necesito mi tambor? —preguntó Teddy, frotándose los ojos.

William nunca salía sin la flauta que Frye le había regalado. Era demasiado valiosa para dejarla en la tienda, pero el tambor sería demasiada carga en caso de que Teddy tuviera que ayudar a llevar el árbol al campamento.

—No, trae solo tu abrigo. Necesitarás algo que te mantenga caliente.

Teddy se puso su abrigo azul de la Unión y metió las manos en un par de calcetines que uno de los soldados blancos había desechado, pues le habían llegado unos nuevos por paquetería. El niño los usaba como guantes improvisados.

Los dos se reunieron con Jacob en los límites del campamento. Llevaba ropa de civil, el suéter de lana que Lily le había enviado a Port Gibson, y se le notaba contento de que William lo hubiera incluido en el plan de darle a Teddy una Navidad alegre. Circulaban rumores entre los hombres de la infantería acerca de una nueva campaña que comenzaría tras Año Nuevo, quizá hacia Texas; a Jacob le aterraba pensar lo que la suerte les deparaba.

William observó la naturaleza.

—No hay que ir muy lejos. No queremos problemas. —Nadie había avistado rebeldes en el área, pero sabía que tenían que mantenerse alerta—. ¿Tenemos todo lo que necesitamos?

—Sí —respondió Jacob, palmeando su bolsa. Llevaba algunos alimentos y una pequeña sierra que un compañero le había prestado—. Y he traído la partitura que me pediste. —Se la pasó a William junto con un lápiz—. En caso de que quieras hacerle alguna anotación al acompañamiento.

—Gracias —respondió él con una sonrisa mientras la guardaba en su abrigo.

—¿Adónde vamos? —los interrumpió Teddy.

—Es una pequeña aventura navideña —anunció William, poniendo su brazo alrededor del niño.

Caminaron hacia el este, hacia el sol naciente; tres figuras de distintas alturas atravesando el bosque distante.

El campamento había sido levantado a propósito sobre un pedazo de tierra a unos kilómetros de los árboles para que los soldados de distintas tropas construyeran sus refugios.

William se notaba más ligero de lo normal al caminar sobre el suelo lleno de hojas. No se sentía así de feliz desde hacía mucho tiempo, probablemente desde la última vez que vio a Stella en la plaza Congo. Las festividades de la noche anterior no eran la causa de su buen humor. Sí, había cumplido con las órdenes de Phipps y les había dado todo un concierto a las tropas, en el que había tocado himnos conocidos como *Deck the Halls* y *O Come, All Ye Faithful*. Pero el concierto le había hecho sentirse un intérprete, no un soldado. Quizá si algunos de sus camaradas de la Guardia Nativa hubieran estado presentes, se habría sentido acompañado. Pero, una vez más, tocaba para los blancos, y casi todos estaban más interesados en la comida y la bebida que en la música.

Ese día, sin embargo, se creía en la cima de todo. Lo llenaba la fragancia de los abetos; casi podía sentir las agujas resinosas del pino en sus palmas. Estaba agradecido por los recuerdos que tenía de Abraham, pues ahora podía hacer algo que Teddy siempre recordaría.

William comenzó la aventura cantando, su voz recitaba las melodías cálidas y espirituales de su juventud. Sintiéndose seguro de sí mismo, Teddy empezó a entonar esas profundas y emotivas letras junto a él:

Oh, a veces me siento como un hijo sin madre,
a veces me siento como un hijo sin madre,
tan pero tan lejos de casa...

El registro y tono de la voz de Teddy era mucho más grave de lo que Jacob esperaba y las palabras penetraron dentro de su corazón. Le pareció, al escucharlo cantar, que era como si el niño compartiera la música de un instrumento nuevo que había escondido hasta entonces.

Cuando William se le unió en la armonía, las voces se mezclaron como si su vínculo proviniera de tiempos remotos y estuvieran conectados por la historia.

—No conocía esa canción —admitió Jacob cuando terminaron. Las palabras lo habían agitado: no podía evitar pensar en su propia madre, quien había muerto hacía ya casi diez años.

—Lo que cantamos no aparece en las partituras, como las canciones del norte que tu chica te envía. —William levantó la barbilla en dirección a Teddy—: ¿Verdad? Estas canciones se aprenden de otra forma, en la casa de alabanza, en los campos de algodón o hasta en la cocina.

Teddy asintió.

—¿Tal vez tengas una que quieras compartir con nosotros? —le preguntó el flautista a Jacob mientras avanzaban por el camino.

Jacob se esforzó en pensar en una canción. Casi todas las que conocía habían sido transcritas a partituras en algún momento. Recordaba algunas baladas alemanas que su madre les había cantado a él y su hermano cuando eran niños, pero eran extrañas y no le parecieron apropiadas para el bosque de Luisiana.

—Tengo que pensar en una...

—Bueno, tengo una gullah para mientras piensas. —William lanzó un grito y comenzó a cantar.

Al mediodía, llegaron a un claro en medio del bosque, justo cuando el sol de la mañana desaparecía detrás de las nubes.

—¿Qué hacemos aquí? —preguntó Teddy.

—Vamos a iniciar nuestra propia tradición navideña —le explicó William. Con la mirada, exploró el bosque. Necesitaban un árbol pequeño, algo que fuera fácil de cortar—. Primero, necesitamos fuego. Vamos a preparar algo rico.

—¿Queréis que os traiga un conejo? —se ofreció el niño—. ¿Tenéis cuerda?

—No tiene que ser un conejo. Las ardillas están igual de buenas. —William abrió su mochila y le pasó a Teddy un rollo de soga—. Pero ten cuidado, ¿vale?

El pequeño asintió y caminó hacia el bosque. Su sonrisa les comunicó que los esfuerzos valdrían la pena.

—La verdad es que podríamos haber hecho esto junto al campamento, pero hoy quería sentirme libre —confesó William, de cara a Jacob. Respiró el aire fresco. El aroma a pino y abeto le daba energía—. Dijeron que no habría batallas hasta Año Nuevo, ¿cierto?

—Me imagino que todos estarán aprovechando las fiestas para descansar —convino Jacob.

En realidad, ambos sabían que nadie había visto rebeldes en la zona. La mayoría de las batallas en Baton Rouge habían tenido lugar entre la primavera y el verano, y Phipps solo les había ordenado acampar ahí para descansar antes de la próxima campaña.

William señaló un árbol que apenas le llegaba al pecho. Sus delgadas ramas estaban cubiertas de agujas verdes.

—Nos llevamos ese. Lo pondremos dentro de la tienda de Teddy. Este día se le quedará grabado en la memoria. —Una sonrisa se esparció por su cara mientras recolectaba la leña para la fogata.

El primer disparo los puso pecho a tierra. El suelo estaba húmedo bajo sus palmas.

Los ojos de William miraron hacia todos lados. Sin que tuvieran que intercambiar una sola palabra, sabían que se trataba de Teddy.

Inmediatamente se levantaron para ir a por él. Corrieron hacia el lugar de donde venía el estallido. William dejó a un lado los retoños de los árboles sobre la ladera para llegar en cuanto antes.

Jacob cogió su pistola, sin saber a qué tendría que apuntarle. Entonces bajó la mirada. Vio a William abrazando a Teddy. Salía sangre del cuello del niño y su cabeza colgaba.

Una oleada de adrenalina se apoderó de él. Avanzó y

descubrió una silueta que parecía la de un niño sosteniendo un conejo en una mano. Con la otra, sostenía el arma que los había alertado a él y a William. Jacob corrió detrás de la figura, disparando a la sombra que había atacado a Teddy, pero no se dio cuenta de que había un tronco en su camino. La madera atravesó su pantorrilla y cayó al suelo.

Aun así, el cornetista no sintió dolor al principio. Solo oía los dolorosos lamentos de William.

—¡Se ha ido! ¡Se nos ha muerto!

Los gritos de William no paraban. Sostenía a Teddy contra su pecho como a un bebé. El cuerpo del niño se encontraba flácido como un muñeco. La camisa del flautista estaba empapada en su sangre.

Jacob intentó levantarse del suelo, pero el dolor en su tobillo lo venció.

—¿También te han disparado? —William sonaba delirante.

—Creo que solo me he torcido el pie.

Jacob gruñó mientras se arrastraba hacia William. Mientras tanto, este lloraba.

—¡Ha sido por mi culpa! ¡Por mi culpa! ¡Solo quería hacerle feliz, y he conseguido que lo mataran! —Sobaba su mano sobre la chaqueta azul de Teddy, como si intentara, en vano, revivirlo—. Fui yo quien le dijo que se pusiera el abrigo.

No oyeron ningún otro disparo. Lo más probable era que hubiera sido algún cazador de paso y no un francotirador rebelde.

—No es tu culpa —insistió Jacob—. Pero tenemos que regresar al campamento. —Todo había ocurrido tan rápido... Se sentía mareado y unas náuseas terribles lo invadían al intentar caminar hacia su amigo. No comprendía bien lo que había sucedido—. Quizá todavía puedan ayudarlo.

William negó con la cabeza.

—Ya no hay vida dentro de él. Le han dado justo en la garganta —lloró.

—No... —Jacob se derrumbó—. No puede ser cierto...

Con dos dedos, el flautista cerró con gentileza los párpados del niño, borrando así aquella expresión congelada de miedo.

—Nadie puede hacer ya nada.

De la pierna de Jacob comenzó a salir sangre. Era evidente que no solo se había torcido el tobillo, pues la herida dejaba al descubierto su hueso.

—Si lo llevamos al campamento, podremos enterrarlo —dijo con los dientes apretados.

—¿Enterrarlo? —William levantó la voz, recordando lo que había visto en Port Hudson—. ¡Lo van a echar a una zanja!

Intentó recobrar la compostura. Se movía con rapidez dada la naturaleza de la situación. Estaban solos, en un bosque desconocido, y el asesino de Teddy podía estarles apuntando con su rifle en ese mismo momento. Con cuidado, colocó al niño en el suelo y se acercó a Jacob para evaluar la herida. Su tobillo sangraba y, alrededor de él, la carne comenzaba a hincharse y decolorarse.

William cerró los ojos y respiró. Se quitó el abrigo, arrancó una de las mangas y la amarró alrededor del tobillo de Jacob para detener el sangrado.

—Ojalá tuviéramos whiskey... Me vendría bien justo ahora —susurró el cornetista.

—Silencio. —Miró la pierna de su amigo mientras dilucidaba en qué enfocar sus esfuerzos—. Te voy a conseguir ayuda —decidió—. Enseguida.

—No —respondió Jacob con una fuerza inesperada—. Encárgate de Teddy primero —le suplicó—. Mi tobillo está mal, pero no va a matarme.

—No te puedo perder a ti también —rogó William.

Jacob luchó contra el dolor.

—Vamos a enterrar a Teddy con honor, como se merece. Como un soldado.

William abrió las manos, sin nada más que ofrecer.

—No puedes cavar una tumba lo suficientemente profunda sin una pala, Willie —le dijo Jacob—, así que busca una zanja profunda. Lo cubriremos con hojas, tierra y palos.

—Hay que hacerlo bien —convino William—. No podemos dejarlo aquí, a la intemperie.

Se llevó las manos a los bolsillos interiores del abrigo, más allá de la flauta, que estaba apoyada junto a su corazón. Sacó el pañuelo que Stella le había regalado y lo usó para secarse los ojos.

William siguió la sugerencia de Jacob. Encontró un lugar en el que la tierra se había erosionado de forma natural y colocó con cuidado a Teddy dentro de la cuenca, asegurándose de que mirara hacia el este, como dictaba la tradición gullah. Puso el pedazo de tela bordada con azul que lo había protegido todo ese tiempo dentro del abrigo de Teddy. Iba a ser horrible no tenerlo con él, pero saber que algo que venía de las manos de Stella se quedaría junto al niño valía la pena. Acarició la mano fría de su pequeño amigo y juntó sus brazos para darle una última posición de descanso. Sin hacer un solo sonido, lo cubrió con toda la tierra y los arbustos que pudo encontrar y dispuso sus baquetas encima, marcando la tumba con sus pertenencias, otra tradición de Sapelo.

Mientras William formaba un montículo sobre la tumba, Jacob intentó arrastrarse hacia él.

—Acércame —le pidió desde su dolor.

Su amigo caminó hacia él y le puso el brazo sobre su hombro para cargarlo hacia la improvisada tumba.

—¿Qué eran esas palabras que dijiste en Port Hudson? —le preguntó a Jacob—. *¿Yiska gal...?*

William a menudo se acordaba del ritmo y la potencia de la plegaria judía para los muertos desde que había escuchado al cornetista recitarla para los cientos de cuerpos masacrados en Port Hudson.

—¿El *kadish*?

—Sí —respondió él, limpiándose las lágrimas—. Ya le he rezado al Señor. Recemos esa también.

Jacob se sostuvo del hombro de William luchando contra el dolor, invocando la fuerza para decir la plegaria junto a su amigo.

> *Yitgadal v'yitkadash sh'mei raba b'alma di-v'ra chirutei, v'yamlich malchutei b'chayeichon uvyomeichon uvchayei d'chol beit yisrael, ba'agala uvizman kariv, v'im'ru: amén.*

—Tenemos que encontrar dos piedras y ponerlas sobre la tumba —explicó Jacob—. Es otra de nuestras tradiciones. Lo hacemos para demostrar a los vivos que siempre recordaremos a los muertos.

William se relajó por un momento.

—Déjame ponerte en el suelo —le dijo mientras lo recostaba. Después, se marchó a buscar las dos piedras.

Cuando regresó, puso las piedras sobre el montículo y se arrodilló. Con dos manos sobre la tierra, recitó otra plegaria, una que Jacob ya no alcanzó a escuchar.

44

Nueva Orleans, Luisiana
Diciembre de 1863

Aquel año, Stella tenía la sensación de que la Navidad era distinta. Estaba sentada en el salón con Wade sobre su pecho, su pequeño dedo envolviendo el de ella. La paz de su hijo era contagiosa; mientras lo amamantaba, sentía cómo todo su cuerpo se relajaba. Miró a su bebé y juró mantenerlo seguro a pesar del futuro incierto.

Janie se asomó por encima de ella y acarició la cabeza de su nieto.

—Se está poniendo grande —musitó—. Hay que tenerte alimentada para que fluya bien la leche.

—No te preocupes. Ammanee nos está cuidando muy bien —le aseguró Stella.

—¿A qué hora regresa?

—Hoy termina a las tres, en cuanto acabe la cena de Navidad de los soldados. Creo que les va a preparar pavo asado.

—Espero que hoy le dejen llevarse más que solo las sobras —sonrió Janie.

El estómago de Stella rugió. No comía pavo desde antes de que la guerra comenzara. Pensar en el festín le hacía la boca agua.

—Tu hermana lo está haciendo bien. —Su madre chasqueó la lengua—. Es como yo. Hace lo que sea por sobrevivir.

El corazón de la chica se detuvo. Sabía que las palabras de su madre implicaban que ella era débil o, en cualquier caso, más débil que Ammanee.

—Supongo que no ha tenido más remedio que ser fuerte. La vida no ha sido tan fácil para ella como para ti —añadió Janie.

—Mamá —le dijo ella—, yo no diría que mi vida ha sido fácil.

—Distintos grados de dificultad, distintos tonos de marrón —respondió su madre en voz baja.

Stella pensó en la noche en que su madre y su hermana la prepararon para ir al Mercado. No conocía el amor, no sabía nada acerca de elegir con quién acostarse. La habían enviado a un matadero vestida de fruslerías que su madre y Ammanee habían cosido.

—¿No soy yo también una sobreviviente, acaso? —reclamó Stella.

Sentía que durante toda su vida adulta no había hecho otra cosa más que sobrevivir.

Ammanee trajo a casa un cubo lleno de pan de maíz, relleno y sobras. En una cesta, traía pavo y tarta. Le habían dejado llevarse más de lo que las dos mujeres hubieran esperado.

—Es un festín. —Janie se frotó las manos mientras ayudaba a su hija a sacarlo todo.

—Espero que no os moleste, pero me he acercado a las casas de las señoras Emilienne y Hyacinth para decirles que vinieran. Hay más que suficiente para compartir.

—Por supuesto —dijo Stella, levantándose de la silla. Se bajó la blusa y se echó a Wade al hombro—. Han sido tan amables y generosas con nosotras cada vez que hemos necesitado algo... El parto, la comida... ¿Cómo podríamos decirles que no?

Janie tomó un pedazo de pan de maíz de la cesta. Las mujeres no necesitaron escuchar la respuesta de su madre: su postura quedaba clara con cada bocado que daba.

Ammanee y Stella colocaron toda la comida en los platos que tenían. Cinco piernas de pavo. Un tazón pequeño de relleno y arándanos encurtidos. Tres pedazos de pan de maíz. La señora Hyacinth y Emilienne se sirvieron porciones pequeñas, navegando con elegancia la cantidad limitada de comida que tenían.

—Hay que procurar que Stella coma más —opinó la señora Emilienne—. De postre, solo quiero a Wade.

—Sin duda es dulce —convino la señora Hyacinth. Sus ojos verdes brillaron maravillados al ver al bebé envuelto en su manta—. Estar frente a algo tan perfecto nos da esperanza. No podría haber mejor regalo de Navidad.

—Que la guerra se acabara —les recordó Janie— sería un gran regalo también.

—Cómo no —dijo una de ellas.

—Y un jamón —añadió Janie con seguridad.

Ammanee se levantó y comenzó a recoger los platos. Ella no se había servido nada; Stella esperaba que fuera porque ya hubiera comido en los cuarteles, pero algo en la cara de su hermana no le terminaba de cuadrar.

—Pasa algo. Me doy cuenta. —Stella alejó con delicadeza a su hermana de la pila de platos. Le había rogado que la dejara hacerlo, pero Ammanee se había negado—. ¿Qué es lo que ocurre? Puedes decirme lo que sea, hermana.

Ammanee respiró profundamente y se limpió las manos con un trapo.

—No quería decir nada aún, pero supongo que no te puedo esconder nada. —Sonrió mientras metía la mano en uno de sus bolsillos. De él sacó un anillo plateado y pequeño hecho a partir de una cucharita de té. Ammanee se lo puso en un dedo de la mano izquierda; sus ojos se enternecieron—. Benjamin me lo ha dado hoy. Me ha dicho que es un anillo de promesa.

Stella tomó el dedo de su hermana y se lo acercó para ver de cerca el anillo.

—Dios, Ammanee. ¿Lo ha hecho él?

—Sí, de una de las cucharitas de la casa grande. Me ha dicho que la señora ha estado tan devastada por Percy que ni se ha dado cuenta.

Stella lo inspeccionó más de cerca. Donde los dos extremos de la cuchara se unían, un pimpollo de plata florecía.

—Es precioso.

Ammanee se sonrojó. Se llevó la mano al pecho, acercando el anillo a su corazón.

—Me fue a buscar al cuartel. Estaba vestido todo elegante, con sus mejores ropas. Me llevó a un aparte y me dijo que no quería seguir esperando. Que no le importaba si la ley lo reconocía o no. Que lo único que quería era que saltáramos la escoba. Que fuera suya.

Habían pasado meses desde que Stella había escuchado la conversación entre Ammanee y Janie. Odiaba admitir lo mucho que le pesaba que su hermana no confiara en ella lo suficiente como para compartir sus anhelos más profundos. Por eso sintió un inmenso alivio ahora que su hermana por fin le confiaba su vida.

Colocó la mano sobre la cintura de Ammanee.

—Tú, de todas las personas, mereces tener amor más que nadie.

—Me ha dicho que la señora ha prometido volverlo jefe. Al parecer es el único a quien le confía la tierra para que la siembre. Es tan bueno arreglando cosas, creando herramientas, que ella lo trata mejor cada día.

Stella guardó silencio, sin saber cómo reaccionar. Por supuesto que deseaba lo mejor para ella, pero ¿acaso Benjamin quería que Ammanee regresara a la plantación? Con Frye muerto, Stella pensaba que su hermana estaba más cerca de la libertad que nunca. Después de todo, dudaba que la esposa de Frye supiera sobre su doble vida y las transacciones que la acompañaban.

—Estar con Benjamin, ayudarlo a arar la tierra, tener a su bebé... suena bastante bien. —Se imaginó Ammanee en voz alta—. Aun así, es difícil creer que alguien blanco vaya a hacer lo correcto. Sé que madre diría que soy una tonta por soñar así, pero espero que el Señor tenga un camino para mí.

Stella no detectó ningún tipo de lamento en el tono de Ammanee. Sonaba convencida; era casi el mismo tono con el que Janie les hablaba. «No importa lo que deseas, sino cómo evitar la zanja» era lo que siempre les repetía.

—Una parte de ella tiene razón, Stella. No me puedo imaginar regresando a una plantación. Esa vida es muy dura, incluso al lado de Benjamin, pero se supone que será diferente ahora que están ganando los federales.

Stella notaba el conflicto que se debatía dentro de

Ammanee. A pesar de la vida color de rosas que Benjamin le prometía, incluso si su ama cumplía su palabra, el mundo en el que se casarían estaría lejos de ser un cuento de hadas. Si se iba, su hermana dejaría la cabaña para vivir una vida llena de mucha más inseguridad y dificultades.

Pero Stella siempre había creído que valía la pena perseguir cualquier rayo de luz.

—Quiero que seas amada. Quiero que tengas a tu propio bebé y que nunca temas que alguien te lo vaya a quitar —dijo Stella, casi como si las palabras fueran una plegaria.

Pero sabía que, como mucho, eran solo un deseo. Y, habiendo crecido como hija de Janie, sabía demasiado bien que los deseos casi nunca se volvían realidad.

45

William levantó a Jacob y trató de quitarle el máximo peso posible del tobillo. La manga con la que lo había vendado estaba empapada.

—Te voy a llevar de vuelta —le dijo—. Estás perdiendo sangre, y tienen que curarte esa herida. —No le mencionó que, una vez en Sapelo, había visto a un esclavo perder la pierna porque el supervisor no quiso prestarle atención inmediata y la lesión terminó infectándose. Puso el brazo de Jacob sobre su hombro—. Vamos a hacerlo paso a paso —le aseguró.

Pero Jacob apenas podía caminar con la pierna buena. El dolor era demasiado intenso.

—No creo que pueda lograrlo —gruñó—. Willie, déjame aquí. —Tenía la cara blanca como un hueso—. Prométeme que enviarás la carta que dejé guardada en mi tienda. No se la pude enviar a Lily antes de Navidad.

—No te voy a abandonar. Esa carta la vas a enviar tú mismo. —La voz de William era firme—. Vamos a intentar llegar lo más lejos que podamos. —Tomó la cantimplora de la mochila de Jacob y le hizo beber más agua. Era temprano, así que todavía tenían mucha luz—. No pienso perderte a ti también.

William intentó llevar a Jacob en dirección al campamento, pero la dificultad del terreno lo obligó a alterar su ruta. Tras casi media hora de esfuerzo por seguir adelante, se dio cuenta de que necesitaban un nuevo plan.

—Creo que voy a tener que cargar contigo. —A William le costaba respirar.

El cornetista no respondió.

—¿Jacob?

Dejó caer el brazo de su amigo y lo recostó sobre el suelo. Estaba pálido y tenía los ojos en blanco. Repitió su nombre en vano. Jacob apenas lograba mantenerse consciente y de sus labios solo salía un quejido casi imperceptible.

—No te me vas a morir —dijo William, casi como si fuera una orden. Buscó la cantimplora de nuevo y tiró un poco de agua sobre los labios resecos de su amigo; luego tomó un trago—. Sí, voy a llevarte en brazos.

Miró a su amigo y la determinación se apoderó de él. Metió la comida y el agua que tenían en una sola mochila y levantó a Jacob con sus brazos.

William jamás había sido un hombre de gran fortaleza física, así que cargar con su amigo requirió de toda su fuerza. El bosque, que hacía unas horas parecía una extensión de su libertad, ahora se había convertido en un laberinto. Luchó por orientarse y se dio cuenta de que no sabía cómo regresar al campamento.

Casi una hora después, tras efectuar un par de descansos para beber agua y para darle agua a Jacob, notó un hilo de humo que salía de un claro en el bosque.

Recostó a Jacob y se acercó. No recordaba haber pasado por una casa. Pero ahí, en medio del claro, había una choza que parecía caerse a pedazos, con un pequeño cobertizo.

William miró a Jacob, acostado en la tierra. No sabía cuánto más podría cargarlo, pero necesitaba atención de inmediato. Tenían que lavar la herida e inmovilizar el tobillo; de lo contrario, perdería la pierna, o hasta podría morir.

Tomó una decisión. Ninguno de los dos traía puesto su uniforme de la Unión. La pinta de William era terrible. Le faltaba una manga, la que había usado para vendar a Jacob, y sus pantalones y la chaqueta estaban llenos de sangre. Pero sabía que la única opción que tenía era llamar a la puerta y esperar que al otro lado hubiera alguien que pudiera ayudarlos.

William levantó a Jacob de nuevo y comenzó a caminar hacia la casa, luchando contra la sensación del peligro desconocido. Se dio cuenta de que la persona de la cabaña podría incluso ser el monstruo que había matado a Teddy. Pero se obligó a no pensar en ello. Quizá porque era Navidad, quizá solo por eso, alguien los ayudaría por caridad.

Llegó a la puerta tosca, colocó a Jacob contra la pared de la choza y tocó la puerta con su mano libre. Nadie respondió. Lo intentó de nuevo con más fuerza.

—¿Quién va? —preguntó una voz femenina detrás de la madera.

—Necesitamos ayuda —dijo William—. Por favor, señora.

Tras varios segundos, la puerta se abrió un poco y una mujer de edad avanzada asomó la cara. Abrió un poco más y vio a Jacob recostado contra la pared. Entonces, su mirada cautelosa se transformó.

—¿Has traído a mi Johnny de vuelta? —Su voz se llenó de vida—. ¡He rezado por que llegara para Navidad! ¡Gracias, Dios Santo! —Se tomó las manos y las elevó hacia el cielo.

—Señora...

De inmediato, William notó la confusión de la mujer, que vivía sola en el bosque, en tales condiciones, en medio de una guerra. Decidió no corregirla. Sabía que podía ser la gracia que necesitaban.

—¿Podría pasar para limpiarlo y hacerlo entrar en calor? Tiene el tobillo destrozado. Necesita ayuda —pidió William de forma servil, con la mirada constantemente en el suelo, para evitar mirar a la mujer blanca a los ojos.

—Pero ¿qué dices, negro? —El tono de la señora se volvió afilado como un cuchillo—. ¿Estás loco? De ninguna forma vas a entrar a mi casa. Mete a Johnny, ponlo junto a la chimenea y yo me encargaré de él. Soy su madre. No necesito que ningún esclavo me diga cómo cuidar de mi hijo.

William se tragó sus palabras, cogió a Jacob y caminó, lentamente, hacia el interior. La casa olía a grasa de tocino. Era un olor salado y fuerte, que lo impregnaba todo como una manta aceitosa. Miró a su alrededor y le sorprendió lo que la mujer tenía para vivir en el bosque por su cuenta. Una sartén de hierro fundido sobre la hoguera. Una alfombra de piel de oso sobre el suelo. Una escopeta en una esquina.

Avanzó hacia la hoguera y recostó a Jacob sobre la alfombra de piel.

La mujer caminó hacia William. Él se volvió y ahogó un grito al ver el pelo largo y gris de la mujer, su piel áspera y pálida, unos ojos tan claros que parecía que podía ver a través de ellos. La mujer extendió un brazo huesudo. De su mano colgaba un cubo de aluminio.

—Tráeme agua para hervir, chico. La bomba está detrás de la casa.

La mujer hizo una mueca y tomó la pistola que Jacob llevaba a la cintura. William hizo lo que le pidió. Las armas eran un recordatorio de que, en cualquier momento, la situación podía volverse mortal.

—Sí, señora.

William agachó la cabeza y cogió el cubo. Antes de irse, miró por encima de su hombro en dirección a la hoguera. La mujer estaba de rodillas junto a Jacob, murmurando cosas que solo una madre le diría a un hijo mientras le quitaba las vendas del tobillo con delicadeza.

Regresó con el agua y juntó leña para el fuego.

—No te quedes ahí parado. —La mujer lo miró con ojos felinos y entrecerrados—. Coge esa hacha y corta dos pedazos de madera bien derechitos para poder sujetarle la pierna.

«Maldita loca», quiso responder William, pero se tragó sus palabras de nuevo. Todo lo que le importaba era enmendar el tobillo de Jacob.

Agarró el hacha y se dirigió al tocón sobre el que la mujer cortaba la madera. Junto a él, encontró un leño del tamaño adecuado. William levantó el hacha y la hendió con fuerza en él, abriéndolo por la mitad. Luego volvió a golpearlo, con más ferocidad esta vez. Canalizó todo lo que sentía —su frustración, su miedo, su ira— en cada golpe del hacha. Pensó en el viejo Abraham, que había tallado su pífano de un pedazo de madera de tulípero: ¿habría puesto toda su esperanza y anhelo en ese pequeño pedazo de rama?

El flautista gruñía con cada hachazo. Sabía que la madera enderezaría la pierna de Jacob. Cuando terminó, cogió la sierra de su mochila y recortó los extremos de cada trozo. Por un momento, el olor a ciprés recién cortado hizo que William se olvidara del dolor de haber enterrado a Teddy debajo de una manta de hojas hacía solo unas horas.

Le llevó la madera a la mujer y se la entregó como si fuese una ofrenda.

—Ya te puedes largar. —Tomó los tablones sin darle las gracias—. No necesitamos nada más.

William se quedó de pie, paralizado.

—Me gustaría quedarme si me lo permite —tartamudeó—. Puedo ayudar con otras cosas mientras el muchacho se recupera.

Se obligaba a ser cordial, a pesar de que la mujer no parecía tener intención alguna de devolverle ni un poco de amabilidad.

—Mi Johnny va a estar bien —refunfuñó—. No es el primer hueso que acomodo. Largo, negro —le dijo, y se giró.

A William se le revolvió el estómago. No podía dejar a Jacob allí, en el bosque, con esa mujer.

—Pero puedo ayudar hasta que recobre la consciencia. Puedo partir más madera para usted. Traerle leños nuevos. —Estaba desesperado por demostrarle que podía ser útil.

Ella se rio de su oferta.

—Dormirás en el cobertizo, entonces. No te pienses que puedes entrar aquí.

Había visto el cobertizo destartalado al ir a por el agua. Le faltaba la mitad del techo. El suelo estaba cubierto con herramientas de granja, la mayoría oxidadas y sin filo.

—Sí, señora. Solo quiero asegurarme de que Johnny se recupere.

William enfatizó el nombre de su hijo para asegurarse de que Jacob recibiera toda la ayuda que necesitara. Evitaba pensar en lo que ocurriría si la mujer se enteraba de que eran soldados de la Unión.

—No te preocupes por mi hijo —le respondió bruscamente—. Solo tiene que curarse de su pierna y comer.

—Seguro que sí —convino William.

—¡Ahora ve y corta esa madera que me prometiste! —le ordenó con rudeza. Justo antes de cerrarle la puerta en la cara, la mujer masculló una última cosa—: Feliz Navidad, chico. Rezaré por tu alma de negro.

Juntó todas las ramas que pudo encontrar y las apiló. Mientras tanto, de la chimenea salían largos hilos de humo azul. Al atardecer, la mujer se asomó por la puerta de la choza vistiendo una bata de franela que enmarcaba su flaqueza y con un tazón en una mano.

—Toma la cena —gruñó.

Se agachó y puso el tazón junto a la puerta, como si fuera para un perro. Luego, cerró. A través de la cortina delgada de la ventana, William podía ver su silueta iluminada por la luz de la chimenea. Lo aterraba no saber qué ocurría dentro de la casa.

William durmió dos noches bajo una manta para caballos infestada de pulgas y usando su mochila como almohada. Sin ropa de abrigo para calentarse, se pasó todo el tiempo temblando por el frío aire de diciembre. Sus manos estaban resecas y tenía hambre. La flauta que llevaba en la mochila le parecía más inútil que nunca.

Habían pasado casi diez meses desde que había huido para unirse a las fuerzas de la Unión. En todo ese tiempo, había visto incontables hombres morir y a muchos otros quedar mutilados. Había transportado carretillas llenas de partes humanas y ayudado a cargar hombres agonizantes en camillas. Pero nunca había sentido la futilidad de la guerra tanto como en ese momento. Se había visto obligado a abandonar el cuerpo perfecto de un niño en medio de la naturaleza de Luisiana, dejando que se pudriera bajo una delgada capa de ramitas y hojas. Y ahora el único amigo que le quedaba estaba dentro de la casa de una mujer rebelde y airada, retorciéndose de dolor, quizá muriendo.

Se tapó mejor con la manta y observó las estrellas por los agujeros del techo roto. No conocía la historia de por qué la mujer a la que amaba había recibido el nombre de Stella. William había oído esa palabra en su infancia, cuando su ama le contó que estaba aprendiendo una serie de piezas para piano llamadas *Los valses de Stella*. «Hay belleza en las constelaciones», había reflexionado su dueña en voz alta. Así, le había explicado indirectamente el significado de la palabra italiana *stella*, pero él aún tardaría muchos años en entender el verdadero sentido del nombre.

La buscó en la oscuridad. Su única estrella.

46

Durante tres días vivió y trabajó como una mula, recolectando y cortando leña, durmiendo en el cobertizo helado. Comía solo lo que la mujer le daba cuando se acordaba de darle algo. William se decía a sí mismo que estaba cuidando de Jacob, pero la verdad era que la mujer no dejaba que se le acercara.

Mientras trabajaba, intentaba asomarse por la ventana, buscando cuando menos la sombra de su amigo convaleciente. No tenía ni idea de si su pierna estaba inmovilizada, si había logrado ponerse de pie. Para poder salir de ahí, Jacob necesitaría muletas. William levantó el hacha y descargó su ira sobre la madera. No sabía cómo crear algo tan esencial para su escape. Una cosa era cortar y lijar tablones, otra muy distinta ensamblar muletas.

Estaba perdido, sin un camino claro que seguir. Su flauta seguía en la mochila. No la había tocado desde el concierto para los oficiales en la víspera de Navidad. La sacó y sopló unas notas. La sensación del instrumento sobre sus manos resecas le dio la valentía que necesitaba.

Desde lejos, miró de nuevo por la ventana a través de la delgada cortina de encaje. Nadie se movía al otro lado. Se puso de pie y se acercó a la casa. Comenzó a tocar las notas de *Jacob's Ladder* en su flauta, aumentando el volumen de la música con cada estribillo. William sabía que Jacob reconocería la canción, pues la había cantado otras veces frente a él. Era una forma de decirle a su amigo que no lo había abandonado.

—¿Por qué estás haciendo tanto ruido? —La mujer salió apresuradamente de la casa—. ¡Mi hijo tiene fiebre!

—¿Fiebre?

El pánico se apoderó de William. Su flauta cayó a un lado de sus pies.

—¡Sí! Voy a necesitar que vayas al pueblo y me traigas medicina. Acércate, no quiero estar gritando en el porche. Y te he atrapado intentando robarle la flauta a mi hijo. —Lo miró fijamente—. Dámela.

—No es la flauta de Johnny, señora.

—Esa flauta no puede pertenecerle a ningún negrillo. Mírala, brilla como una moneda nueva, me doy perfectamente cuenta. —Se acercó a él—. Dámela o voy a entrar y sacar mi escopeta. —Aquellos ojos entrecerrados le advertían de que no dudaría en cumplir la amenaza.

William se quedó paralizado, considerando sus opciones.

—Se la dará cuando se despierte, ¿no es así, señora? —le preguntó.

Separarse de la flauta era como entregarle uno de sus brazos. Pero sabía que, si Jacob despertaba, se daría cuenta de que la flauta era un mensaje. William jamás la habría dejado ahí a menos que pensara regresar a por ambos.

—Claro que se la daré.

La mujer se rio antes de arrebatarle el instrumento a William. Él no se movió. No le quedaba nada más que el hambre y el frío.

—Ahora ve al pueblo y tráeme medicina para la fiebre.

William levantó la cabeza y la miró. No le quedaba nada que perder; por un momento se sintió poderoso.

—¿Pueblo? —le preguntó. Ni siquiera sabía dónde estaba—. ¿Qué pueblo, señora?

—Sí que eres un animal estúpido. —Sacudió la cabeza—. Nueva Iberia. Son ocho kilómetros hacia el norte. —Señaló un sendero en el bosque—. Es por ese camino.

William sostuvo su mirada, perplejo, y la mujer se rio.

—No sabes nada. Sigue el camino. Al final, hay un granero rojo con ovejas. Tira a la derecha y sigue durante cinco kilómetros. La tienda está a la vuelta de la esquina. El dueño es el señor Cross. Él me conoce, me deja fiar.

William miró el sendero.

—¿Puedo ver a Johnny antes de irme?

—Ningún negro entrará en mi casa, ya te lo he dicho. —Agitó la flauta frente a él—. ¡Vete! ¡Date prisa! Si algo le pasa a mi hijo, será tu culpa.

Le señaló a William la dirección del camino una vez más y cerró la puerta de golpe.

El sendero que salía de la cabaña era largo y sinuoso. A pesar de las indicaciones que la mujer le había dado, William no sabía adónde iba o cuánto le llevaría llegar al pueblo. Era un hombre negro, solo, atravesando territorio hostil. Su ropa estaba llena de sangre, su pelo hecho un desastre, no se había bañado en días. Tenía peor pinta que cuando había llegado al campamento Parapet a alistarse.

Sin embargo, tenía tres pistas sobre dónde estaba y cómo regresar con Jacob. El granero rojo, la tienda y el nombre del dueño, Cross. Cuando alcanzó el granero rojo, sacó de su mochila la partitura que William le había regalado en Navidad, antes de salir del campamento.

Mientras trazaba símbolos e imágenes sobre el reverso del papel, William se sintió lleno de vida. Había comenzado a hacer su propio mapa.

47

26 de diciembre de 1863
Brooklyn, Nueva York

Mi querido Jacob:

Brooklyn está cubierto de nieve esta noche y yo no dejo de pensar en ti, mi amado esposo. ¿Celebrasteis la Navidad en el campamento? Leí en el periódico que el hijo menor de Lincoln, Tad, envió regalos a varios regimientos de la Unión. Al parecer, le conmovió la causa después de visitar varios hospitales del ejército con su padre y quería demostrar su agradecimiento. Su gesto me enterneció. Mi admiración por el presidente y su familia no deja crecer.

Ayer por la noche, mientras mi padre y yo estábamos sentados en la comodidad de nuestro salón, pude ver a nuestros vecinos del edificio de enfrente. Por la ventana de su salita, vi a los hijos desenvolviendo los regalos como en un trance junto a la luz cálida de la chimenea. No pude evitar pensar en el niño del tambor, Teddy, de quien tanto me has contado en tus cartas. Sé que es un regalo humilde, pero en este paquete, además de un par para ti, he incluido un segundo par de guantes que compré en la más reciente recaudación de fondos de la Comisión Sanitaria. A pesar de que mis habilidades han crecido mucho en los últimos meses, sigo sin ser la mejor costurera, por lo que estos —hechos a mano por Henrietta— me parecieron muy llamativos, en especial por su color azul oscuro.

Las demás mujeres del comité han estado intercambiando noticias sobre sus maridos. El esposo de Jenny Roth ha conseguido un permiso para visitar y conocer a su hijo por primera vez. El bebé nació nueve meses después de su partida, y ahora su padre podrá ser testigo de sus primeros pasos. ¡Cómo lloraba Jenny cuando nos contó que regresaría a Virginia en tres días! Se me rompió el corazón, Jacob, aunque también envidio el breve interludio que van a compartir.

Me aferro a la esperanza de que Lincoln traerá la paz al país, que, tras todos los retos que esta nación ha enfrentado, los muertos nos recordarán todo lo que hemos perdido y lo que todavía tendremos que hacer una vez que acabe esta locura. No solo se trata de erradicar la esclavitud y la crueldad, sino también de trazar nuevos caminos que conduzcan a la equidad.

La señora Rose sigue hablando del sufragio en sus conferencias y muchas de las mujeres de mi círculo están tan comprometidas con ese asunto como con el abolicionismo. Soñamos con un futuro brillante en el que la raza y el género no sean utilizados en contra de ningún individuo, sino que las oportunidades florezcan por igual para quienes busquen alcanzarlas.

Me disculpo si estoy hablando demasiado en esta carta, pero no tengo a nadie con quien compartir mis pensamientos cuando estoy en casa. Me siento más sola aquí, ahora que papá pasa la mayor parte de su tiempo encerrado en la oficina o el almacén. Es un buen hombre y amable, lo sé. Nos deja usar su imprenta para nuestro periódico; además, sus donaciones a los hospitales y los fondos para los veteranos son generosas. Pero sé que no le gusta escucharme parlotear. A pesar de que la Navidad no es un festejo nuestro, al menos me siento agradecida por la tarde que pasamos juntos frente a la chimenea, leyendo mientras yo trabajaba en una manta nueva.

Por favor, cuídate, mi esposo querido. Me estoy encargando de mantener nuestro fuego marital vivo en mi mente y corazón. Sigo siendo tu chica de fuego.

Tu esposa,

Lily

P. D. ¡Espero que el segundo par de guantes le queden bien a Teddy! Como es solo un niño, escogí unos pequeños para él.

48

William atravesó el bosque hacia Nueva Iberia. En el reverso de la partitura ya había anotado varios puntos de referencia que lo ayudarían a volver con Jacob. Primero esbozó la casa y el cobertizo de la mujer. Luego delineó el sendero que llevaba a la entrada desde el camino principal, flanqueado por dos álamos. Cuando eventualmente llegó al granero rojo, en el que la mujer le había indicado que girara a la derecha, lo trazó en el papel e indicó la dirección con una flecha. No había ovejas, pero se imaginó que eso se debía a la guerra.

Mientras continuaba su viaje hacia el norte, divisó una plantación de caña de gran tamaño. La fachada de la mansión era lujosa, con sus pilares altos y blancos; estaba pintada de un amarillo pálido que contrastaba con el color de las puertas de hierro. William la marcó en su mapa como una casa grande con una caña de azúcar. Dibujó un limón dentro de la casa para indicar el color. Tras caminar varios kilómetros más, por fin vio la tienda en la distancia. Dibujó una cruz para marcarla, haciendo referencia al nombre del dueño.

Se mantuvo en el límite del bosque unos momentos más antes de avanzar hacia la luz del sol. Había aprendido a no salir jamás a un espacio abierto sin antes evaluar lo que había a su alrededor. A pesar de que los pueblos del norte de Luisiana estaban bajo el supuesto control del general Banks, William no se sentía seguro. Los pueblos como Iberia estaban repletos de hombres y mujeres que aún le eran leales a la Confederación. Además, con la ropa manchada de sangre, sabía que no sería bien recibido.

Junto a la pequeña tienda, William observó a un grupo de hombres salir de una taberna. Era evidente que estaban borrachos. Se habían quitado los tirantes de los hombros y sus caras estaban rojas por el alcohol. Sabía que tendría problemas si lo veían. Sería objeto de humillación y violencia.

Pero tenía que conseguir la medicina para salvar a Jacob. Calculó deprisa en su cabeza: si podía mantenerse fuera de su vista hasta llegar a la plaza central, podría entrar en la tienda sin llamar la atención.

William miró su maltrecha ropa. Lamentaba no haber encontrado un riachuelo en el que limpiarse, pero no se había atrevido a salirse del sendero por miedo a perderse. Se remetió la camisa, se alisó el pelo y miró hacia la tienda. «El hombre se llama Cross... Tal vez es una señal —pensó para sí mismo—. Que Jesús me ayude.» Reunió valor, se aventuró hacia delante y rezó por no tener que hacer un sacrificio como el de su Señor.

El golpe de una bota, el sonido de una risa burlona. El impacto de un puño contra su ojo izquierdo. La sensación de una mano llevándose los billetes que tenía guardados en su abrigo. William no recordaba la cronología de los eventos, solo las consecuencias del ataque. Los borrachos lo habían arrastrado por el suelo y echado a un carro de madera. Tras unos minutos, se habían alejado del camino principal y adentrado en un bosque distinto. Debió haberse golpeado la cabeza cuando lo arrojaron del carro en movimiento, pues se desmayó. «El negro pensaba que podía caminar a la luz del día como si nada. Seguro que robó ese dinero», fueron las últimas palabras que alcanzó a escuchar.

Despertó con el trino de los pájaros, un sonido incongruente con su dolor. Con la mano que no se había lastimado en la pelea, se tocó el ojo izquierdo, el cual se había hinchado hasta cerrarse; se acarició el labio, que estaba abierto y sangrando. Su otra mano le palpitaba y no podía mover dos de los dedos.

Lo habían abandonado para que muriera en el bosque. Lo único que lo había salvado había sido la borrachera misma de los hombres. Uno de ellos preguntó al grupo que quién tenía la soga para ahorcarlo y se dieron cuenta de que nadie la había traído.

William intentó levantarse, pero la cabeza le zumbaba, sus heridas estaban abiertas y el cuerpo le dolía demasiado.

Se acostó sobre la tierra húmeda e intentó enfocar su ojo abierto en el cielo que se asomaba por encima de las copas de los árboles. Se preguntó si ese era el lugar en el que moriría, si ahí exhalaría su último aliento, en medio de un bosque sin nombre; si se volvería alimento para las bestias, quizá los mismos buitres que habían devorado a sus camaradas en Port Hudson. Tras haber peleado por la libertad, por poder tener una vida con Stella, ¿sería este su humillante final?

Casi no le quedaban fuerzas. La fe se le escapaba por cada poro. Cerró el ojo y sintió que se hundía en la tierra. Pero la visión que lo recibió al cerrar el párpado no era de Stella, sino de alguien más.

Alternando entre el sueño y la vigilia, William sintió que caminaba hacia aguas azules. Vio una silueta musculosa revolviendo tallos de índigo en una tina junto a una cesta llena de hojas azules. Los ojos del hombre se alzaron y se miraron mutuamente. Era una mirada de reconocimiento que se tendía como un puente entre ellos. El hombre colocó su mano, cálida y manchada de azul, sobre la mejilla de William.

Cuando al fin recobró el conocimiento, sintió como si lo hubiera visitado una aparición encargada de guiarlo hacia la vida. Siempre había sentido con él el espíritu protector de su madre, pero era la primera vez que notaba la presencia de su padre. Se obligó a abrir el ojo bueno y se apoyó sobre la mano que no le dolía para levantarse. Buscó dentro del bolsillo de su abrigo; de milagro, la partitura seguía ahí. William respiró profundamente. Puso un pie frente al otro, con la esperanza de avanzar en la dirección correcta. No dejaría atrás a Jacob ni a sí mismo.

Los días que siguieron, William luchó por encontrar el camino. No sabía si estaba más cerca del campamento militar o de la casa de la mujer. El sol era su brújula y mantenía la mirada sobre el sendero, intentando identificar algo, cualquier cosa que reconociera. Bebió agua de un riachuelo y tuvo la suerte de atrapar a un pez, que se obligó a comer crudo. Sus heridas no mejoraban; por el contrario, el trayecto las estaba empeorando. La mano dañada se hinchó más y el dolor se hizo mayor.

Sin embargo, cada vez que estaba a punto de rendirse, la visión de su padre regresaba a él, renovando sus fuerzas. Pensar en la vitalidad de Tilly y en la fe total que Stella tenía en él se volvió su bálsamo. Cada vez que creía que la desesperación lo vencería, William se sentía levantado por alguien que lo amaba.

Si le hubieran preguntado, no habría sabido decir cuántos días pasó en el bosque. El tiempo desapareció. No existía la estructura de los días de la semana, solo su habilidad para sobrevivir desde el amanecer hasta que caía la noche.

Eventualmente, llegó a la entrada del viejo campamento de la Unión, de dónde Teddy, Jacob y él habían salido en Navidad. El campo ahora estaba vacío. De alguna forma, William esperaba ver la tienda de Jacob. La manta de estrellas doblada en su mochila, su corneta esperando a un lado. Pero no quedaba nada. Los hombres se lo llevaron todo y dejaron atrás un campo baldío lleno de pasto y lodo. La única prueba de que Phipps y sus hombres habían estado ahí eran las marcas negras de las hogueras y algunos restos de parafernalia militar que el viento húmedo del invierno zarandeaba.

Estaba exhausto, y su corazón perdió la esperanza mientras caminaba por la llanura vacía. El hambre acrecentó su depresión. Busco a su alrededor, en las hogueras, esperando encontrar algo de comida que los soldados hubieran dejado. Por suerte, encontró dos latas de alubias que alguien había abandonado cerca de un montón de basura. Agradecido por tener algo que comer, William se sentó en el pasto y sacó el mapa que había dibujado.

Le parecía inútil dada su ubicación actual, ya que comenzaba en el porche de la casa de la mujer y terminaba en Nueva Iberia. Podía intentar seguir el camino que había tomado con Jacob y Teddy en el día fatal de Navidad, pero le parecía ingenuo pensar que hallaría la cabaña cuando, en primer lugar, se había encontrado con ella gracias al azar mientras cargaba con Jacob. Para llegar a la casa de la mujer, tendría que buscar la forma de regresar a Iberia primero, a la tienda del señor Cross; entonces podría usar el mapa para llegar a Jacob.

William guardó el papel en su bolsillo y cogió una roca pesada. Con las últimas fuerzas que le quedaban, golpeó las latas de alubias hasta abrirlas. Al menos, por ahora tenía algo que cenar. Saboreó la comida y se dedicó a pensar en lo que haría al día siguiente hasta que se quedó dormido.

49

3 de enero de 1864
Brooklyn, Nueva York

Mi querido esposo:

El correo ha sido tan lento estos últimos días que no sé si sigues con tu regimiento en la misma dirección en Luisiana, a la que enviaré esta carta. No tengo noticias de ti, así que solo espero que hayas recibido mi último paquete y que también te llegue esta carta, mi amor.

El Año Nuevo vino y se fue sin mucha gala. Todos aquí, en especial yo, estamos descorazonados, pues la guerra sigue. Me resulta absurdo celebrar el Año Nuevo sin nada que nos asegure que la paz está cerca. He intentado mantener mi sentido de propósito en estos tiempos escabrosos, pero me preocupa no estar haciendo lo suficiente, Jacob. Aun así, hago lo que puedo.

Te alegrará saber que hace poco asistí a una recaudación de fondos que organizó el Club de la Liga de la Unión. Está en marcha una iniciativa maravillosa para reclutar dos mil nuevos soldados negros, vestirlos con el uniforme de la Unión y darles armas. A pesar de que el horror de los disturbios de julio sigue presente como una mancha sobre Nueva York, me siento agradecida de que al menos haya hombres y mujeres nobles que apoyan la causa y la toma de armas de estos negros valientes. Por tus cartas sobre la batalla que libraron el teniente Cailloux y sus hombres en Port Hudson, sé lo mucho que te importa su valor y su compromiso. Así que te puedes imaginar mi enojo al enterarme de que estos soldados no recibirán la misma paga que los reclutas blancos.

Durante nuestra última reunión, la señora Rose leyó en voz alta una carta de un soldado negro en el 54.º Regimiento de Massachusetts, dirigida al presidente Lincoln, que se publicó en un periódico local. Este hombre, el señor James Henry Gooding, protestaba ante nuestro gran líder sobre el hecho de que hombres como él reciban tres dólares al mes menos que sus contrapartes blancas. «Cargamos con los deberes de un soldado. Entonces, ¿por qué no recibimos la paga de un soldado?», proclamó. ¡Y está en lo correcto, mi querido esposo! Pensar que en las filas de la Unión sufran tal discriminación me parece espantoso.

La señora Rose está trabajando con dos de nuestras colegas, preparando un manifiesto en apoyo a la paga justa para cada soldado, sin importar su color de piel. Esperamos que llegue a los oídos del Congreso y que esta injusticia pueda ser rectificada. Mientras tanto, los hombres del 54.º Regimiento han renunciado a su paga hasta que sea igual a la de sus compañeros blancos. No los culpo, pero pelear sin compensación solo añade otro peso a su lucha.

Qué poca cosa debieron de parecer los guantes que envié como regalo, un gesto tan pequeño en un mar de penurias. Es un reto constante intentar expresar la gratitud que siento hacia ti y el resto de tus compañeros por el sacrificio diario que hacéis. Sabes que no voy a la sinagoga a rezar, sino que prefiero meditar y buscar a Dios en la privacidad de mi hogar. Pero espero que sepas que tengo fe en que regresarás a mis brazos y que tus amigos pronto sentirán el amor de sus amadas.

Tras sellar esta carta, tocaré el arpa. Espero que las notas lleguen a ti.

Tu leal esposa,

Lily

50

En cuanto despertó, William se puso a pensar en la mejor forma de regresar a Nueva Iberia. Dudaba que pudiese encontrar el pueblo si se adentraba en el tupido bosque, pero, de repente, recordó que había otro pueblo más pequeño a varios kilómetros al este del campamento. Se puso en marcha hacia el camino más cercano, con la idea de que quizá localizaría una carretera.

En la luz naciente de la mañana, mientras los cuervos volaban por encima de él, escuchó el sonido de un carruaje acercarse. Sobre el asiento del conductor iban sentados dos hombres con uniformes de la Unión. William se sintió inmediatamente aliviado, seguro de que había encontrado parte de una tropa que lo ayudaría a recuperar a Jacob.

Comenzó a hacerles señas con su mano buena, intentando que se detuvieran.

El conductor tiró de las riendas del caballo y el carruaje se paró frente a él.

—Oficial, señor, tienen que ayudarme. Soy hombre de la Unión, me alisté en el campamento Parapet en marzo. Viajamos con el general Phipps en la 163.° Infantería de Nueva York. —Le faltaba el aliento, y su abrumadora privación física, así como la desesperación, casi lo había consumido—. Uno de nuestros hombres está herido. Tuve que dejarlo en una casa rebelde cerca de Nueva Iberia. Necesita ayuda, ayuda de verdad.

En este punto, William hablaba tan rápido que les era imposible a los dos hombres del carruaje entender lo que les contaba.

—¿Qué locuras está diciendo este negro? —La voz del hombre de la Unión tenía un tono escéptico e impaciente—. No pareces un soldado. —Se acercó, inspeccionando la ropa harapienta, su falta de uniforme o de rifle. No había ninguna señal de que William fuera quien decía ser—. E incluso si lo eres, no estás con tus hombres. No estás cumpliendo con tu deber mientras peleamos por liberarte, lo cual significa que no eres más que un maldito desertor.

—No, señor —insistió William—. Para nada. Estoy haciendo todo lo que puedo por ayudar a un compañero. —Se llevó la mano al bolsillo de su abrigo—. ¡Mire, señor! He dibujado un mapa. —Lo agitó frente al oficial—. Estos de aquí son símbolos para encontrarlo. No está lejos de Nueva Iberia. Si me lleva ahí y alguien me acompaña a la tienda del señor Cross... —Colocó su dedo sobre la hoja mugrienta—, si tan solo seguimos este camino, lo encontraremos.

—Está loco de remate —le dijo el otro hombre al conductor—. No es posible que sea uno de los nuestros.

—Por favor —suplicó él—. Tienen que ayudarme. Tienen que...

—Súbete en la parte de atrás. Ahí, con los sacos de grano —le indicó el conductor—. Tenemos órdenes de entregar estos suministros cerca de Algiers. Cuando lleguemos ahí, puedes contarle tu locura a quien quiera escucharte..., si es que no te cuelgan antes por desertar.

51

Lily se despertó sobresaltada, con el corazón acelerado. Acababa de tener la pesadilla más horrible de su vida. Jacob estaba herido y abandonado en un lugar peligroso. Su cara estaba pálida y sus ojos buscaban ayuda. Podía verlo con tanta claridad que sentía que podía tocarlo.

—¿Está bien, señora? —La criada abrió la puerta—. La he oído gritar.

—Estoy bien, gracias —fingió, acomodándose sobre las almohadas—. Solo he tenido una pesadilla.

La joven cerró la puerta y Lily intentó respirar. Llevaba varios días teniendo la persistente y molesta sensación de que Jacob podría estar herido. Su padre debía de haber notado su falta de apetito, la preocupación constante de su rostro.

—¿Qué ocurre, hija? —indagó mientras Lily deshacía los huevos sobre su plato—. Has estado rara estos últimos días y ahora ni siquiera puedes comer un bocado.

—No es nada... —Lily procuró ser valiente—. No he tenido noticias de Jacob y estoy preocupada.

Arthur le dio un trago largo a su café.

—Sabes lo mal que funciona el correo, en especial con la guerra.

—Soy bastante consciente de la guerra, por eso me preocupa mi esposo, quien está peleando en ella.

—Jacob es un hombre fuerte. Además, dudo que un músico corra el mismo peligro que un soldado medio, cariño.

La cara de Lily se tiñó de rojo.

—Es gracias a los músicos que tú has hecho fortuna, papá. Esos hombres, como Jacob, son quienes compran tus partituras con su propio dinero para tener algo con que inspirar y consolar a otros mientras luchan. ¿Acaso no los estimas? Y cuando los tamborileros, algunos incluso de once o doce años, son los primeros en marchar a la batalla, ¿no corren el mismo peligro que el resto de los soldados?

Arthur bajó su taza.

—Claro que los tengo en mi más alta estima, hija. Solo estoy intentando consolarte, ahuyentar tus miedos.

Lily miró su plato.

—Lo siento. No tengo poderes, y sé que no puedo saber a ciencia cierta si está herido, pero mi corazón lo siente.

—Quizá recibas una carta hoy y te sientas mejor. —Arthur se limpió con la servilleta y alargó el brazo para tomar la mano de su hija—. Esperemos que para la hora de la cena tengas noticias de Jacob. Tu sufrimiento me causa dolor, y detesto que no comas nada.

Se levantó, le dio un beso en la cabeza y salió rumbo al almacén. Había dejado el periódico junto a su plato. Por la forma en que estaba doblado, Lily no podía ver los titulares. Lo dejó ahí. Esa mañana no tenía la fuerza para leerlos.

A las seis de la tarde no había llegado ninguna carta. Lily le pidió a la criada si podía poner la cena en una bandeja y llevársela a su habitación. No había hecho nada en todo el día. Intentó pensar en material para promocionar el debate que la señora Rose tendría pronto, pero las palabras solo se le enredaban en la página. Buscó alivio en su arpa, pero ni tan solo el instrumento pudo consolarla.

Desde el momento en que había comprendido que no tenía madre, Lily intentaba entender qué era lo que le ocurría al alma tras la muerte, pero su padre tenía pocos libros sobre el judaísmo en su biblioteca; él no creía que, como mujer, Lily necesitara una educación hebrea, más allá de saber cómo recitar el *sabbat* en caso de que su futuro esposo lo celebrara. Cuando le preguntó si su madre estaba en el cielo, simplemente respondió: «*Olam habá*». «Tu madre ahora existe en el mundo por venir.»

Se limpió las lágrimas. No quería imaginarse una vida sin Jacob. Quería que regresara a sus brazos. Su futuro juntos era el único lugar que Lily consideraba el mundo por venir.

52

El carruaje avanzó por el camino de tierra. William se mecía de un lado a otro. Su cuerpo cansado golpeaba contra los abultados sacos de granos.

Odiaba que los hombres no le creyeran, que no hubieran tomado su palabra, cuando, además, estaba intentando regresar a por uno de los suyos. Lo peor era que se habían burlado de él, se habían reído de su mapa, de sus súplicas y hasta habían supuesto que era un desertor. Le daba rabia que hubieran cuestionado su lealtad. Si no pensara que le dispararían si saltaba del carruaje, habría intentado ponerse a correr y encontrar otra forma de volver con Jacob.

El sonido de las ruedas sobre el terreno irregular le hacía pensar en todos los kilómetros que había caminado con su regimiento deseando poder viajar en una de las caravanas. Si bien sus músculos estaban agradecidos de no tener que andar, una sensación de peligro comenzó a apoderarse de él. Se asomó por la abertura del carro, tratando de descifrar hacia dónde se dirigían. Por la posición del sol, se dio cuenta de que estaban avanzando hacia el este, y que con cada hora que pasaba más se alejaban de Jacob.

Se acomodó en una esquina y procuró mantener el horizonte en su rango de visión. William podía ver el terreno lodoso que se extendía a la distancia; tras varias horas, el paisaje se volvió más húmedo, más fértil. A medida que se acercaban al Misisipi, divisaba más y más campos de soja y algún que otro arrozal. Sabía en qué dirección se movían.

A pesar de que no era el camino a Nueva Iberia, sintió un nuevo golpe de esperanza.

Los hombres se movían en dirección a Nueva Orleans.

—Los chicos recogieron a este hombre cerca de la parroquia de San Martín.

El oficial agarró a William por la tela de su abrigo y lo arrastró hacia el supervisor. El flautista intentó enderezarse y quitarse las manos del hombre de encima.

—Soy un soldado de la Unión, señor. Registrado en el Cuerpo de África en el campamento Parapet. Recientemente, bajo las órdenes del general Phipps, he servido como músico militar.

El supervisor lo miró escéptico.

—Todos nuestros hombres van uniformados, incluso los negros, así que no me parece que estés diciendo la verdad.

—Señor, me separé de mi tropa en Navidad —intentó explicarle William—. No llevaba mi uniforme y salí con otros hombres. A uno de ellos le dispararon y el otro fue herido de gravedad. El soldado Jacob Kling, del 163.º Regimiento de Nueva York. Músico, también. Sigue allí, su pierna está en mal estado. —William sacó la partitura y señaló la choza de la mujer en el reverso—. Dibujé este mapa para regresar a por él.

El oficial tomó el pedazo de papel y soltó una carcajada.

—¿Le llamas a esto un mapa? —Mientras se reía, unas pequeñas gotas de saliva volaban por el aire. Le devolvió el papel a William como si fuera a ensuciarle las manos—. Eso no serviría ni para encontrar la luna en una noche despejada.

—Señor, tiene que ayudarme a regresar a Nueva Iberia, a la tienda del señor Cross. Sé que desde ahí puedo encontrar el camino.

—Sáquenlo de aquí. Ni siquiera vale la pena llevarlo a la corte marcial. Dice que estuvo en Port Hudson. Seguro que la batalla lo dejó trastornado. —El hombre sacudió la cabeza—. Llamarle a eso un mapa... —El oficial se dio la vuelta, echando a William de su tienda y de su mente.

Enseguida sintió como los otros soldados también perdían interés en él. Algunos estaban descargando los sacos de grano del carro, mientras que otros cargaban suministros que se transportarían a otro lugar. No veían como prioridad lidiar con un hombre negro y herido, y con la misión quijotesca de rescatar a un soldado de la Unión con un nombre extraño.

Pero un joven que cargaba un cubo de agua se apiadó de él.

—El campamento de contrabando está a ocho kilómetros al oeste, en Algiers —lo informó.

William estaba demasiado cansado como para repetirle toda la historia a otro soldado.

—¿Al oeste? —preguntó.

El hombre le señaló la dirección.

—Así es, tienen un campamento bastante grande. Varios esclavos fugitivos se están alistando ahí o en Parapet.

El flautista no respondió. Ya había hecho ese viaje. Se

había pasado diez meses cavando zanjas y esquivando balas, además de viendo los cuerpos de sus compatriotas pudrirse por el calor. ¿La recompensa por su trabajo? Enterrar a un niño inocente y que le cuestionaran su lealtad mientras intentaba ayudar a su amigo.

Ningún otro blanco parecía darle importancia. Ellos solo lo miraban cuando tenía una flauta en la mano. Y ahora no tenía ni siquiera eso.

Alzó la mirada en dirección a Algiers. Había recorrido el área antes, de camino a algunas fiestas lujosas como acompañante de Frye. Estaba justo en las afueras de Nueva Orleans. Desde ahí, sabía que podría encontrar el camino hacia el lugar al que más deseaba regresar desde que había huido para alistarse.

La noche cayó y él comenzó a caminar. Nadie intentó detenerlo.

William caminaba hacia Stella.

53

Casi todas las cortinas que quedaban en Rampart estaban cerradas. La hilera de casas, una vez tan colorida, se veía opaca, como si les hubieran arrebatado la vida. Había hojas secas en la acera y por la calle correteaban ratas. William, avergonzado por su ropa harapienta, su mano dañada y las heridas de su cara, caminó tan rápido como pudo hacia la cabaña de Stella.

Su casa, como las otras, necesitaba mantenimiento. Una rama pesada había caído sobre el techo. Los tallos que en verano habían alardeado con girasoles amarillos ahora parecían pedazos de cuerda. Pero lo único en lo que William podía pensar era en que su amada estaba ahí dentro.

No esperaba a nadie. Stella acababa de despertar a Wade para amamantarlo cuando oyó que alguien llamaba a la puerta.

—¿Quién es? —preguntó desde el otro lado de la madera.

William apenas podía responder. La garganta se le hizo un nudo. Había viajado mucho, su espíritu estaba agotado y el dolor que recorría su cuerpo era inmenso. Había usado todas las fuerzas que le quedaban para regresar con su amada, y lo había logrado.

—¿Stella?

Su voz era dorada como la miel. La habría reconocido en cualquier lugar.

La puerta se abrió. Deshecho, golpeado y brillante, se acercó a ella.

—Stella —repitió su nombre de nuevo para convencerse de que no era un sueño. Pero apenas tuvo un segundo para admirarla. Al verla, se dio cuenta de que no estaba sola.

La visión del bebé lo confundió por un momento. ¿Acaso ese bastardo de Frye había plantado su semilla en el vientre de Stella? Tragó saliva, como si toda el agua de su cuerpo se hubiera evaporado, pero se obligó a mirar de nuevo, más de cerca.

La piel color nuez moscada del bebé y la expresión en sus ojos... Era suyo. Su corazón, entonces, se abrió por completo.

—¡William!

Su nombre salió de la boca de su amada como un llanto. Lo llevó dentro y cerró la puerta. Cargaba al bebé con un brazo y con el otro se sujetaba a él, besándolo tanto y con tanta pasión que Willie supo que no era un sueño. Había llegado a casa.

El interior de la cabaña olía a melaza y clavo. Ammanee había traído dos piezas de pan de jengibre la noche anterior y el aroma seguía entre las paredes, haciendo que la vivienda estuviera más viva de lo que el exterior sugería.

—Estás herido —dijo Stella, su voz a punto de romperse.

—Pero aquí estoy. —Se llevó la mano de ella a su cara y dejó que las lágrimas cayeran sobre sus dedos.

Tras unos minutos, Stella condujo a William a la cocina para quitarle la ropa. Calentó una olla de agua —no demasiado caliente para no quemarlo con la tela que sumergió en ella— y lavó su cuerpo con cuidado.

—*Ma' dere.*

Repetía una y otra vez la expresión gullah que William le había enseñado. Escucharla decirlo —«mi amor»— era como un bálsamo para sus oídos. Stella le besó la nuca, los hombros y la espalda. Le dio la vuelta, levantó la mano que no estaba herida y besó su muñeca.

En la esquina, envuelto en la tela bordada, Wade balbuceaba. Cada sonido de vida que el bebé hacía le infundía ánimos al alma de William.

—Estás muy herido.

Stella tembló mientras le pasaba la tela húmeda sobre el ojo hinchado. Su mano herida le dolía demasiado para tocarla. Hacía muecas de dolor cada vez que ella la rozaba.

—Voy a estar mejor ahora que estoy aquí —le aseguró William. Quería saborear cada momento juntos. No quería alarmarla con su dolor, pero todavía había una palabra que tenía que decir, un nombre, de hecho, para asegurarse de que no corría peligro en aquella habitación—. Pero, Stella —preguntó en voz baja, mientras ella lo envolvía en una toalla—, ¿dónde está Frye?

Hay secretos que jamás pueden ser revelados, pues nadie más debería cargar con el peso que suponen, así que Stella se guardó la verdad sobre Frye en el pecho. Estaba segura de que William jamás habría revelado lo que su hermana y ella hicieron, pero también sabía que no tenía sentido sumarle aquel lastre.

—Llegó herido —le explicó—. Quería que lo curara.

Se agachó para coger a Wade y hundió la nariz en su cálida cabeza. Luego levantó de nuevo la mirada hacia William.

—Se murió aquí. No volverá —le aseguró.

Su amo, su dueño. El hombre que lo había esclavizado y que había encerrado a su amada en una jaula para su propio placer. El joven no lograba creerse que Frye estuviera muerto.

—¿Eso quiere decir que —no sabía cómo enunciar las palabras, aquellas que siempre le habían parecido tan lejanas, pero eran en lo único en lo que podía pensar— podemos estar juntos ahora?

Stella se acercó y colocó la mano sobre su cara.

—William. Eso es exactamente lo que estoy diciendo. —Casi lloró al enunciar las palabras—: Eres libre, puedes amarme. —Miró a su alrededor. Ammanee estaría fuera toda la noche y la mayor parte del día siguiente, ayudando en el campamento de contrabando. Solo estarían ellos dos y su nueva familia—. Y yo a ti.

El sol brillaba en el cielo cuando William se levantó de la cama y sacó el mapa de su abrigo sucio.

—Stella, tengo algo que contarte —le dijo mientras caminaba de regreso a la cama—. Dejé atrás a un hombre, un buen hombre, malherido. —Suspiró y miró la partitura doblada y sucia—. Hice esto para poder volver a por él. —Acarició la línea de grafito con su dedo, el símbolo del granero, la plantación color canario y, por último, la cruz oscura que indicaba la tienda—. Sé que no parece mucho, pero puedo encontrarlo. —Sus manos se tensaron, recordando el laborioso camino que había recorrido para ayudar a su amigo.

Stella se sentó, envolviendo su cuerpo desnudo con las sábanas.

—Shhh —le indicó—. No te precipites: primero tienes que sanar. —Acarició su brazo con dulzura—. Descansa, amor. Ese mapa no se irá a ningún lado. Podemos hablar de eso mañana.

Stella lo dejó dormir, y él despertó casi al atardecer. Se filtraba una luz brumosa por la ventana. William miró a su alrededor, buscándola.

Ella había sacado la bolsa color índigo de sus pantalones y la había colocado sobre la mesita de noche. La concha de cauri yacía encima. Se la había dado como promesa de que regresaría a por ella. William tomó la pequeña concha y se la llevó a los labios, maravillado de que hubiera pasado por las manos de Isaiah, Tilly y Stella. Oyó a Wade llorando en la habitación contigua y lo abrumó la sensación de amor, de paternidad. El talismán lo había conducido a aquel momento.

—Debes de estar buscándolos. —Stella entró a la habitación con sus pantalones—. No podía dejarlos en remojo porque no tendrías nada que ponerte —sonrió—, pero les he quitado todas las manchas que he podido.

William los tomó, se los puso con una mano y se inclinó hacia ella para besarla.

La hinchazón de su ojo había cedido; de nuevo, disfrutaba de su habilidad para admirar toda la belleza de Stella. Sus ojos color arce, las trenzas suaves y oscuras de su cabello, que se esponjaban en la parte superior, donde sus rizos estaban más sueltos. La maternidad había ensanchado las curvas de sus caderas y sus pechos eran más grandes. Admirarla era un elixir curativo para sus huesos.

—Ammanee llegará a casa pronto —le dijo—. Tu camisa está rota y vamos a tener que tirar ese abrigo.

—¿Cómo está tu hermana? —preguntó al darse cuenta de que ni siquiera había pensado en ella desde su regreso.

—Sigue igual —respondió ella—, pero diferente —añadió tras considerarlo un momento—. Ya conoces a Ammanee. No importa qué pase o qué atraviese, es una mujer fuerte.

Ammanee llegó a la cabaña justo cuando el sol se escondía.

—Traigo sopa y pan —anunció mientras entraba por la puerta—. He pasado a ver a mamá también, le he dejado algunas sobras.

Los ojos alegres y el brillo de su piel le hicieron saber a Stella que su hermana había visto a Benjamin ese día.

—Parece que te ha ido bien hoy. —Se acercó y asió a su hermana del brazo. Sabía que Ammanee era reservada, así que no se arriesgó a preguntarle cosas sobre Benjamin que ella no quisiera compartir—. Tengo una sorpresa para ti —le confesó. Apenas podía contener la emoción: se sentía desbordar.

Ammanee miró hacia la cesta de Wade.

—¿Mi niño favorito ha hecho algo nuevo?

Stella se llevó las manos al corazón.

—No, pero mi otro niño sí.

William salió de la cocina, revelándose.

—¿Me engañan mis ojos? —Ammanee se había quedado boquiabierta y se cubría la cara con las manos—. ¿Willie?

—Así es. —Sonrió, mostrando sus blancos dientes.

Ammanee se acercó a él y lo envolvió en un abrazo.

—¿Ves, Stella? El Señor es bueno. Te ha enviado a tu Willie. Lo ha traído de vuelta a casa. —Ammanee bailó y aplaudió de la emoción—. ¡Y tú no solo has regresado con tu amada! ¡Tienes un hijo!

54

Las semanas pasaron sin noticias de Jacob.

—Definitivamente, algo le ha ocurrido, papá, estoy segura. —Lily se desmoronó y lloró frente a su padre—. El correo siempre ha sido impredecible, pero nunca había pasado tanto tiempo sin una carta suya. Siento una ansiedad terrible, como una sombra que no me abandona.

Arthur tomó un pañuelo de su bolsillo y se lo ofreció.

—Limpia tus lágrimas, hija —le dijo con delicadeza—. ¿Cuál es esa canción que Jacob te escribió? ¿*Chica de fuego*?

Ella asintió.

—Tu marido sabe que eres fuerte. —La guio hacia el sofá para sentarse con ella. No estaba acostumbrado a mostrar sus emociones, pero notaba que su hija comenzaba a romperse y no podía soportarlo—. Sabes, eres muy parecida a tu madre —le dijo—. Tenía el pelo rojo, justo como el tuyo, así como tu temperamento. —Era la primera vez que lo decía en voz alta—. Tenía un espíritu húngaro: si hacía algo, lo hacía con pasión. Fue ella quien insistió en construir el invernadero de cristal para poder leer bajo el sonido de la lluvia y observar a las aves.

Respiró profundamente. Recordarla también traía de regreso el dolor. No era solo que hubiera perdido a su esposa, sino que, además, ella jamás había tenido la oportunidad de conocer y querer a su hija.

—Tu madre se mantuvo viva lo suficiente por pura voluntad, solo para abrazarte, por efímero que fuera. —Su voz comenzó a romperse—. Ese era el tipo de fuerza que tenía, Lily.

Su hija absorbió cada palabra.

—Gracias por contármelo, papá. Siento que no la conozco en absoluto.

—Soy un viejo egoísta. —Suspiró—. Nunca me ha sido fácil enfrentarme a mi dolor. La perdí sin previo aviso, en un momento tan importante para nuestras vidas... Estoy acostumbrado al negocio de la música, no a los sentimientos —admitió Arthur, y apretó la mano de Lily—. Pero de lo que estoy seguro es de que tu madre, si estuviera aquí, te diría que tuvieras fe. Que recobrases tu compostura y fueras fuerte. Debemos creer que Jacob regresará a casa.

Los muertos. Los periódicos estimaban que, en los últimos dos años, decenas de miles de jóvenes habían sido masacrados. De Bull Run y Shiloh a las más recientes y terribles cifras de Chickamauga y Gettysburg. Los periódicos no habían descrito las atrocidades de Port Hudson, pero Lily sabía por las cartas de Jacob el horror que ahí se había vivido.

Si Jacob estaba muerto, ¿cómo lo sabría? La idea la inquietaba. No había mensajeros que se presentaran en las casas a dar el pésame. No había una oficina gubernamental o un sistema administrativo que compilara los datos de los soldados, que supiera si Jacob estaba herido o si lo habían enterrado con premura en un campo, en algún lugar del sur.

Lily era dolorosamente consciente de que había mujeres en su círculo de costura que habían recibido cartas de otros soldados en las que les trasmitían las últimas palabras de sus esposos caídos, o de enfermeras piadosas que habían escrito sus deseos finales. Pero el destino más común para quien aguardaba noticias sobre un ser querido era solo sufrir y esperar.

—No sé qué hacer —le dijo a Ernestine Rose.

—Solo puedo pensar en lo que haría en tu situación. —Ernestine hizo una pausa, juntó sus manos sobre su regazo y midió sus palabras—. Durante siglos, a las mujeres se nos ha dicho que hay que ser pasivas, que hay que esperar a que los hombres sean activos y traigan las respuestas, pero hemos comenzado a cambiar eso. Estamos abogando por ser dueñas de nuestra propiedad dentro del matrimonio. Luchamos por el voto. En cada problema al que nos enfrentamos, somos las mujeres quienes tenemos que levantarnos de nuestras sillas de terciopelo y exigir respuestas. —Hizo otra pausa—. Creo que tienes que ir a buscarlo, Lily.

—Pero ¿cómo? ¿Por dónde empiezo a buscar?

Ernestine consideró a la joven frente a ella. La conocía desde hacía años y habían trabajado hombro con hombro por la causa abolicionista y también recaudando fondos para la Comisión Sanitaria.

—En algún momento, una mujer tiene que mirar hacia dentro y usar todo lo que tiene a su disposición. Si solo te diera instrucciones, querida Lily, ¿cómo aprenderías?

—La última carta que recibí llegó antes de Navidad. Ya es febrero. No me puedo quedar aquí sentada como una niña pequeña sin hacer nada, papá.

—Estás preocupada, hija, pero también lo están todas las madres, hijas y esposas de soldados en el frente.

Lily se levantó del sofá.

—Voy a viajar a Satartia, Misisipi, a visitar a mi cuñada. Tras la caída de Vicksburg, Jacob me escribió y me dijo que la zona estaba bajo el control de la Unión. Será un lugar seguro al cual llegar.

—¿Seguro? —Las mejillas de Arthur se hincharon y su tez se tiñó de un rojo oscuro. No se lo podía creer—. Es una locura. No puedes viajar ahí.

—¿Y por qué no? Podría nombrar al menos cinco mujeres que han hecho el viaje. Ella Stein viajó a Virginia a cuidar de su esposo tras enterarse de que estaba herido. ¿Y qué me dices de mujeres como Clara Barton y Frances Gage? —La frustración de Lily se derramó. Se esforzó por respirar; el hueso de ballena dentro de su corpiño no le permitía coger todo el aire que necesitaba—. Papá —intentó bajar la voz—, ¿crees que ellas lograron algo quedándose sentadas en sus salones?

—No sé nada sobre esas mujeres —refunfuñó—. Solo sé que eres mi hija y que no quiero que te aventures a cruzar el país en una situación como la que estamos viviendo. Y menos sola, sin nadie que te acompañe. —Negó con la cabeza, indicando que no discutiría más el asunto—. Además, yo tengo una empresa que dirigir, no me puedo ausentar así sin más.

—No te estoy pidiendo permiso, padre. —Lily estaba decidida—. Te quiero mucho, pero no estoy haciendo esto como tu hija. Lo estoy haciendo como la esposa de

Jacob y estoy en mi derecho de hacer lo que sea mejor para nosotros. La decisión es solo mía.

La criada la ayudó con los preparativos para la partida. Juntas instalaron un baúl en el centro de su habitación y colocaron las prendas más esenciales dentro.

—Me llevaré solo tres vestidos, aparte del que usaré en el viaje —la instruyó Lily—. Uno para la cena, ya que mi querida cuñada esperará cierto nivel de decoro. Además, cuatro camisas y prendas interiores, así como un cambio de enaguas.

Tenía la lista en su cabeza. Guantes de piel y un chal de lana. Las necesidades mínimas que le permitieran viajar ligero, sin descuidar su apariencia, mientras se adentraba en territorio desconocido.

—Por favor, recapacita —le rogó su padre antes de que partiera. Fuera, un carro esperaba para llevarla a la estación.

Lily lo besó en ambas mejillas, atesorando el aroma familiar de su colonia de sándalo.

—¿Cómo podría? —Sonrió—. No sería tu hija si me quedara cruzada de brazos.

55

Unos días antes de su partida, Lily envió un pequeño paquete de café y dos latas de galletas de mantequilla a través de Adams Express, dirigidas a su cuñada, en Satartia. Se pasó varias horas escribiendo la carta que iría dentro del paquete. Sabía que debía enmendar su relación con esa rama del árbol familiar si quería contar con su ayuda para buscar a Jacob.

Querida Eliza:

Me cuesta trabajo creer que esta primavera se cumplen cuatro años desde que os visitamos en vuestra hermosa casa de Misisipi. Como bien sabes, la oficina postal ha imposibilitado el envío de cartas a cualquier estado confederado. Así que ahora estoy intentando contactar contigo por el único medio del que tengo conocimiento, Adams Express. Rezo para que este paquete te llegue.

A pesar de que el tema de la esclavitud nos divide, te ruego que abras el corazón y que leas esta carta sin prejuicios. Temo que algo terrible haya ocurrido dentro de nuestra familia, algo que requerirá que dejemos nuestras diferencias a un lado.

Espero que Samuel esté sano y salvo, tal vez incluso en Satartia, contigo. Pero tengo razones para creer que Jacob está muerto o gravemente herido, ya que no he tenido noti-

cias de él en casi siete semanas. Planeo tomar un tren de Nueva York a Chicago y, luego, si no es posible encontrar un tren al sur, viajaré por barco de vapor hacia Nueva Orleans antes de partir al este, hacia ti. Mi intención es recorrer todos los hospitales de campo, de Port Gibson a Baton Rouge, y buscar cualquier indicio de Jacob o al menos de su regimiento. Esos son los últimos dos lugares en los que sé que su tropa estuvo acampada.

Como puedes imaginarte, no será fácil para una mujer buscar a su esposo —quien no es un oficial de alto mando, sino solo un músico militar— en medio de tanta devastación. Muchos otros, como mi padre, consideran que mi impulso de aventurarme por mi cuenta es peligroso y desmedido, pero no puedo quedarme sentada sin hacer nada. Por eso, te pido ayuda, para usar tu casa como una base mientras recorro los hospitales o sigo la pista del paradero de mi Jacob.

Comenzaré el viaje sin recibir respuesta tuya, ya que no puedo esperar y, lamentablemente, ni siquiera sé con seguridad si este paquete te llegará.

Sé que debe de ser muy difícil para ti que Satartia y el resto del condado de Yazoo se encuentren bajo control de la Unión, pero solo puedo esperar que no me niegues asilo y que, por el contrario, me ofrezcas tu residencia como un refugio temporal. Dudo poder encontrar otro sitio en el que quedarme, siendo una norteña que busca a alguien de la Unión. Estoy segura de que yo haría lo mismo por ti, como tu cuñada, si tú estuvieras ante las mismas y desesperadas circunstancias que ahora debo afrontar.

Con el más profundo afecto familiar,

Lily

Tras firmar, releyó las últimas líneas, preguntándose si quizá era demasiado empalagoso para ser creíble, en especial dada la fría relación entre ella y Eliza. Pero, tras un momento de reflexión, selló el sobre. No había ninguna cantidad de cumplidos, engaños o mentiras que no diría para encontrar a Jacob.

Los dos días que pasó en el tren fueron la parte ligera de su viaje. Cuando llegó a Chicago, el jefe de la estación le confirmó que la única forma de llegar a Misisipi era tomando un barco de vapor a Nueva Orleans y luego cogiendo un carruaje hacia su destino final.

—Sherman sí que ha hecho un buen trabajo. Todos los rieles de ferrocarril de aquí al sur han sido destruidos —le dijo sin rodeos—. Hay algunos botes que salen de Bridgeport. Desde aquí, es un viaje relativamente corto en carruaje. Hay que atravesar el canal de Illinois y Míchigan que conecta con el río Miss-Lou. Eso si alguien está dispuesto a llevar a una mujer hasta Nueva Orleans.

Le dibujó un pequeño mapa en un pedazo de papel para indicarle la dirección de su viaje. Lily miró las hábiles marcas de lápiz, intentando pensar en una ruta alternativa.

El jefe de la estación mordió su pipa.

—No puedo decirle que se lo aconseje, señora. El clima en febrero trae consigo todo tipo de problemas incluso en tiempos de paz, y ahora estamos en guerra. Es un viaje peligroso para una mujer —dijo mientras exhalaba una nube de humo por la ventana del quiosco—. Siento decirlo, pero debería darse la vuelta y regresar a Nueva York.

Pero Lily no haría tal cosa. Tomó el papel en el cual el hombre había escrito la dirección del puerto y consiguió que un carruaje la llevara a la zona de embarcación del canal.

—Está arriesgando su vida, señora —la avisó el capitán de uno de los barcos de vapor cuando llegó—. Estamos dispuestos a llevar pasajeros, pero debo advertirla de que, apenas la semana pasada, uno de nuestros buques fue atacado por una flota rebelde. Dispararon con cañones y el motor quedó destrozado justo a las afueras de Memphis. No hace falta que le diga que el viaje no salió bien para los pasajeros.

—Me han dicho que esta es la única forma de llegar a donde quiero ir —dijo Lily, determinada—. Necesito llegar a Satartia, Misisipi. Se supone que es posible si tomamos la desviación por el río Yazoo.

El hombre se rio por la forma en la que ella intentaba tomar el control del bote.

—No podemos hacer eso, señora. Debemos navegar directamente hacia Nueva Orleans.

Lily rebuscó en su bolso y sacó un fajo de dinero.

—¿Es esto suficiente para desviar la ruta?

Los crujientes billetes de la Unión brillaron en manos del marinero.

—Mire. Puedo llevarla a Grand Gulf, cerca de Port Gibson. Desde ahí es menos de un día en carruaje a Satartia.

Lily asintió y aceptó el plan.

—Debe de ser un chico bastante especial —murmuró mientras le hacía señas al ayudante de sobrecargo para ayudarla con su baúl.

—Lo es —respondió ella, y subió a bordo.

Una vez en el barco, Lily evitó las miradas de la tripulación. Equipada con una capota, una capa y un chal de lana, no solo era la única dama a bordo, sino también la única mujer. El capitán le ordenó a un tripulante que la llevara a una de las habitaciones individuales en la cubierta inferior. Se sintió agradecida por estar a solas mientras el bote avanzaba hacia la noche fría y ventosa.

Más tarde, uno de los hombres dejó al lado de su puerta una bandeja de comida, la cual consistía en un guiso más bien insípido y un pedazo de pan duro. Lily se obligó a comer unos bocados. No había comido en condiciones desde hacía varios días. Su único sustento habían sido las viandas de la cesta que la criada le preparó para el primer tramo del viaje. Cómo deseaba haber cogido también una de las latas de galletas que le había enviado a Eliza... Tan solo pensarlo se le volvía agua la boca.

Sacó su diario e intentó recapitular el viaje hasta el momento. Esperaba algún día poder compartirlo con Jacob, contarle los riesgos y las dificultades. Pero pronto su mano soltó la pluma y sintió los ojos pesados. Estaba cansada. Se colocó el chal alrededor de los hombros, se recostó de lado y se quedó dormida.

Días más tarde, cuando por fin llegaron a Grand Gulf, batalló por verse presentable. Su pequeña habitación no tenía espejo y solo había un lavamanos diminuto en el tocador; no obstante, Lily hizo lo que pudo para arreglarse el pelo y alisar su ropa. Una vez que atracaron y pudo caminar de nuevo en tierra firme, las piernas le temblaron y el estómago se le revolvió por haber pasado tantos días a bordo.

—¿Necesita un caballo y carruaje, señora? —le preguntó un entusiasta hombre mayor.

A pesar de que el viaje en bote había sido pesado, seguía pareciendo una fruta en su punto entre la multitud de residentes empobrecidos que se habían reunido para recibir suministros del barco o para escuchar noticias del norte.

—Sí —respondió Lily. Aunque había varias personas a su alrededor, el sitio no parecía el más indicado para comenzar su búsqueda.

—¿Adónde se dirige?

—Satartia, Misisipi —contestó sin más.

Uno de los miembros de la tripulación, al cual le había dado buenas propinas durante el viaje, se acercó con su baúl.

—¿Al este? —Negó con la cabeza y levantó las cejas—. Se encamina a territorio peligroso, señora. Sherman ha estado haciendo de las suyas por ahí. No es seguro para nadie, mucho menos para una dama.

—Es lo que me han dicho, pero eso no va a detenerme. —Tocó su bolso con una mano—. Si me encuentra un conductor —se acercó a él—, prometo hacer que valga la pena.

Por más tentadora que fuera la idea de descansar y comer en Grand Gulf, Lily no se quedó en la ciudad. No quería gastar un solo momento. Tenía una misión.

Pese a que su conductor quería viajar por los caminos más seguros que conocía, Lily le rogó que pasara por las zonas donde habían tenido lugar las batallas, pues planeaba detenerse en cualquier campamento que encontrara. En aquellos sitios desolados, recorrió las camas de los incontables hombres heridos de ambos bandos, pidiéndoles a las enfermeras alguna pista sobre su esposo, un músico del 163.º Regimiento de Nueva York. Pero en ninguna de esas paradas consiguió información sobre Jacob; solo sirvieron para mostrarle los horrores de la guerra.

Animales de granja pudriéndose en campos que habían sido quemados. Casas con las ventanas rotas, iglesias deshechas por el fuego. Lily apenas podía mirar el exterior desde su carruaje. Al atardecer, finalmente llegaron a Satartia. Se sintió agradecida, ya que encontrar un sitio donde pasar la noche hubiera sido una dificultad más en cualquier otro lugar. Había pocas casas de huéspedes dispuestas a ofrecer alojamiento a alguien del norte, incluso con dinero de la Unión.

La mansión de Samuel y Eliza, que ella recordaba hermosa y florida en su visita unos años antes, la recibía ahora evidenciando sus propias cicatrices de la guerra. La fachada, que antes había sido de lo más elegante, con columnas griegas que enmarcaban la puerta, ahora era una sombra de tiempos mejores. Los árboles frutales que bordeaban la propiedad habían sido talados. El jardín extenso y verde que la había cautivado años atrás estaba seco. Por la reja que antes daba al camino cubierto de conchas, Lily vio un paisaje desolado y sin vida.

Le pagó al conductor, que llevó su baúl al porche antes de apresurarse de vuelta al carruaje.

Eliza abrió la puerta antes de que Lily tocara.

—¿Qué está pasando aquí? —Su voz flotó en el aire frío del invierno con un tono que no era de indignación, pero que tampoco era hospitalario.

Iba vestida con una falda lúgubre, con corpiño y polisón. Su pelo oscuro solo acentuaba la estructura demacrada y afilada de su rostro.

—¿Lily? —preguntó, entrecerrando los ojos verdes—. ¿Eres tú?

—Sí, así es. —Lily se volvió a atar las cintas de su capota y se alisó la capa, dando un paso al frente para saludar a su cuñada.

—No puedo creer que estés aquí, en mi puerta —dijo Eliza, sin poder contener su confusión y una ligera molestia.

Lily se dio cuenta de que no le había llegado la carta.

—Como me temía —se disculpó—, no has recibido mi paquete. Envié una carta en la que te lo explicaba todo...

—No, no me ha llegado —la interrumpió Eliza.

Miró el baúl que acompañaba a su cuñada y alzó la mirada a tiempo para ver al conductor marcharse.

Antes de que Lily pudiera explicar su presencia, otra voz emergió.

—¿Eliza? ¿Quién es?

La mujer le hizo una seña y ella la siguió hacia el interior, poco iluminado. Olía a humedad y moho. Lily se dio cuenta de que la casa tampoco se había salvado.

—¿Eliza? —repitió la voz, y, de nuevo, no obtuvo respuesta.

En medio del vestíbulo, la mente de Lily intentó procesar lo que veía. Frente a ella estaba Samuel en una silla de ruedas. Debajo de la manta de lana que le cubría los muslos, Lily pudo ver que solo tenía una pierna.

56

—Samuel.

Lily dijo su nombre en voz baja. No sabía qué más decir. Todas las palabras que había ensayado se desmoronaron.

—Qué sorpresa verte. —Él se encargó de llenar el silencio—. No te esperábamos. No esperamos a nadie, de hecho. —Sus ojos recorrieron el vestíbulo lleno de sombras, buscando a alguien más.

Las paredes forradas de madera, que en algún momento resplandecían, estaban opacas y llenas de rayadas. Por ningún lado podía ver las obras enmarcadas que recordaba de la última vez que había estado allí.

—Como te habrás dado cuenta, no nos encontramos en las mejores condiciones para recibir huéspedes. —Samuel forzó una risa—. Vaya lío que ha causado tu Unión. —Bajó la mirada a su único pie sobre el soporte de la silla de ruedas—. Sin mencionar lo que me han hecho a mí.

Eliza se situó detrás de su esposo y colocó una mano firme sobre la silla.

—Debes de estar cansada por el viaje, Lily —intervino, cambiando de tema.

—No me puedo quejar. Agradezco haber llegado sana y salva tras algunas demoras inesperadas.

La mujer llevó a su marido al salón y lo colocó junto a la ventana. Las cortinas verdes de seda que tan impactantes le habían parecido a Lily ahora estaban manchadas de agua y alquitrán.

—A Samuel le gusta estar en la esquina de este cuarto, donde entra la luz —le explicó Eliza—. ¿Podrías quedarte con él mientras preparo algo de té?

—Por supuesto —respondió, y se sentó en una de las sillas, junto a él. A la luz del atardecer, Lily contempló el perfil de su cuñado. Su cara estaba cubierta de líneas; su barba, espolvoreada de canas—. Lo siento mucho, Samuel. Esta guerra ha traído tanta pérdida... —Se acercó para tomar su mano.

Samuel giró el cuerpo para observarla de frente.

—Me imagino que esta no es una visita de cortesía. ¿Tienes noticias sobre mi hermano?

Lily se detuvo y consideró sus palabras.

—Ninguna, Samuel. Por eso he venido desde tan lejos. —Respiró hondo—. No he sabido nada de Jacob en más de dos meses. Quizá no sea cuestión de alarma para la mayoría de las mujeres en mi posición, pero es muy extraño viniendo de él. Durante casi dos años, me ha escrito sin parar.

—Me alivia que no hayas venido para informarnos de su muerte. —La voz de Samuel se quebró—. Me arrepiento de que discutiéramos la última vez que nos vimos, Lily. Nadie podía imaginar el infierno que estaba por llegar. —Su cuerpo entero tembló.

—Lo sé —convino ella—. Es difícil pensar en todas las vidas que se han perdido, toda la ruina...

—No puedes comparar nada que haya pasado en el norte con el nivel de destrucción que hemos sufrido aquí —intervino Eliza mientras aparecía con una bandeja y tazas de distintos juegos de té. Su hija de seis años, Clementine, estaba a su lado, sosteniendo un plato con algunas galletas de melaza—. Los yanquis quemaron las casas y tierras de nuestros vecinos —dijo con amargura—. El general Grant incluso ocupó esta casa durante tres noches. Sus hombres la destrozaron de la forma más horrible. Todo esto mientras estaba yo sola, con mis hijas. —La porcelana tembló y sus nudillos palidecieron.

—Eliza... —Samuel intentó calmarla—, Lily ha viajado una distancia enorme y está en nuestra casa como familia, no como enemiga. No está buscando a un soldado cualquiera. Está buscando a Jacob, mi hermano.

Eliza colocó la bandeja sobre una mesa y Clementine puso el plato de galletas al lado.

—Lo siento —dijo, levantando el mentón y enderezando los hombros—. Pero que ella venga aquí a decir que todos hemos sufrido por igual, cuando es obvio que no ha sido así, me parece atroz. A diferencia de ella y del resto de sus amigas neoyorquinas, lo hemos perdido casi todo. —Se limpió los ojos con un pañuelo.

Lily bajó la mirada.

—Quizá mi presencia aquí os resulta demasiado incómoda. No quiero molestaros. —Comenzó a levantarse para irse.

—Por favor —Samuel levantó su mano para detenerla—, eres la esposa de Jacob, Lily. Siempre serás bienvenida en este hogar. —Le lanzó a Eliza una mirada suplicante—. Sí, hemos perdido mucho en esta guerra, pero no voy a perder a mi familia también. —Se aclaró la garganta—. Me parece un acto de valentía que hayas venido hasta aquí para buscarlo —afirmó—, pero sabiendo de primera mano lo que te espera allí fuera, me temo que será como buscar una aguja en un pajar.

57

—He estado teniendo pesadillas —le confesó William a Stella—. Jacob sigue ahí y nadie lo ayuda.

—Shhh... —Stella intentó consolarlo. No quería escuchar otra palabra sobre ese soldado blanco que su amado había dejado en el bosque con una anciana.

—Con el tobillo abierto y roto, no podrá caminar durante mucho tiempo —continuó William mientras intentaba calcular cuándo podría regresar a buscar a Jacob. En los últimos días, había doblado y desdoblado su mapa-partitura más de cien veces; el pedazo de papel ahora estaba casi demasiado frágil para tocarlo.

—Tienes que dejar de hacer eso, Willie —le advirtió Stella—. Se va a romper.

Él miró el papel plegado y maltratado, con los símbolos infantiles que esperaba que lo llevaran de regreso a su amigo. Todavía podía escuchar la risa de los soldados de la Unión cuando intentó explicárselo.

Stella cogió a Wade y se sentó al otro lado de la mesa.

—Vas a tener que contarme por qué ese hombre es tan importante para ti. Porque sé que has tenido una vida llena de pérdidas desde antes de la guerra. ¿Por qué él es diferente?

Con esas palabras, Stella rompió el pacto implícito entre ellos, el de resguardar al otro del dolor de sus respectivas vidas para centrarse en los momentos breves y brillantes que pasaban juntos.

En un principio, no fue fácil para William relatar los terrores de su desesperado viaje hacia el campamento Parapet. ¿Cómo explicarle a Stella el pavor en ese tramo de dieciséis kilómetros que le habían parecido dieciséis días, las raíces que salían de la tierra para hacerlo tropezar, las lianas que habían impedido como cadenas su avance por los pantanos? Y esos eran solo los enemigos que había encontrado en la naturaleza, no los sonidos de los hombres y los perros de los que se escondía, sin saber si eran cazadores de esclavos o solo personas de camino a casa. Además de la angustia absoluta al llegar al campamento. El paisaje escuálido lleno de hombres enfermos y derrotados lo había hecho darse cuenta de lo consentida que había sido su vida como esclavo. Pero, mientras hablaba, se percató de lo mucho que había anhelado quitarse ese peso de encima, de compartir todo lo que le habría escrito si hubiera podido. Y así, la historia entera salió de William.

—Ese primer día, Jacob no me miró como si solo fuera otro esclavo fugitivo. Me vio como un músico, y si no me hubiera aconsejado decirles que tocaba el pífano, no estaría aquí ahora, no lo creo. —Suspiró—. La vida de un soldado negro no vale nada para el Ejército de la Unión, pero ese instrumento me hizo valer más que otros. O, en cualquier caso, me protegió de lo peor.

Wade se había quedado dormido, y Stella escuchaba atenta mientras William describía la amistad única que se había formado entre él y Jacob.

—Teníamos una suerte de compañerismo musical

—le explicó—. Nunca había pensado que podía hacer que otros sintieran algo con solo tocar la flauta, ¿sabes? —Las heridas de su cara habían sanado casi por completo y sus cejas castañas y suaves se levantaron como dos orugas—. Toda la vida he tocado para mis dueños. No pensaba en lo que ellos sentían. ¿Por qué iba a importarme?

—Tu música es especial, William. Lo sabes... Yo lo noté desde el momento en el que llegué al Mercado. Te escuché tocar y fue como si un ángel cantara.

—Gracias, mi amor.

Respiró hondo. Ver a Stella con su hijo le daba un nuevo aliento, uno distinto a cuando tocaba la flauta. No podía creer que hubiera perdido su instrumento. Lo extrañaba, se sentía como si alguien hubiera amputado una parte de él. No estaba seguro de que pudiera explicarle del todo a su amada su vínculo con Jacob, pues la música había sido una especie de lenguaje con el que se comunicaban entre ellos. Pero igualmente William siguió contándole su historia:

—Este último año, Stella, he aprendido que mi música puede tocar el alma de la gente. Sacarla de la desesperanza. Hacer recordar a las personas que quieren. Darles valentía antes de marchar a la batalla. Acompañarlos mientras lloran alrededor de la fogata.

Stella colocó a Wade en su cesta y se arrodilló a un lado de William, absorbiendo cada palabra.

—Jacob me ayudó a darme cuenta de eso.

—Suena como si fuera un hombre muy especial, Willie.

—Por eso me atormenta saber que lo dejé ahí, solo, con esa mujer. Ella piensa que es su hijo. Y Jacob corre peligro si se da cuenta de quién es en realidad, un yanqui del norte. —El mapa tembló entre sus manos—. Lo único que tengo es este maldito pedazo de papel, Stella, y se está deshaciendo.

Esa noche, William durmió como una roca, las sábanas moviéndose mientras su pecho inhalaba y exhalaba. Stella se levantó y admiró lo maravilloso que era compartir una cama con él. El mapa plegado estaba en la mesita de noche, junto a su bolsa índigo. Lo cogió y se dirigió al salón, donde encendió una vela y se sentó para examinarlo.

William le había explicado los dibujos más veces de las que Stella podía contar. El camino de la casa de la mujer hacia el granero rojo sin ovejas. El giro a la derecha que llevaba a un sendero que pasaba por una casa color lima en una plantación azucarera. La tienda en el pueblo de Nueva Iberia, cuyo dueño se llamaba Cross.

Stella quería salvar el mapa del papel. La fijación de William terminaría desintegrándolo en cuestión de días. Así que hizo lo que sabía hacer mejor que nadie. Buscó hilo, aguja y tela.

Caminó de un lado a otro de la casa. Había usado casi todo el material que tenía durante la temporada navideña. El chaleco de Frye le había permitido bordar docenas de pañuelos para vender, pero solo le quedaban unos cuantos hilos. Ya no le quedaban hilos ni a los cojines ni al chal de la señora Hyacinth. Había deshilado y recolectado todo lo posible durante el último año para dárselo a los hijos y hermanos de las mujeres de Rampart Street.

Su corazón latía al ritmo de sus pies. En algún lugar debía tener algo que pudiera reutilizar. Entró en la cocina y vio los cuatro pañales que había lavado y colgado para que se secaran esa tarde. ¿Podría usar uno de ellos? Sería difícil. ¿Cuántas veces había batallado por mantener a Wade limpio y seco en el curso de un solo día?

Pero quería hacer esto por William. Coser en la tela tanto su amor por él como el reconocimiento de lo que aquel hombre llamado Jacob significaba para él. Al igual que el resto de los mapas que había hecho, no sabía si lo ayudaría a llegar a su destino, pero su corazón salía a relucir cuando tenía aguja e hilo en la mano.

De repente, Stella recordó un regalo hecho a mano con el que le habían obsequiado hacía tiempo, un regalo en el que los materiales comunicaban una sensación que trascendía las palabras. Entró de puntillas en el cuarto y cogió la colcha que las mujeres de Rampart Street le habían hecho, quitándola con cuidado de los pies de William. Mil sensaciones y sentimientos se apoderaron de ella. La manta era un regalo, un abrazo cálido, una cubierta y un escudo.

Los hilos —rojo, verde, azul y amarillo— que se habían usado para unir cada pieza de tela estaban intactos. Tendió la colcha sobre sus muslos y empezó a deshilar.

58

—En esta zona hay hospitales por doquier, Lily. Debe de haber miles de soldados heridos de ambos bandos —le informó Samuel a la mañana siguiente—. Por mucho que me rompa el corazón saber que mi hermano está desaparecido, me temo que será casi imposible encontrarlo en alguno de esos sitios.

—Lo sé y soy plenamente consciente de los retos y las pocas probabilidades de éxito a las que me enfrento. —Le dio un sorbo a su café. El sabor inesperado a raíz de achicoria la sorprendió.

—Siento que no tengamos café de verdad para ofrecerte. —Eliza debió de haber notado la reacción de Lily a la bebida—. Pagábamos más de lo normal para conseguirlo incluso antes de la ocupación, pero tus bestias yanquis destruyeron la tienda de Samuel y se llevaron casi todo el inventario. —Su voz estaba teñida de amargura. Se inclinó y colocó una galleta dura sobre el plato de Lily—. Pero, claro, ese es el menor de los inconvenientes que hemos tenido que afrontar. Es increíble la de cosas que he tenido que aprender en estos meses solo para sobrellevar los problemas: jardinería, negocios..., incluso a conducir. Jamás había conducido un carruaje hasta ahora.

—¡Mamá incluso arregló la rueda el otro día! —intervino Clementine.

—Silencio —la regañó su hermana mayor, Hortensia. Las niñas estaban bien educadas y eran simpáticas. Esa mañana llevaban vestidos color rosa a juego sobre los que se marcaba un patrón de flores. El material era demasiado delgado para el invierno; Lily sospechó que su cuñada había usado sábanas para confeccionarlos.

—Vuestra madre hace muchas cosas. —Lily miró a las niñas con compasión. Le rompía un poco el corazón no conocer a sus sobrinas. En los tres años transcurridos desde su visita habían crecido mucho.

—Sí, así es. Y siempre me sentiré agradecido por todo lo que hace —añadió Samuel—. Han pasado siete meses desde que perdí la pierna y detesto no ser el hombre que solía ser en casa. —Su cara pálida se contrajo mientras intentaba mantener la compostura, pero su cuñada podía notar que bajo la superficie sus emociones hervían—. Por lo tanto, Lily, si aún planeas aventurarte entre nuestros hospitales, por favor, acepta mis disculpas, pero ya no me es posible conducir el carruaje —se lamentó Samuel—. En mi lugar, Eliza será quien te lleve.

—Podría contratar a alguien —ofreció Lily—. No quiero daros más problemas.

Eliza dejó la servilleta en su plato.

—Justo lo que necesitamos... Que los vecinos se enteren de que le estamos dando asilo a una yanqui. Bastante difícil es ser la única familia judía en Satartia. Ahora nos tacharán de traidores. —Alzó su voz—: ¿Cómo puede ser que te adentres en esta zona y no te des cuenta de lo que tu ejército ha hecho? Destrozaron nuestro pueblo, quemaron todos los campos y el olor a muerte nos ahoga cada vez que el viento corre. ¿Crees que habrá alguien por aquí que quiera ayudarte a buscar a Jacob, un soldado de la Unión que forme parte de este infierno? —Eliza resopló, incrédula—. Para alguien que piensa que es tan inteligente, tan progresista, puedes ser bastante miope.

—Eliza. —La voz de Samuel se volvió firme—. Quiero encontrar a mi hermano tanto como ella.

—No he dicho que no vaya a llevarla, Samuel. ¡Solo le estoy recordando que no porque traiga una cartera llena de billetes yanquis puede hacer lo que quiera!

—No pretendía...

—¡Por favor! —interrumpió Samuel, su cara cansada y enrojecida—. Tanta pérdida, tanta insoportable e insondable pérdida —murmuró—. Yo estaba en Vicksburg. Lo vi todo, cada horrible minuto. Hombres con futuros brillantes, muchachos de dieciocho años con novias en sus pueblos, algunos de los cuales ni siquiera habían probado el whiskey. Tantos de ellos se han ido... —En su garganta se formó un nudo—. Y yo perdí la pierna en ese terrible infierno. Así que no voy a permitir ni por un segundo más que mi propio salón se vuelva un campo de batalla. Somos familia. Basta de discutir sobre quién ha sufrido más.

Un silencio doloroso inundó la habitación.

Eliza se aclaró la garganta.

—Muy bien. No hablaré más del tema. —Apretó los labios y comenzó a recoger los platos. Clementine y Hortensia se levantaron para ayudarla—. Tendremos que salir en menos de una hora —dijo con brusquedad—. Es un día entero de viaje de aquí a Vicksburg y Oxford. Ambos lugares tienen hospitales de la Unión. El hospital militar en Yazoo City es solo para soldados de la Confederación, así que Jacob no estará ahí.

—No te olvides de la plantación de los Baxters —le recordó Samuel—. La Unión tomó la casa y la convirtió en un hospital.

—Lo sé muy bien, querido.

Lily siguió a Eliza y a las chicas a la cocina con las tazas y los platos del desayuno. En el umbral, su cuñada se detuvo y se volvió hacia ella.

—Por favor, entiende que nada de esto ha sido fácil para mí. No es la primera vez que visito uno de esos hospitales. —Tomó aliento—. La última vez que fui fueron los días más angustiosos de mi vida. —Bajó la voz para que las niñas no pudieran oírla—. Una enfermera contactó conmigo cuando la pierna de Samuel se infectó de gangrena. Me envió sus últimas palabras en caso de que no sobreviviera a la cirugía. —Eliza miró de lejos a su esposo, quien descansaba la cabeza sobre su pecho, con los ojos cerrados por el cansancio de la conmoción—. «Lizzy, tú y las niñas habéis sido mi mundo» —recitó una parte de las palabras de Samuel y se mordió el labio, tragándose las lágrimas—. En cuanto recibí esa carta, partí. Dejé a las niñas durmiendo solas en sus camas. Solo podía pensar en estar con Samuel antes de que fuera demasiado tarde.

Lily se derrumbó. Al menos Eliza comprendía su desesperación, su voluntad por atravesar cualquier obstáculo con tal de encontrar a su marido. Quizá este era el intento de Eliza de levantar entre ellas una tregua.

—Debió ser horrible para ti. —A Lily le pesaba que su cuñada tuviera que revivir un recuerdo tan doloroso. Eliza se secó los ojos con su pañuelo amarillento y asintió—. Aprecio muchísimo que me ayudes —añadió mientras le tocaba el brazo—. Solo espero que, donde sea que esté Jacob ahora, no sea demasiado tarde para mí.

Las dos mujeres se subieron al banco del conductor del viejo carruaje de madera. Eliza tomó las riendas de cuero con sus manos huesudas; sus facciones afiladas se sonrojaron con el aire frío de la mañana.

No dijo mucho mientras atravesaban los caminos sin pavimentar, llenos de escombros. Caballos muertos en campos secos, sus masivos cadáveres en plena putrefacción. Gallineros vacíos y destartalados. Casas con las ventanas rotas y graneros derrumbados.

Al final, llegaron a un campo enorme, con docenas de tiendas blancas que se alzaban sobre el pasto amarillo. Fuera de estas había hombres en muletas, otros con vendas en la cabeza, algunos más con los pies envueltos en tiras de algodón sucios.

—Los más gravemente heridos estarán en cama, dentro de las tiendas —le advirtió Eliza—. Espero que tengas un estómago de acero.

Lily jamás olvidaría la primera hilera de pacientes que vio cuando entró en la tienda médica. Hombres cuyas caras estaban tan demacradas y pálidas como el hielo, con miradas tristes y suplicantes.

Se acercó a una enfermera que llevaba un delantal manchado de sangre y le preguntó si tenían a alguien que coincidiera con la descripción de Jacob.

—¿Tu esposo estaba en la 163.° Infantería de Nueva York? —le preguntó la mujer con delicadeza.

En el aire pesaba el olor a muerte, sangre y heridas abiertas. Lily se llevó la mano a la boca. Apenas podía respirar.

—Así es. Es músico militar.

La enfermera consideró la información.

—Revisaré el registro. Si la memoria me funciona, hubo algunos soldados de su infantería aquí en verano, pero ninguno que tuviera heridas de guerra. Todos tenían disentería o fiebre biliosa.

—¿Verano? —repitió Lily, intentando esconder su decepción. La última carta que había recibido de Jacob era de antes de Navidad.

—Sí —confirmó la mujer. Se detuvo junto a una cama en la que un hombre gemía, pidiendo agua—. Discúlpeme un momento. —Se dirigió a la parte trasera de la tienda y regresó con un cucharón lleno de líquido. Tomó la cabeza del joven mientras se inclinaba y vertió el agua sobre sus labios secos.

Durante meses, Lily había trabajado cosiendo mantas para surtir hospitales como este. Había enrollado cientos de vendas. Había leído las cartas de mujeres como Frances Gage, quien había sido voluntaria asistiendo a los heridos y enfermos. Sin embargo, al ver por sí misma el dolor y la desesperanza en los ojos de aquellos hombres se dio cuenta de que el sufrimiento humano de la guerra jamás podría ser comprendido por alguien de un lugar tan lejano como Nueva York. Se había imaginado que sería terrible, pero la realidad era mucho peor.

—Agua —suplicó otro hombre, sus labios azules, su mano temblorosa levantándose bajo la sábana.

El resto de las enfermeras se encontraban ocupadas y Lily no pudo quedarse ahí sin hacer nada. Caminó hasta la parte trasera de la tienda y llenó un cuenco.

—Siento no poder acompañarte dentro —se disculpó Eliza cuando Lily por fin regresó al carruaje. Había pasado la última hora encorvada sobre el banco del vehículo, envuelta con su capa—. Es muy difícil para mí. —Se tocó la garganta, como si fuera a vomitar—. Cuando fui al hospital para ver a Samuel esa noche, entré en la tienda incorrecta y me recibió un enorme barril de brazos y piernas amputados. —Su cara palideció—. No es algo que pueda olvidar.

Lily se estremeció. Ella tampoco estaba lista para lo que acababa de ver.

—Tantos hombres mutilados, como tu Samuel... —Bajó la mirada y se estiró los guantes—. Cuando esta guerra termine, serán pocos los que no tengan cicatrices.

No solo pensaba en los soldados, sino también en el país, dividido de forma tan burda en dos.

Eliza alzó la mirada hacia el sol que se escondía tras las nubes grises.

—Diría que nos da tiempo a pasar por el hospital de Vicksburg de regreso, pero después de ahí me temo que deberemos volver a casa. Es la primera vez que dejo a Samuel solo tanto tiempo. Me preocupan sus necesidades más, eh, delicadas.

—Claro —respondió Lily. Su estómago se contrajo, pensando en un hombre adulto que requería un cuidado tan íntimo.

Eliza se giró hacia Lily con una mirada suave.

—De verdad que espero que encuentres a Jacob y que no tengáis que enfrentaros a una situación como la mía.

Era la primera vez en la memoria de Lily en que ella y Eliza deseaban lo mismo.

59

William despertó y entró en el salón cargando con Wade.

—El hombrecito ha dormido toda la noche —anunció, sosteniendo a su hijo con dulzura entre los brazos.

—Los dos caísteis como piedras. —Stella le sonrió mientras levantaba la mirada de sus últimas puntadas. El corazón se le engrandecía al ver a sus dos muchachos juntos.

—¿Qué andas haciendo ahí, eh?

William se acercó. De lejos podía ver un pedazo de tela blanca punteado con símbolos y figuras de varios colores. Junto a Stella había una pequeña pila de telas de algodón de todos los colores del arcoíris.

—¿Esa no es tu colcha? —Le distrajo tanto el hecho de que hubiera deshilado su manta favorita que no notó el mapa que estaba cosiendo.

Stella colocó una mano sobre la pila de tela y sus dedos acariciaron con ternura el amarillo que había salido del vestido favorito de la señora Emilienne.

—No creo que a las señoras les importe —respondió con suavidad—. La hicieron con amor, como yo te he hecho esto.

Stella levantó su obra más reciente para que el flautista pudiera verla.

—¿Qué es eso?

Él entrecerró los ojos. Era demasiado grande para ser un pañuelo y demasiado pequeño para envolver a Wade.

Mientras se acercaba con el bebé en brazos, William quedó abrumado y maravillado una vez que entendió lo que Stella había hecho. Tomando los trazos burdos que había dibujado sobre el papel, los había transformado en una guía indeleble. La casa de la mujer estaba marcada con una equis grande y azul; de ahí, una puntada simple trazaba el sendero de tierra hacia el camino principal, el giro a la derecha tras el granero rojo, la casa amarilla de la plantación de azúcar. Sus dedos acariciaron las diminutas puntadas que llevaban al pueblo. En el centro de un pequeño edificio había una cruz negra.

—No es una iglesia, recuerdo que me lo aclaraste —le dijo Stella—, sino el nombre del lugar.

—La tienda del señor Cross —le confirmó William, impresionado por la memoria de la chica. Había escuchado cada palabra que le había confiado, a diferencia de aquellos hombres blancos, que solo lo habían humillado.

—Lo único que no me dijiste es el nombre del pueblo. Creo que es importante, porque si lo encuentras y retrocedes desde la tienda, llegarás hasta Jacob.

—Nueva Iberia —respondió, observando el mapa. Jamás olvidaría aquel nombre.

Stella lo repitió, enfatizando cada sílaba.

—Puedo bordarlo ahí. Así se lo podrás enseñar a algún oficial de la Unión para que vayan a buscarlo. Y para que te traigan tu flauta también.

No le dijo lo que su corazón sentía. No quería que William partiera de nuevo. Stella no podía arriesgarse a perderlo otra vez.

60

Aunque visitaron tres hospitales militares al día siguiente, no había ni rastro de Jacob. Lily lo buscó entre las caras demacradas de los soldados carcomidos por la guerra, confinados a sus camas. Aprendió a no fijarse en cualquiera que tuviera el pelo rubio o rojizo: solo reparaba en quienes tuvieran cabello oscuro o la cabeza vendada. Pero, aun así, no encontró ninguna pista de su marido.

—Es como me temía —le dijo Eliza—. Sin una carta o algún informe que te diga dónde está, es imposible, Lily.

Pero ella no se rendiría. Al menos, no por ahora.

Al día siguiente, Eliza tuvo que quedarse en casa a cocinar lo que Samuel y las niñas comerían en las jornadas siguientes.

El martes, las dos mujeres partieron de nuevo, esta vez viajando al oeste, hacia la vieja plantación de los Baxter, que había sido transformada en un hospital de la Unión.

Tras toda una mañana de viaje, el carruaje atravesó las puertas de una reja de hierro. El camino estaba delimitado por álamos altos sin hojas en las ramas. Cerca de una fachada de estilo palladiano, un carpintero con un delantal por encima de su traje negro les daba instrucciones a varios jóvenes que cortaban y raspaban tablones de madera para construir féretros.

La enfermera jefe del lugar recibió a Lily en las escaleras del pórtico.

—¿Busca a un ser querido? —preguntó con delicadeza.

—Estoy buscando a mi esposo —respondió ella—. De hecho, no sé si está aquí. Su nombre es Jacob Kling; es músico en la 163.º Infantería. Sé que su regimiento ha estado en Misisipi y en Luisiana. Port Hudson, Port Gibson, Baton Rouge... —balbuceó lo que recordaba de sus cartas.

—Es un área bastante amplia —contestó con reservas la enfermera—. Muchos de nuestros hombres han podido enviar un mensaje a sus familias, casi siempre mediante una carta escrita por una de nuestras hermanas, detallando su llegada a nuestro hospital. Siempre estamos agradecidas de recibir a algún pariente para ayudar con sus cuidados o para gestionar su traslado. —Dobló sus manos frente a ella. Esbozó una expresión bien practicada de compasión y simpatía—. Pero, sin ningún aviso, me temo que simplemente ir de un hospital a otro no proporciona la información o el reencuentro feliz que usted busca.

—Es lo que he apreciado, dado que mi búsqueda no me ha facilitado los resultados que esperaba. —Lily miró al suelo antes de levantar de nuevo la cabeza para mirar a la enfermera a los ojos—. Pero no podía quedarme en casa sin hacer nada sabiendo que mi esposo estaba herido en algún lugar.

—Lo entiendo, de verdad. Es por eso por lo que las enfermeras y yo hemos venido a este lugar. Nosotras tampoco podíamos quedarnos en casa sin hacer nada con tantos hombres de la Unión requiriendo cuidado médico. —Le indicó a Lily que la siguiera—. Venga conmigo. El nombre Jacob Kling no me suena, pero tenemos muchos soldados aquí que no han sido identificados. Siéntase libre de buscarlo entre ellos.

En las amplias habitaciones de la mansión, con paredes pintadas en tonos grises y dorados, el esplendor previo a la guerra había sido reemplazado por enfermos y heridos. En el enorme salón, una innumerable cantidad de camas yacían pegadas. El espacio estaba atiborrado de poleas de madera que levantaban las piernas de algunos soldados. Sobre los muebles de caoba, había cuencos llenos de agua ensangrentada a la espera de que alguien los vaciara.

—Tenemos más habitaciones arriba —le informó la enfermera a Lily—. Varias se están utilizando como salas de operación; en otras se están recuperando aquellos que han perdido alguna extremidad. —Consultó el reloj prendido a su pecho—. Lo siento, pero tengo que dejarla por ahora. —Le tocó el brazo—. Por favor, no suba a menos que encuentre a una enfermera que la acompañe. Es importante no interrumpir a los cirujanos. Y hay que tratar a aquellos con heridas más graves con mucha delicadeza.

Caminó unos pasos antes de girarse nuevamente hacia Lily.

—Le deseo suerte, querida, sea lo que sea que encuentre aquí.

Lily caminó por entre las hileras de camas de metal, buscando en cada rostro a Jacob. Su estómago se retorcía al fijar la mirada sobre tantos espíritus abatidos, tantos cuerpos que ella sabía que jamás sanarían del todo.

Pero, de nuevo, no había ni rastro de Jacob.

Al cabo de un rato, se encontró con la enfermera jefe otra vez. En esta ocasión, su delantal estaba manchado de sangre fresca y una huella roja oscura ensuciaba su gorra blanca.

—¿Podría buscar en los cuartos de arriba?

—Sí —respondió la mujer con suavidad—. Pero, por favor, prepárese. Lo que verá no será fácil.

Lily la siguió por las escaleras color nuez, custodiadas por dos óleos gigantescos de los ancestros ojiazules del terreno. Hombres y mujeres que juzgaban a aquellos que habían ocupado su casa y las herencias de la familia.

La enfermera abrió la primera puerta y Lily notó de inmediato, más allá del muñón ensangrentado, el pelo rojo del paciente.

—No es mi esposo —anunció rápidamente.

La mujer asintió y cerró la puerta.

En la segunda habitación, el olor a carne cauterizada todavía permeaba el aire. Casi se quedó paralizada al entrar. No solo le faltaba un brazo, con el hombro vendado alrededor de la herida, sino que además la cara del joven también estaba cubierta de lienzos. Lily se obligó a acercarse para asegurarse de que no era Jacob.

—No es él —susurró.

Su corazón se aceleró mientras la enfermera abría la puerta de la última habitación. El cabello oscuro y rizado. La misma nariz y labios. La complexión esbelta y los dedos largos abiertos sobre la sábana blanca.

—¿Jacob?

El nombre abandonó su boca como un pájaro saliendo de una jaula. Se arrodilló a un lado de la cama, intentando ignorar el sitio en el que le habían amputado la pierna.

Un gemido leve escapó de sus labios, un murmullo

bajo. Pero cuando su mano estaba a punto de tomar la suya, el joven abrió los ojos y Lily vio que no eran verdes, sino marrones.

—¿Mary?

La voz del soldado era débil. Aún estaba adormecido por los efectos de la morfina. Su mano se estrechó alrededor de los dedos de Lily.

—Shhh —le susurró ella, conteniendo las lágrimas.

Una vez más, su corazón se rompió. No dijo otra palabra hasta que el soldado se durmió de nuevo.

De vuelta a Satartia, Lily apenas habló.

—Sin suerte, ¿verdad? —preguntó Eliza mientras ella se subía al carruaje.

Lily negó con la cabeza y se volvió para evitar que su cuñada viera sus lágrimas. De verdad había creído que era Jacob quien estaba en la última habitación y ahora la sensación de que jamás lo encontraría comenzaba a asentarse en su cuerpo.

El perfil afilado de Eliza y su postura enderezada eran como el filo de un cuchillo. Lily se ajustó la cinta de su capota y se tapó con su capa mientras el cielo se oscurecía y el viento soplaba. Cerró los ojos, recordando una y otra vez a aquel joven, cuyos ojos se abrieron solo para revelar iris oscuros. El dolor de recordarlo la afligió tanto como el frío y la lluvia.

—Mamá, Hortensia ha quemado los pasteles. —La voz de Clementine las recibió en cuanto se quitaron las prendas mojadas.

—Silencio —la regañó Eliza—. Tu tía y yo hemos estado fuera todo el día y tu hermana solo intentaba calentar la cena.

Lily entró en el salón, cansada y desmotivada tras otro día de búsqueda infructuosa. A la luz tenue de la habitación, su mirada se posó en Samuel, dormido sobre la silla de ruedas en su lugar favorito, junto a la ventana. Una de las muñecas de trapo de Clementine y un juego de té en miniatura yacían frente a él, en la alfombra.

—¿Has estado cuidando a tu papá todo el día? —le preguntó a la menor de las hermanas.

—Está medio flojo —le confesó Clementine—. Se toma su medicina y se duerme toda la tarde —dijo, señalando un frasco pequeño sobre el aparador.

Lily se acercó y leyó la etiqueta: morfina.

—Mamá dice que solo puede tomarla cuando el dolor es muy fuerte, pero creo que le gusta dormir más cuando Hortensia y yo tenemos que cuidarlo. Dice que así no nos mortifica, pero no sé qué significa eso.

Lily miró alrededor: las cortinas rasgadas, las manchas de vino en la alfombra. El Ejército de la Unión quizá había arrasado con la casa, pero las heridas más insidiosas supuraban invisibles a la vista.

Una hora más tarde, después de que Samuel se levantara, los cinco se sentaron a cenar. Eliza había salvado el pastel de carne que Hortensia había quemado, pero, aparte de eso, no había mucho más. Un tazón con patatas hervidas recorrió la mesa. Eso era todo.

—Siento mucho que no lo hayas encontrado —dijo Samuel, arrastrando un poco las palabras, todavía algo adormecido—. No estoy seguro de que haya otros hospitales de la Unión por estos lares.

Lily asintió.

—Sí, supongo que he descartado todas las posibilidades por aquí.

Samuel se frotó los ojos.

—Cuando desperté, pensé en otras opciones que podrías considerar. Por ejemplo, Nueva Orleans. Creo que quizá puedas encontrar algo de información en los cuarteles del general Banks. Dijiste que podría estar en Luisiana.

—Necesitarás pasar por Nueva Orleans de todas formas para regresar a Nueva York —añadió Eliza, sin lograr esconder del todo las ganas que sentía de tener la casa para ella sola de nuevo.

Lily bajó la mirada a su plato.

—A estas alturas, cualquier idea es buena, supongo. ¿Pero cómo llegaré a Nueva Orleans si ningún conductor local quiere llevarme?

—No te preocupes por eso, querida Lily. —El tono de Eliza era empático—. Estoy segura de que a nadie le importará recibir un poco de dinero por sacar a una yanqui del pueblo.

61

Stella había estado observando el círculo oscuro del techo toda la mañana. La semana entera había llovido, empeorando las goteras. Cuando, finalmente, el cielo se aclaró y el sol salió, pareció como si fuera la primera vez que brillaba.

—Mi mano está mejor —le dijo William mientras levantaba el cubo de aluminio del centro de la habitación, donde había estado acumulando agua—. Pensaba subir al techo, a echarle un ojo a esa gotera.

—No te vayas a lastimar —le advirtió Stella—. Yo he pensado que Ammanee puede pedirle a Benjamin que la repare la próxima vez que esté en la ciudad. Es muy habilidoso. Además, ha estado visitando a escondidas a Ammanee en casa de Janie cuando mi madre no estaba, ya que ahora a mi hermana le gusta pasar la noche allí.

Stella sonrió, pues su hermana al fin recibía la alegría y el afecto que tanto merecía.

—¿Crees que no soy lo suficientemente hombre? —Se rio.

—Creo que lo eres bastante, pero esas manos tan bonitas que tienes están acostumbradas a tu flauta, no a un martillo y clavos.

Sus ojos brillaron ante el espíritu juguetón de Stella.

—Se te olvida que he estado en el ejército. Soy fuerte

ahora. Consígueme una escalera y subiré a arreglarla —insistió—. No necesitaré mucho, tal vez solo una teja nueva y algo de alquitrán.

—No tengo escalera, pero creo que mi madre sí que tiene una. Voy a preguntarle. Tú quédate aquí con Wade.

—Me toca lo fácil por ahora —dijo, dándole un beso a la cabeza de su hijo—. Pero avísame si pesa mucho e iré yo a por ella. No necesito la ayuda de Benjamin. Puedo hacerlo yo. Hice cosas mucho más duras en Port Hudson.

Stella recorrió Rampart, disfrutando del aire fresco de febrero. La lluvia había dejado destellos de sus gotas sobre las hojas de los árboles de magnolias. El arbusto de azalea de la señora Hyacinth estaba hecho bola como un puño por el frío.

—¿Mamá?

Stella tocó la puerta azul de la casa de Janie. Al no recibir respuesta, abrió y entró.

Janie caminaba lentamente hacia la entrada para recibirla.

—Perdona, cariño, le estaba haciendo a tu hermana una taza de té. No se siente muy bien hoy.

Stella bajó la cesta.

—¿Qué le pasa, mamá? ¿Le duele la barriga?

—No, no es eso. Una tos. Un poco de fiebre. Dice que se contagió de algo cuando fue al campamento de Algiers a entregar comida. —La desaprobación de Janie era evidente—. Tu hermana tiene un corazón inmenso, pero siempre se olvida de cuidarse.

—Bueno, así ha sido siempre —dijo Stella mientras se acercaba a donde estaba la infusión—. Yo se la llevo.

Solo venía a preguntarte si tenías una escalera para Willie, pero puede esperar. —Cogió la taza caliente, respirando el vapor de las hierbas medicinales que Janie había mezclado.

—Dile que se lo tome todo —le recordó su madre—. Ya sabéis que mi medicina es más poderosa que la de cualquier doctor.

Stella asintió. Tanto ella como su hermana lo sabían bien.

Ammanee la recibió recostada sobre la pequeña cama de madera que compartían cuando eran pequeñas.

—Te he traído algo para la tos —le dijo, ofreciéndole la mezcla de Janie.

—Mamá lleva preparando remedios toda la mañana. —Ammanee se obligó a sonreír, pero Stella podía ver lo mal que se sentía. Su piel había adquirido un tono grisáceo y pequeñas gotitas de sudor brillaban bajo el borde de su turbante—. Solo espero que no prepare matalobos.

—Pues esto a mí me huele a crisantemo, así que te pondrás bien —afirmó Stella, sosteniendo la cabeza de Ammanee para ayudarla a dar unos tragos—. ¿Qué es lo que te duele? Cuéntame.

—Solo es un pequeño resfriado, eso es todo. —Ammanee intentaba no darle importancia—. Fui a entregar suministros al campamento de contrabando de Algiers con algunos soldados de la Unión. Lo están pasando muy mal ahí... Fugitivos sin zapatos, algunos sin camisas. La libertad suena muy bien hasta que tienes hambre y estás temblando de frío.

—Siempre te implicas demasiado, hermana.

Ammanee sopló la superficie del té y se encogió de hombros.

—Solo hago lo que el Señor me dice que está bien. Y

algunos nacimos para los demás, lo aceptemos o no. Había algunas mujeres y niños ahí también... No podía dormir solo de pensar en cómo, a pesar de todo, esas personas seguían sufriendo.

Stella sabía que su hermana se había pasado toda la vida sirviendo y ayudando a los otros, por lo que ahora únicamente quería que Ammanee se dejara cuidar tal como se merecía. Tomó su mano.

—Vas a tener que descansar para poder mejorar cuanto antes. Wade quiere ver a su tía, y Benjamin quiere...

—Quiere que yo sea su chica, que nos casemos y que tengamos un bebé también. —Los ojos de Ammanee brillaron a pesar de la fiebre—. Tienes razón, necesito curarme pronto para poder recibirlo la próxima vez que me visite. —Dejó escapar una risa débil—. Déjame un rato para que pueda descansar. He oído lo que le has dicho a mamá sobre la escalera. Ve a casa y dile a Willie que mamá tiene una en la parte de atrás. Puede venir a por ella. Nadie la usa.

62

Lily se acomodó en el coche desgastado que su cuñada le había conseguido. No ansiaba hacer el trayecto largo y arduo a Nueva Orleans. La adrenalina que había impulsado su viaje hacia el sur se evaporaba entre toda la muerte y decadencia que había presenciado desde su llegada. Ahora, una terrible sensación de desesperanza pesaba sobre ella.

Durante todo el viaje de ida había mantenido los ojos pegados a la ventana. No había querido perderse ni un solo segundo del paisaje; se sentía obligada a dar testimonio de todo lo que había sucedido en aquellos campos de batalla y más allá. Pero, ahora, lo único que Lily podía hacer era cerrar los ojos.

Los últimos días la habían dejado devastada. ¡Qué ingenua había sido sentada en el salón de Adeline Levi en Brooklyn, intercambiando chismes con el resto de las mujeres de la Comisión Sanitaria! Mientras cosían colchas y enrollaban vendajes, erróneamente creían estar haciendo una contribución significativa a la guerra. Todo eso no era más que un juego en comparación con lo que las enfermeras en el frente lograban con su valor. Todo lo que había hecho en los últimos tres años parecía haber sido ejecutado desde la línea de banda.

Incluso su labor abolicionista le parecía ahora un

fraude. ¿De qué servía protestar y escribir discursos contra la esclavitud cuando la verdadera valentía la mostraban aquellos que trabajaban en la clandestinidad para ayudar a los esclavos fugitivos a escapar hacia el norte, hacia una libertad real? La cabeza de Lily se golpeaba sin cesar contra el ajado interior del carruaje. El olor a humedad y los movimientos bruscos del transporte solo empeoraban su desaliento.

Cuando llegaron a la ciudad de Brookhaven, a medio camino entre Satartia y Nueva Orleans, el conductor se detuvo en una pensión local y bajó para reservar dos habitaciones.

—Ahora, no abra la boca —le recordó a Lily con su fuerte acento sureño—. No queremos problemas. Recuerde, en Misisipi no hay alojamientos para yanquis, aun cuando se trate de una dama como usted.

Entraron en la casa victoriana de color mostaza, con el letrero de la pensión exhibido fuera de la ventana del salón. Lily se quedó unos pasos atrás del conductor mientras él reservaba habitaciones separadas para su estancia.

La dueña de la casa, una mujer de ojos pálidos y cabello rubio, se puso a hablar con el hombre.

—Las tropas de la Unión pasaron por aquí el año pasado. El animal de Grierson le ordenó a su caballería yanqui que lo quemara todo, o casi todo. Luego les dijo que desmantelaran las vías del ferrocarril. Tengo suerte de que no quemaran mi casa, con dos bebés a los que cuidar y su padre peleando en algún lugar de Tennessee...

—Panzazules asesinos —masculló el conductor mientras pagaba con los billetes que ella le había dado antes.

—Sí que lo son —respondió la mujer—. ¿Dices que vais hacia Nueva Orleans? Es una lástima que el viaje sea el doble de largo ahora. Antes podías tomar un tren directo de aquí a la gran ciudad. Era bueno para el negocio.

Lily asintió con modestia. A ella también le hubiera gustado viajar en tren.

—Debéis de estar cansados —observó la dueña, entregándoles dos pesadas llaves de latón—. No hay gran cosa para desayunar, les advierto —dijo, sonriéndole a ella—. Solo hay huevo y pan. Nada de tocino ni patatas.

—Entendido, y muchas gracias, señora —respondió el conductor y le entregó a Lily la llave de su habitación.

Cuando llegaron al descansillo del primer piso, ella le informó de que no tenía intención de quedarse el tiempo suficiente como para desayunar ahí.

63

—No se deje engañar. No por estar bajo el control de los panzazules significa que esta sea una ciudad segura —le advirtió el conductor al día siguiente mientras contaba su pago final—. Muchos asaltos. Mucha prostitución. Nueva Orleans es un lugar impío.

—Me aseguraré de no bajar la guardia —respondió Lily mientras le indicaba al portero que bajara su baúl y lo llevara al alojamiento en el que se quedaría esa noche.

Aquel pequeño hotel en el Garden District, con arbustos de olivo que aromatizaban el pórtico, contrastaba por completo con lo que le había dicho el conductor. Samuel le había recomendado hospedarse en esa parte de la ciudad, ya que no quedaba muy lejos de los cuarteles de la Unión, donde podría pedir información; también quedaba cerca del lugar del que eventualmente tendría que partir de regreso a casa.

Esa tarde, en la privacidad de la habitación, Lily se liberó de la ropa con la que había viajado. Dobló su corpiño, falda, blusa, enagua y lo colocó todo en la silla del cuarto. Le sentaba bien habitar su propia piel, sin el peso del algodón o la lana; dejó que el agua con que había llenado una tina de porcelana corriera por su cuello y sus hombros, por sus pechos y por debajo de sus brazos.

Hubo un tiempo en el que solía poner flores en el

agua de su baño antes de arroparse en el edredón con Jacob, bajo el lujoso acolchado de plumas que cubría sus cuerpos desnudos. Añoraba esos primeros días de su matrimonio. La sensación de estar entrelazados como dos cintas de seda anudadas. Nunca se había atrevido a decírselo, pero le fascinaba cómo Jacob podía encender su cuerpo con solo tocarlo. A veces le avergonzaba, pues no podía contenerse. Bajo las caricias, su cuerpo era un instrumento que cobraba vida solo para él. Desde su habitación en Nueva Orleans, lo anhelaba más que nunca.

La guerra la había obligado a adoptar una templanza tan dura como el acero. Aquella suavidad de novia joven le parecía lejana ahora, mientras se contemplaba en el espejo, desenredando los rizos de su pelo. Se puso el camisón, se recostó sobre la dura cama de madera y se subió las sábanas hasta su pecho.

Mañana tendría que ser valiente y dirigirse a los cuarteles de la Unión. No regresaría a casa hasta haber descartado todas las posibilidades. Lily cerró los ojos y recordó la última vez que estuvo bajo unas sábanas blancas con Jacob. Aquella noche soñó que no estaba sola en la cama.

64

No se habían barrido las hojas de las escaleras del edificio de la Unión. Lily se levantó la falda y entró. La imponente construcción de granito, que antes de la guerra había sido utilizada como aduana y oficina de correos, ahora estaba llena de soldados yanquis.

—¿En qué puedo ayudarla, señora? —le preguntó desde el mostrador un oficial vestido con un impecable uniforme azul marino.

Cuánto alivio sintió al ver los ojos vivos del soldado tras haber visto tantos hombres heridos y moribundos en Misisipi.

—Mire, vengo desde Nueva York en busca de mi esposo, el soldado Jacob Kling. Se alistó como músico con el 163.º Regimiento de Nueva York, compañía K —le dijo—. Perdí contacto con él y me preocupa que esté herido o algo peor.

El joven asintió.

—Por favor, espere aquí —le indicó—. Tal vez mi oficial superior pueda ayudarla.

Regresó con un caballero mayor vestido de azul oscuro, un poco calvo y con patillas grises bien cuidadas que cubrían los costados de su rosado rostro.

—Señora, ¿cómo podemos ayudarla? Me han dicho que nos visita desde muy lejos.

—Estoy buscando a mi marido. Está en el 163.º Regimiento de Nueva York —comenzó a explicar una vez más.

—Me temo que no tenemos forma de dar con soldados específicos —le informó el oficial.

—Por favor, señor. Me he pasado las últimas semanas recorriendo todos los hospitales aledaños a Vicksburg. Estoy desesperada. —No podía permitir que esta última oportunidad para conseguir información se le escapara—. Se lo ruego, ¿no podría revisar sus registros? Quizá al menos tenga algún dato sobre su regimiento. ¿Tal vez una lista de heridos o desaparecidos? —Hizo una pausa—. O de muertos.

Una expresión de simpatía se dibujó sobre el rostro del oficial.

—Déjeme decir que admiro su dedicación al venir hasta aquí, pero me temo que no contamos con listas de ese tipo. Debe entender la magnitud de la situación. Estamos en medio de la guerra más larga de nuestra historia. Hay incontables hombres heridos y muertos cada día. Cualquier lista de ese tipo contendría los nombres de miles y miles de hombres. —Sacudió la cabeza—. No solo resultaría abrumador. Sería imposible.

—Lo entiendo —suspiró Lily—, pero debe haber algún tipo de documentación que constate si lo dejaron en algún hospital o lo enterraron en algún campo, ¿no es así?

—Señora, los únicos registros que conservamos son los de cuando se pasa lista cada mañana. Si un soldado no se reporta presente, asumimos que está herido o muerto. O que es un desertor.

La mirada de Lily se desplomó. Samuel había tenido razón desde el principio. Buscar allí a Jacob era como tratar de hallar una aguja en un pajar.

—Siento mucho no poder ayudarla —añadió—. No es la primera en venir a preguntar. Y me temo que no será la última.

Había llegado al final de su infructuosa búsqueda. No había logrado encontrar a su esposo. Tal como su padre le había advertido, no había información que pudiera ayudarla. Solo le quedaba una opción: regresar a Nueva York, donde tendría que esperar una carta que tal vez jamás llegaría, escrita por Jacob o por alguien más, comunicándole su destino.

El aire de Nueva Orleans era pesado y agrio. El olor a estiércol de caballo en las calles sin limpiar y las columnas de humo que salían de los buques de vapor llenaban la ciudad. Lily se dirigió hacia su hotel en el Garden District para averiguar dónde podía comprar un billete de barco para regresar a casa.

A su alrededor, las mujeres sureñas, que vestían faldas amplias y capotas de seda desgastadas, caminaban ocupadas, algunas acompañadas por esclavas jóvenes que cargaban las cestas con provisiones. Los únicos hombres que Lily veía eran demasiado viejos, demasiado jóvenes, o estaban demasiado rotos para servir en la armada rebelde.

Al acercarse a Jackson Avenue, vio a varios niños salir de un jardín. Tres niñas con blusones color crema jugaban a la matatena en la acera. Dos de ellas tenían el pelo oscuro recogido y trenzado. La otra era pelirroja, con pecas, y su vestido blanco estaba manchado de lodo.

—¡Ya, Rivkah! —Una de las niñas le arrebató la pelota a la otra—. ¡Estás haciendo trampa!

El nombre de la chica llamó la atención de Lily. Era un nombre judío.

Se detuvo y examinó el letrero que colgaba en la puerta del jardín. En letras doradas sobre una placa negra se leía: «Asociación para el Socorro de Viudas Judías y Huérfanos de Guerra».

Una oleada de emoción se apoderó de ella. No pudo evitar pensar en lo que les había ocurrido a los pobres niños del orfanato de Nueva York.

—¡Rivkah! —La tercera niña también regañó a la pequeña por no seguir las reglas.

Detrás de la reja, un joven negro estaba plantando retoños para la primavera. Miró a las niñas y soltó una risa.

—Vamos, señorita Rivkah —la reprendió—, más vale que se comporte antes de que la señora Hollander salga y la regañe por no compartir.

La niña pelirroja le devolvió a regañadientes la pelota al resto del grupo. El hombre se dio la vuelta para seguir con su trabajo en el jardín y comenzó a cantar para sí mismo.

—Estoy enamorado de una chica con corazón de fuego, a quien adoro. Con cabello arrebol y sonrisa brillante y blanca...

Lily se quedó congelada, incapaz de creer lo que escuchaba. La canción que el hombre cantaba era la que Jacob le había escrito; casi era como si él mismo estuviera ahí, tarareándosela.

Se obligó a cruzar la puerta y a acercarse al joven.

—Disculpe —preguntó, un poco tímida—, ¿puedo preguntarle dónde aprendió esa canción?

—¿*Chica de fuego*? —El hombre se rio de nuevo—. Mis hermanos del Cuerpo de África y yo la cantábamos mientras marchábamos a Port Hudson. Un hombre llamado Willie nos la enseñó.

—¿Willie? —Lily apenas logró contenerse.

—Así es, señorita. El mejor músico que jamás he escuchado. Podía tocar cualquier canción. Desde todas esas cosas clásicas hasta las canciones de alabanza. Lo vi hace poco, comprando materiales para tapar una gotera. —El hombre se limpió la tierra de las manos y se puso de pie—. Tengo esa canción pegada desde que me lo volví a encontrar.

Willie tenía que ser el músico sobre el que Jacob tantas veces le había escrito, su gran amigo. Si alguien sabía dónde estaba su marido, tenía que ser él. Se obligó a sí misma a respirar antes de hacer la pregunta. Sabía que era su última oportunidad de averiguar algo de su esposo.

—¿Por casualidad sabe dónde puedo encontrar a Willie?

—Claro que sí, señora. Me dijo que estaba viviendo en Rampart Street, cerca de la iglesia de San Antonio de Padua.

Su corazón se aceleró.

—Rampart Street, ¿eso queda cerca?

El hombre estaba a punto de sugerirle que entrara y le pidiera indicaciones a la señora Hollander, pero no le dio tiempo. Para cuando se volvió, Lily ya estaba dentro de un carruaje, en dirección a Rampart Street.

65

El carruaje la dejó frente a la iglesia de San Antonio de Padua. A sus arcos estocados les hacía falta una capa de pintura, pero la puerta de la entrada, por fortuna, estaba abierta.

Había pasado algún tiempo desde que Lily había estado dentro de una iglesia. La última vez fue para la boda de una de sus amigas de la escuela; también había visitado la catedral de San Patricio en la Quinta Avenida con las mujeres de la Comisión Sanitaria antes de que la guerra comenzara y la construcción del templo se detuviera. No frecuentaba santuarios religiosos. La última ocasión que estuvo en la sinagoga fue para pasar Yamim Noraim en el templo de Emanu-El. Se había quedado sentada en silencio junto a su padre, mirando con nostalgia a las mujeres con las que alguna vez había asistido a clase; sus esposos les cogían de la mano y sus vientres anunciaban la llegada próxima de un bebé.

Atravesó el umbral y entró en la nave principal de la iglesia. El olor a humedad la tomó por sorpresa. Una niña negra estaba de rodillas, frotando el suelo. Junto a ella había un cubo lleno de agua jabonosa, reflejando el brillo de las velas votivas.

Lily se adentró en la iglesia, caminando hacia el altar con su Cristo tallado, que sangraba pintura roja de la herida en el costado. Era una imagen que siempre la había llenado de angustia, pero ahora también veía en él a un joven agonizante, sacrificado antes de tiempo. Se identificaba con su dolor en un plano más humano, algo que trascendía la religión.

—¿Puedo ayudarla? —la abordó un hombre vestido de clérigo—. ¿Está aquí para confesarse?

—No —respondió Lily—. Esperaba que alguien pudiera ayudarme. Estoy buscando a un hombre, un músico de nombre William. Me han dicho que vive cerca de aquí.

—Ah, me imagino que usted no es de nuestra bella ciudad —respondió el sacerdote, notando su acento.

—Salí de Nueva York hace casi dos semanas para buscar a mi esposo, un soldado. Tengo motivos para creer que estuvo de servicio con un hombre que vive en Rampart Street.

—¿Rampart? —Su voz reveló su sorpresa.

—Sí, se supone que es un flautista —dijo—. Un músico excepcional, como mi marido.

—No conozco a nadie que encaje con esa descripción. La mayoría de las personas que viven en esas cabañas son mujeres.

—Pero me dijeron que había un músico llamado Willie que vivía a unas calles de la iglesia —insistió, negándose a darse por vencida.

—Lo siento, señora —dijo el sacerdote, despidiéndose—. Debo preparar mi sermón para mañana. Pensé que venía para confesarse.

Lily comenzó a caminar hacia la puerta. En su corazón sabía que había llegado a otro callejón sin salida. La única opción que le quedaba era llamar a cada puerta de la calle, preguntando por William. Se preparó para empezar de nuevo.

Estaba a punto de salir cuando sintió que una mano tiraba de su falda.

—¿Señora? —la apeló la chica del cubo.

Lily se giró.

—¿Sí, mi niña?

Su mirada se encontró con los ojos de la pequeña, que se relajaron en cuanto escucharon el acento norteño.

—He oído lo que estaba hablando con ese señor —le susurró—. Creo que puedo ayudarla.

Lily siguió a la niña por Rampart Street y la observó mientras saltaba sobre cada bache, con las tiras de su delantal levantándose y cayendo con cada movimiento. Dobló a la derecha y la condujo, llena de orgullo, a una de las últimas casas de la hilera.

—Es esta —le indicó, señalando la puerta de Stella—. La señora Ammanee me consiguió el trabajo de la iglesia; su hermana vive aquí y su novio se llama Willie. Volvió el mes pasado. —Le dedicó a Lily una mirada triunfante—. Cuando la gente habla enfrente de mí nunca me prestan atención, pero yo siempre estoy escuchando.

—Gracias por confiar en mí. Parece que no todos aquí están dispuestos a ayudar a una extraña —sonrió Lily—. Creo que el sacerdote estaba escondiendo algo.

—Eres del norte. Sé que no causarás daño.

Lily permaneció de pie frente a las escaleras del porche; tenía las manos cerradas en puños a causa de los nervios. La aterraba estar frente a otro punto muerto.

—Solo tienes que llamar —le dijo la niña—. Es lo que mi mamá siempre me dice, que hay que ser valientes a veccs.

66

Stella había estado despierta casi toda la noche, amamantando a Wade, preocupada por la fiebre de Ammanee. El inesperado sonido de la puerta la puso nerviosa. ¿Y si era Janie, que venía a decirle que la salud de su hermana había empeorado?

Pero, en su lugar, se encontró con una extraña. Una pelirroja con piel blanca como la porcelana, mirándola por debajo del ala de su capota.

Stella se quedó paralizada. Jamás había conocido a la esposa de Frye, pero ¿vendría buscándola a ella, o, peor aún, a William o a Wade? A pesar de haber prestado el servicio militar, William no tenía los papeles de su libertad. Y Wade era el hijo de un esclavo.

Su instinto protector la hizo tomar la cabeza de Wade con su mano libre, acercándolo a ella como para protegerlo. Sintió el miedo recorrer sus venas mientras aquella extraña mujer la observaba a ella y a su bebé.

Antes de que la visitante pudiera decir una palabra, Annie, la niña que Ammanee conocía de la iglesia, se asomó tras la falda de la mujer.

—Señora Stella, esta mujer viene del norte. Dice que busca a Willie —anunció. Después se fue, sus piernas marrones reluciendo mientras corría de vuelta a la parroquia.

—Estoy buscando a mi esposo —comenzó a explicar la mujer—, su nombre es Jacob Kling y creo que...

—¿Jacob? —Las cejas de Stella se arquearon al escuchar el nombre—. Por favor, señora —le dijo a Lily con urgencia—. Por favor, pase.

Las dos mujeres se quedaron de pie en el centro del salón, mirándose mutuamente como si de alguna forma se conocieran por las historias que sus hombres les habían contado.

Stella observó a Lily, alta, demasiado blanca, con una mancha de tierra en el borde del vestido, las botas llenas de los raspones que el viaje le había dejado y el pelo cobrizo bajo su capota. Las imperfecciones en la apariencia de Lily hicieron que ella no se sintiera tan mal por el estado de su casa. En la mesa de la cocina colocó una pila de pañales limpios para Wade. Había estado hirviendo hojas de sasafrás para llevarle una infusión a Ammanee, por lo que la casa olía a la hierba anisada.

—Perdone el desorden, no esperaba visitas —se disculpó Stella.

Lily seguía atónita. No solo había llegado a un lugar en el que se sentía bienvenida, sino que además parecía haber encontrado un verdadero hilo del que tirar para dar con el paradero de Jacob. Miró a Stella —su adorable hijo acurrucado en sus brazos, sus ojos marrones y cálidos, enmarcados por la tela amarilla envuelta alrededor de su cabeza— y se desmoronó.

—No tienes ni idea de lo poco que me importa eso —lloró—. Aún no puedo creerme que te haya encontrado, que haya llegado hasta tu William.

—Iré a por él —dijo Stella—. Está fuera arreglando

algo. Desde que regresó ha tenido que aprender nuevas formas de usar las manos.

Willie siguió a Stella del jardín al salón, donde una mujer blanca se quitaba su capota de seda, revelando un cabello pelirrojo anudado en lo alto de la cabeza, con unos cuantos rizos cayendo.

Los ojos de Lily se llenaron de emoción al ver al hombre sobre quien tanto había leído en las cartas de Jacob.

—William.

Mentó el nombre con la solemnidad de una bendición.

Él no le respondió de inmediato. Se volvió hacia Stella y le susurró:

—Ve a por el mapa.

William compartió con ella con amplitud de detalles la historia de lo que les había ocurrido a Teddy y Jacob durante aquella trágica mañana de Navidad. Mientras veía a aquella mujer escuchar hablar sobre el destino de su esposo, Stella sintió un pesar en su corazón.

Cuando William le contó lo del mapa, los ojos de Lily se sobresaltaron.

—¿Hiciste un mapa para volver a él?

William bajó la mirada y contempló la tela en sus manos.

—Primero lo hice en papel, pero mi Stella lo mejoró con sus costuras —le dijo, y se lo ofreció a Lily para que observara el detallado bordado sobre la tela.

Con las manos temblorosas, Lily admiró el mapa. Los delicados puntos que formaban el camino, el granero rojo y la casa amarilla que apuntaban a lo que parecía ser una iglesia marcada con una cruz. Bajo los símbolos se leía una palabra: I B E R E A.

—Esto me llevará hasta él. —Su voz tembló de la emoción.

—Voy con usted —insistió William, sin notar los ojos de Stella clavarse sobre él como flechas—. Verá, hay una cierta forma de leer el mapa. Esa cruz no significa una iglesia ni nada parecido, sino que es una tienda, la tienda del señor Cross, en Nueva Iberia.

Señaló las letras que Stella había bordado sobre la tela. Comenzó a hablar más rápido, planeando cómo llegarían hasta donde estaba Jacob, lleno de energía por la idea de una pronta partida gracias a la llegada de Lily.

—No puedo pedirte que vengas —dijo Lily—. Es demasiado peligroso. Ya has pasado mucho y tienes una familia que proteger aquí —le dijo, mirando a su mujer—. Estoy segura de que entenderé lo que Stella bordó con tanto cuidado.

William se inclinó hacia delante sobre su silla, con la mirada seria.

—Señora, sé que es peligroso. Conozco los riesgos que conlleva regresar a territorio hostil, en especial como hombre negro que viaja con una mujer blanca. —Se detuvo—. Pero tenemos la oportunidad de recuperarlo. No podemos dejar nada a la suerte.

William levantó la cabeza y se volvió hacia Stella, pidiéndole, en silencio y con la mirada, que entendiera su inquietud.

Pero Stella no quería darle su bendición. Dejarla a

ella era una cosa, ¿pero dejar a su hijo también? No podría tolerarlo.

Había sentido respeto por Lily al recibirla en su casa, pero ahora la odiaba. Odiaba que se llevara a su hombre hacia el peligro. Su mente se adentró en un lugar oscuro, hacia un pensamiento que ella sabía que no podía decir en voz alta. William había dejado a Jacob en una cabaña en medio del bosque, con una mujer que no estaba bien de la cabeza. Después de todo aquel tiempo, ¿seguiría con vida?

—Pediré un carruaje y pasaré a buscarte mañana —le dijo Lily. Por más que le repitió a William que no debía ir con ella, él insistió en que era la única manera de llegar—. Pero me quedaré el mapa por ahora, para estudiarlo.

—Sí —convino William—. Por favor, tómelo.

Sin embargo, Lily no tenía intención de pasar a buscarlo al día siguiente. Por más que quisiera mantener su palabra con William, quien tanto había hecho por Jacob, sentía que existía un lazo mucho más profundo de mujer a mujer: no hacer daño.

67

Cuando Lily no llegó a la hora convenida la mañana siguiente, Stella sintió una oleada de alivio. Le entristecía ver a William caminar de un lado a otro del salón, mirando por la ventana, esperando a que la esposa de Jacob regresara como había prometido. Pero la mujer le había hecho un regalo al no llevarlo de vuelta al bosque.

—No va a venir, ¿cierto?

Stella se quedó callada. Sabía que no importaba lo que dijera: no sería suficiente.

—Se ha ido, y no tenemos ni idea de si el mapa tendrá sentido para ella. —Willie se llevó las manos a la cabeza—. Y ni siquiera sabe que dejé mi flauta allí.

—Si encuentra a Jacob, él se asegurará de devolvértela. —Stella estaba segura de eso, al menos.

Se sentó y se quedó pensativo.

—Entiendo que no quisieras que fuera, Stella. Pero no puedo vivir sabiendo que lo dejé ahí... Justo después de abandonar a Teddy bajo esas hojas... —Su voz se rompió—. Es como si los hubiera decepcionado a ambos.

Stella alcanzó una silla, se sentó junto a él y tomó su mano.

—Me gusta lo que ha hecho Lily. Te está manteniendo a salvo mientras ella busca a su esposo. Es una mujer blanca. Nadie va a intentar hacerle daño, como te harían daño a ti, como ya te lo hicieron. ¿Quieres ir enseñando tu cuello por ahí cuando cualquier rebelde estará más que dispuesto a colgarte de un árbol? ¿O que un oficial de la Unión te acuse de desertar, como la vez pasada? —Apretó sus dedos—. Lily sabe que estás a salvo aquí, conmigo. Y me cae mucho mejor ahora por haberse dado cuenta de eso. No va a llevarte con ella. Entiende que eres preciado para mí y para tu hijo.

William asintió con desgana.

—Solo espero que logre encontrarlo, que el mapa le sirva.

—La señora Hyacinth me dijo una vez que mis mapas dan buena suerte. —Sonrió—. Y me da la sensación de que Lily es muy lista. Le hemos dado todo lo que necesita para encontrarlo.

Desde que Stella tenía memoria, su madre o Ammanee eran siempre quienes cocinaban para ella. Pero ahora que su querida hermana se encontraba enferma, Stella estaba detrás de la estufa por primera vez en su vida, mientras Janie cuidaba de Ammanee. Sabía cómo hacer infusiones y comidas simples —por ejemplo, sémola hervida o arroz sazonado—, pero no sabía cómo preparar algo más sustancioso. Tenía que recordar qué hierbas y qué vegetales había usado su hermana para hacerle caldos cuando era ella quien se sentía mal, como durante su embarazo.

Las demás mujeres de Rampart aportaron lo suyo, ahora que Ammanee no podía traerse comida del trabajo. La señora Emilienne llevó avena y la señora Hyacinth, un frasco de miel de manuka que juraba que curaría a la chica.

Un día apareció Benjamin en la cabaña de Janie, cargando una bolsa con cinco huesos de pollo dentro.

—Quizá le haga bien el tuétano —dijo.

—Yo me encargó, mamá —se ofreció Stella, y acercó la bolsa a la estufa para hervir los huesos.

Había visto a Ammanee hacerlo después del parto, cuando ella se sentía tan cansada que apenas podía levantarse de la silla. «Nadie echa de menos los huesos», le había dicho su hermana cuando llegó con ellos después del trabajo.

—¿Dónde está? —preguntó Benjamin. Stella podía ver la preocupación en su cara—. Sé que tengo que regresar a casa después de hacer los encargos, pero tenía que pasar a verla.

Miró a Janie, esperando que no le importara que hubiera llegado sin avisar.

—Está al fondo. La tenemos en cuarentena porque no sabemos si es tifus o alguna otra cosa. No se encuentra nada bien.

Su voz era áspera y cortante. Stella reconoció el tono, pues era el que su madre usaba siempre que intentaba prepararse para una tormenta.

—Tengo que verla, señora. Solo quiero que sepa que he venido...

Janie bajó la mirada.

—Stella le va a llevar un té de hierbas. No dejo de decirle que no se exponga, pero no me hace caso. Puedes entrar con ella, pero no te quedes mucho tiempo.

Stella guio a Benjamin a la oscura habitación. La cara de Ammanee lucía aún más pequeña ahora. Sus ojos negros parecían dos piedras que se hundían.

—Ami —dijo él. Era un nombre que Stella sabía que usaban entre ellos desde niños, en la plantación.

Ammanee no respondió, pero su hermana notó que los ojos le brillaron al verlo.

—Te echo mucho de menos. Le he traído algo a tu madre para fortalecer tu sangre —le dijo mientras tomaba su mano y la besaba con cariño.

—Gracias —murmuró ella.

—Te dejo el té junto a la cama. —Stella avanzó y dejó la infusión humeante—. Voy a daros un poco de tiempo para que estéis a solas, pero no mucho. Tenemos que bajarte la fiebre para que puedas sentirte mejor.

68

A pesar de que sabía que hubiera sido de gran ayuda, Lily esperaba que William entendiera por qué no había elegido no llevarlo con ella. Su deber estaba al lado de Stella y su recién nacido; ella jamás se perdonaría que le ocurriera algo. Su consciencia no le había dejado otra opción. Esperaba que él pudiera perdonarla y que no tomara sus acciones como una traición. Más bien, en el espíritu de la inmensa gratitud que sentía por él, lo liberaba de cualquier obligación que él creyera que tenía con Jacob.

William ya había hecho tanto... Más de lo que cualquier otro hubiera hecho. El mapa que había dibujado era la representación de su deseo por regresar a por su amigo, y las cuidadosas puntadas de Stella lo habían preservado. Era un regalo que la pareja le había entregado. Solo le quedaba rezar para que no fuera demasiado tarde.

Lily no sabía conducir un carruaje como Eliza. Sin esa habilidad y sin William, se había visto obligada a contratar una vez más a un conductor que la llevara de Nueva Orleans a Nueva Iberia. Semanas antes, había protestado cuando su padre le había insistido en que se llevara cien dólares más aparte de lo que ella ya había juntado para el viaje. «Concédeme esta última petición, hija —le había dicho mientras cerraba el puño de Lily alrededor de los billetes—. Me sentiré más tranquilo sabiendo que tienes este fondo en caso de que algo llegara a ocurrir.»

Se inclinó hacia delante y divisó la tienda general del señor Cross. Las letras negras y pulcras del letrero no dejaban lugar a duda. Informó al conductor de que necesitaba encontrar una senda que salía del camino principal. Le mostró la tela bordada.

—Jamás había visto un mapa así.

El conductor apenas podía contener su asombro, pero logró comprender los símbolos lo suficiente como para encontrar el lugar. Poco después pasaron junto a la mansión de color limón de la plantación de caña y el conductor detuvo el carruaje frente al granero rojo.

Lily estudió las puntadas que la habían llevado hasta ahí y recordó las palabras de William: «Una vez que lleguemos a la tienda, necesitaremos que el carruaje nos lleve lo más cerca posible del borde del bosque. Incluso aunque la pierna de Jacob esté bien sujetada, no podrá caminar muy lejos».

—Puede dejarme aquí, pero espéreme —le indicó—. Iré andando el resto del camino.

Arrastraba el dobladillo de su falda negra por la tierra. Aunque era temprano, las sombras de los árboles oscurecían el camino. Había pasado tanto para llegar hasta ese punto que solo le quedaba rezar para poder llevar a Jacob sano y salvo a casa.

Siguió el sendero hasta que vio la casa que William había descrito: una estructura endeble con tejado de hojalata y un cobertizo a un lado. Al acercarse, estuvo segura de ver a Jacob en la distancia. Se tambaleaba un poco y usaba la rama de un árbol como muleta improvisada.

Se dirigió hacia él tan rápido como sus piernas se lo permitieron. Lo llamó por su nombre.

Justo cuando Jacob se giraba para mirarla, una anciana salió de la casa. No era más alta que un arbusto joven; su cabello gris y desordenado le caía sobre los pechos. Pero incluso desde donde estaba Lily, pudo ver el reflejo metálico de un arma.

—¿Qué haces en mi propiedad? —le gruñó.

Jacob se dio cuenta de que no se trataba de una visión, sino que su esposa estaba ahí, en carne y hueso. Levantó su brazo libre y le hizo una seña a la mujer.

—Mamá, no pasa nada —le dijo con firmeza—. Es mi esposa.

Lily, que estaba al tanto del delirio de la señora, se quedó paralizada.

—¿Tu esposa? —preguntó con voz áspera.

—Ya te dije que tendría que regresar con ella en cuanto mi tobillo sanara. Pero parece que ella me ha encontrado a mí primero.

La mujer miró a Jacob, luego a Lily.

—Entrad en casa, entonces —les dijo, sacudiendo la cabeza. La pistola golpeaba su camisón mientras caminaba descalza de regreso a la vivienda.

Fue entonces cuando Lily corrió y se lanzó a los brazos de Jacob.

La rama que usaba para estar de pie cayó al suelo; Lily lo sostuvo con los brazos.

Había olvidado el olor de su pelo, el sabor de su boca. Ahora, recibiendo a su esposa en aquel abrazo, sus sentidos parecían despertar.

—¿Cómo es que está ocurriendo esto? —preguntó Jacob entre besos. No podía creerse que Lily lo hubiera encontrado.

—Nos espera un carruaje al otro lado del sendero. Te ayudaré a llegar. —Lily se agachó y recogió la muleta improvisada.

—Necesito coger algo de dentro antes de irme —le dijo—. Lily, haz como yo. —Se preparó—. Esta mujer cree que soy su hijo herido. Necesito que me sigas la corriente para que salgamos de aquí a salvo.

Un olor salvaje los recibió dentro de la choza, cuyo techo estaba ennegrecido por el humo de la hoguera. La mujer se encontraba a un lado de la chimenea, removiendo el fuego con una larga vara de hierro. La pistola descansaba a sus pies.

—Mamá —dijo Jacob con tanta delicadeza que sonó sincero—, mi esposa ha venido a visitarnos. Te dije que tendría que volver con ella una vez que mi tobillo se curara, ¿recuerdas?

Los dedos de la mujer buscaron la pistola. Se puso de pie. Su frágil figura se transparentaba debajo del áspero lino del camisón.

—No me estás abandonando, ¿no? —La pistola temblaba en su mano.

Jacob levantó un brazo, indicándole que bajara el arma.

—No hace falta que uses eso —dijo con voz firme—. Tenemos que volver a nuestra casa ahora, mamá. —Entonaba las palabras con un acento sureño—. Tú me has curado el tobillo. Cuidaste de mí cuando tenía fiebre. Me has salvado. —Hizo una pausa. Luego extendió la mano y tomó la de la mujer—. Soy un hijo muy afortunado.

—Pero vas a volver, ¿verdad? —Bajó la pistola.

—Estaré de vuelta para Navidad —le prometió.

Los ojos de Jacob dirigieron a Lily a la flauta plateada que yacía sobre la mesa de madera, indicándole que la cogiera. Los dos caminaron lentamente hacia la puerta.

—No estaba segura de que fuéramos a salir de ahí. —Lily suspiró aliviada una vez que estuvieron a varios metros de la casa.

—Le quité las balas a la pistola mientras dormía cuando me pude poner de pie. No creo que me hubiera sentido tranquilo de otra forma.

—Debí de imaginarme que no perderías el ingenio, incluso en una situación así —bromeó Lily mientras lo ayudaba a caminar.

—Sabía que William no habría dejado la flauta a menos que supiera que regresaría —dijo Jacob, cojeando por el camino.

—Era su intención —le aseguró ella.

Cuando al fin llegaron al carruaje, Lily y el conductor lo ayudaron a subir. Solo entonces, una vez que lo tuvo a su lado, le mostró a Jacob el mapa, bordado con cuidado y con intención.

69

La fiebre de Ammanee no cedía a pesar de las compresas de agua fría que Janie y Stella le aplicaban por turnos.

—Tenemos que llevarla a que la vea alguien. Quizá en el Hospital de la Caridad puedan ayudarla. —Por primera vez desde que tenía memoria, Stella notó miedo en la voz de Janie—. Me preocupa que sea más que una fiebre. Hoy ha amanecido con un sarpullido en el pecho.

—Estará más cómoda aquí, mamá. Y siempre andan diciendo que, si entra uno de los nuestros, casi nunca vuelve a salir.

—No tiene fiebre amarilla. Sus ojos no están amarillos.

—Igualmente, no podemos dejársela a unos desconocidos.

Janie se apretó las manos.

—Vete a casa con William y tu bebé. No sabemos qué es lo que tiene. Maldito campamento de contrabando con todas sus enfermedades. Tu hermana está sufriendo y me destroza verla así.

Stella le tocó el brazo.

—Lo estás haciendo bien. Se va a curar, mamá.

Janie la miró.

—Solo tengo clara una cosa: tienes que irte. No quiero ponerte en más peligro del que ya estás.

—Pero tengo que ayudar, mamá.

Janie negó con la cabeza.

—Vete con tu familia. Yo cuidaré a mi niña.

La casa era un desastre y el olor a pañales sucios recibió a Stella al llegar. Wade estaba llorando y William intentaba calmarlo con una canción. Se lo encontró en la habitación principal, con el bebé en la cintura. Tenía el pañal empapado.

—Se nos han acabado las telas limpias, Stella, y no sé qué hacer. Lleva llorando todo el día.

El instinto maternal de ella se encendió, y se apresuró hacia su bebé. Una punzada de miedo la atravesó. ¿Y si había traído la enfermedad de Ammanee a casa? ¿Y si había contagiado a Wade?

—No está caliente, gracias al Señor —susurró mientras colocaba la mano contra su diminuta frente.

Para asegurarse, también tocó la cabeza de William.

—Tú igual —musitó con un suspiro de alivio mientras tomaba a Wade de las manos de su padre—. Mi madre piensa que no debería ir a visitarlas más hasta que a Ammanee le baje la fiebre. No sabemos qué tiene, pero han reportado muchos casos de tifus en los campamentos.

—Esperemos que no sea fiebre amarilla —dijo William, maravillado al ver cómo Stella lograba en un segundo calmar a Wade y quitarle el pañal. El niño se alegró de sentir el aire fresco sobre la piel.

—No, mamá dice que sus ojos no están amarillos y que, tras una semana de fiebre, ya mostraría ese síntoma. Cree que Ammanee se debió de haber contagiado de algo cuando llevó comida al campamento de contrabando.

William sacudió la cabeza.

—Aquello es un desastre. Todo el mundo llega buscando algo mejor, pero terminan topándose con una pared.

El último par de días se había sentido descorazonado. Luisiana estaba en proceso de legislar una nueva constitución estatal bajo la cual quedaría prohibida la esclavitud, y la Unión estaba ganando la guerra, pero William seguía sin encontrar la forma de mantener a su nueva familia.

—Sí —convino Stella—. Creo que ahora entiendo por qué Benjamin le dijo a Ammanee que no quería huir. Quizá vio cómo era la vida en esos campamentos y se dio cuenta de que arar la tierra para la señora Percy era mejor.

Wade estiró las piernas con una risita mientras Stella lo ponía sobre su espalda.

—No quería usar esto, pero creo que no me queda otra opción —murmuró mientras levantaba las nalgas del bebé y le colocaba la tela que había bordado para envolverlo.

William miró el borde hilado de conchas de cauri que rodeaban los muslos regordetes de su bebé y recobró la calma. Stella era ingeniosa y siempre lograba encontrar una solución, incluso en los momentos más desafiantes. Al ver el ribete de conchas y el destello de hilo azul envolviendo a su hijo, no pudo evitar pensar en su propia madre.

«Le dio el color del cielo al techo cuando naciste —le había dicho el viejo Abraham, colocando el pífano hecho a mano junto a él—. Te dio un escudo, atrapando a todos esos espíritus malignos ahí arriba para que tú vivieras a salvo.»

William miró el techo de la habitación mientras Stella mecía a Wade en sus brazos; había puesto la boca junto a sus pequeños oídos. Lo primero que haría una vez que tuviera trabajo sería comprar pintura del color azul más pálido que pudiera encontrar para la madera bajo la que ellos y el bebé dormían.

Stella daba vueltas por el salón, meciendo a Wade, cuando el sonido de las ruedas de un carruaje se detuvo frente a su cabaña. A través del velo de las cortinas, vio la espalda de una mujer alta y el inconfundible cabello rojo que se asomaba debajo de su sombrero. Mientras la mujer descendía, Stella vio que el cochero ayudaba a bajar a un hombre joven de aspecto frágil.

—¡William! —exclamó—. ¡Ven rápido!

Estaba a punto de arrastrarlo hasta la ventana cuando oyeron que tocaban la puerta.

—Corre, abre —le dijo ella con una sonrisa.

William se encontró frente a frente con Jacob, sosteniéndose de una rama que usaba como muleta. Parecía casi una aparición: traía puesto el mismo abrigo que había usado el fatídico día de Navidad. Sus pantalones estaban rasgados y manchados de sangre en la cintura y la tela se había descosido en el lugar en el que su tobillo había estado sujeto.

Pero fue el destello de plata lo que lo deslumbró.

—Creo que olvidaste esto, amigo mío.

Jacob le devolvió la flauta.

La sensación del metal frío recorrió sus manos. Jacob cojeó hacia su compañero y lo abrazó con la mano libre, mientras las dos mujeres contemplaban cómo un poco de vida regresaba a cada uno de sus hombres.

70

Stella jamás pensó que recibiría a otro hombre blanco en su cabaña tras los años de abuso que había sufrido a manos de Frye. Pero mientras hacía pasar a Lily y Jacob dentro, sintió una alegría extraña e inesperada.

—¡El mapa funcionó! —dijo bañada en lágrimas. Era la primera vez que comprobaba que sus puntadas realmente le habían permitido a alguien llegar a salvo a su destino. Levantó a Wade sobre su cabeza y bailó con alegría—. Tu papá lo ha logrado. —Besó al niño en ambas mejillas, y Wade respondió con balbuceos de felicidad.

—¡Nos habéis ayudado tanto! —exclamó Lily. En su rostro era evidente la alegría que le causaba que gracias a los esfuerzos de todos hubieran salvado a Jacob—. Siempre estaremos en deuda con vosotros.

—Por favor —les pidió William, mientras levantaba la flauta y puntuaba su alegría con unas notas—, venid a sentaros. Debéis de estar cansados del viaje.

Stella puso a Wade en los brazos de su padre.

—Cógelo mientras traigo algo de beber para nuestros invitados.

Jacob y Lily se sentaron en las sillas de madera. Se desvanecía ya la fatiga que ambos sentían. La euforia de la reunión los había revivido.

—Espero que os guste esto. —Stella les ofreció dos tazas de té de menta con toda la calidez de su espíritu—. Ojalá tuviera algo para endulzarlo, pero con la guerra todavía no hay azúcar.

Lily aceptó la taza y disfrutó del refrescante aroma.

—Es perfecto. Gracias.

Stella se sentó y cogió a Wade de nuevo.

—Gracias por recuperar la flauta. Sé que Willie la extrañaba más de lo que estaba dispuesto a admitir.

—Hemos traído algo más, Stella. —Jacob rebuscó dentro del bolsillo interior de su abrigo y extrajo un pedazo doblado de papel—. Le prometí a William en Port Hudson que te entregaría esto un día.

Stella tomó el pedazo de papel; tenía algunas manchas de tierra. Era una carta, la primera que recibía.

Observó las frases y la caligrafía cuidadosa y limpia de Jacob.

Stella:

¿Dónde estás en esta noche oscura? ¿Estás en el jardín mirando las estrellas, la luna? Estamos lejos ahora, pero ambos nos encontramos bajo el mismo techo.

Leyó las palabras, enunciándolas en su cabeza. Algunas no lograba entenderlas del todo, pero captaba lo suficiente para comprender la emoción y el significado que albergaban.

Mi corazón se acelera cuando pienso en ti. Quiero caer en tus ojos y refugiarme ahí. Quiero creer que, al dejarte sola, hice lo correcto, que nada malo te pasará.

Dejó el papel sobre sus muslos. Tenía los ojos llenos de lágrimas.

—Me pidió que te escribiera lo que cargaba en el corazón. La he guardado junto al mío todo este tiempo. Una promesa a un amigo debe cumplirse siempre —insistió Jacob.

William miró a Stella.

—No podía escribirla yo mismo, *ma' dere,* pero las palabras son mías. —Sus manos se entrelazaron—. Todavía hay algunas personas buenas en el mundo —anunció William, permitiendo que la atmósfera cálida de la habitación lo atravesara hasta los huesos.

—La guerra nos ha quitado tanto... —añadió Lily—, pero hoy es un día de felicidad.

—Sí que lo es —convino Stella.

—Tenemos que volver al hotel a arreglarnos. Hay que conseguirle ropa nueva a Jacob para nuestro viaje de regreso al norte.

Los ojos de Jacob se clavaron en los de su amigo.

—Sí. Pero antes de irme, quiero contaros una idea que he tenido. —Hizo una pausa para recobrar el aliento. Todavía le dolía el cuerpo por la caminata del bosque al carruaje—. Lily y yo hemos estado hablando sobre su padre y su negocio. Creemos que quizá haya oportunidades en el norte que podrían interesaros.

71

Una vez solos, Stella se volvió hacia William.

—No nos mudaremos al norte —le dijo tajantemente—. Mi madre y mi hermana están aquí. No pienso dejarlas.

—Bueno, pueden venir con nosotros —propuso él—. Jacob ha dicho que su suegro tiene un buen negocio. Seguro que podría conseguir un empleo vendiendo sus partituras de día, y quizá haya lugares donde pueda tocar de noche. En el sur no queda nada para mí, Stella. —William le suplicó con la mirada que lo entendiera—. Aquí solo soy un exesclavo sin papeles de libertad. Además, me acusarán de desertar, porque no me fui de la forma apropiada. ¿Cómo voy a cuidar de ti y de Wade como os merecéis?

Ella intentó tocarle la mejilla, pero él se alejó.

—Soy un hombre, Stella. No puedo quedarme aquí todo el día, con miedo a que alguien llame a la puerta.

La mano de ella cayó a un costado y bajó la mirada. Se sentía herida.

—Y tengo sueños para nosotros..., sueños de verdad —le insistió William.

—¡Todos tenemos sueños! —replicó ella—. ¿No es suficiente con que nos tengamos el uno al otro ahora? No hay ningún dueño persiguiéndonos. Tenemos un bebé, un techo sobre nosotros.

—Pero ¿por cuánto tiempo? —señaló él, impaciente. Sabía que le estaba revelando a Stella una nueva faceta, una que había crecido dentro de él como una tempestad—. Hay disturbios todo el tiempo. Hay rebeldes desquitándose con negros inocentes y sus familias. El otro día, cuando fui a por las cosas para arreglar el techo, oí que habían quemado la casa de un hombre libre. Un grupo de hombres a caballo con antorchas, y nadie hizo nada.

—Rampart Street es diferente. Las mujeres de aquí cuidamos a los nuestros.

William se tragó sus palabras. ¿Acaso no podía verlo? Era el único hombre que quedaba.

Stella odiaba la tensión que se había instaurado entre ellos. No había gritos, no se insultaban, pero sentía que el silencio era peor, como si los separara una distancia más grande incluso que cuando habían estado lejos el uno del otro. Wade parecía sentir también la discordia. Cuando Stella lo llevaba en brazos, estiraba sus manitas hacia William. Y cuando era él quien lo cargaba, hacía lo mismo, buscando a su madre.

—No le hace bien al bebé que discutamos —dijo Stella al día siguiente, en la cocina—. Tenemos que solucionar esto.

William se retorció un mechón de pelo, frustrado.

—Tú y Wade sois mi vida, Stella. Solo estoy intentando ser un mejor yo, y así ser mejor para vosotros. No me basta con no ser un esclavo. Quiero construir algo para nosotros, para nuestro futuro.

—No he podido dormir en toda la noche. Estaba pensando y batallando. Puedo acceder a irnos, pero si Ammanee y Janie también vienen. —Dio un paso hacia él. Wade estaba entre ellos—. Sea como sea, no vamos a separarnos solo por una decisión mía. —Stella no hablaría más del viaje al norte—. Puedes hablarlo con Jacob —le dijo secamente—. Yo voy a centrarme en cuidar de Ammanee, aunque mamá no me deje acercarme.

Esa tarde, Stella se encontró con Janie en la entrada de la casa de su madre.

—Está muy mal —le confesó—. La fiebre no la deja. Ve cosas que no están ahí y tiene calambres en el estómago. —Janie respiró hondo—. Ha estado preguntando por ti toda la noche.

—Déjame verla, mamá. Tendré cuidado.

La mujer parecía estar exhausta. Asintió con la cabeza.

—Quizá verte sea lo único que la pueda ayudar ahora.

Stella abrió la puerta azul de la cabaña y ambas entraron. Contuvo el aliento, pues la casa olía a encierro y enfermedad, no a la fragancia de manteca de karité y salvia que siempre había distinguido el autocuidado de su madre.

Caminó hacia el cuarto trasero, en el que había pasado incontables horas de su niñez con Ammanee. Donde habían dormido y se habían reído, donde su hermana le había enseñado por primera vez cómo comunicar sus emociones a través de una aguja y un hilo.

—¿Ammanee? —susurró mientras cruzaba el umbral.

Su hermana estaba delgada como una caña, con el rostro bañado en sudor. Al oír su nombre, se agitó.

—Estoy aquí —le dijo Stella mientras tomaba su mano.

El amor por ella era más fuerte que el peligro de contagiarse.

Durante el tiempo que pasaron juntas, Ammanee experimentó momentos de conciencia intercalados con lapsos de desmayos. Stella no estaba segura de si su hermana podía oírla, pero le hablaba en voz baja, contándole las cosas maravillosas que les esperaban a todas.

—Tengo noticias —le dijo—. Quizá pronto viajaremos todas.

Los ojos de Ammanee se abrieron.

—Viviremos en un lugar en el que podamos estar juntas. Cocinaremos, coseremos... —Intentaba pintarle una escena de su futuro compartido—. Y criaremos a nuestros bebés juntas.

—Dios es bueno —musitó Ammanee con voz áspera—. Benjamin y yo tendremos un bebé, ¿no es cierto? —Estaba llorando—. Nuestro pequeñín, como tu Wade.

—Sí, así es.

La mano de Stella se cerró con más fuerza sobre la de su hermana.

—Estoy cansada —dijo Ammanee, cerrando los ojos—, pero puedo oír la risa de mi bebé. Está aquí conmigo.

—Está esperando a que te mejores para poder nacer.

Stella soltó su mano. Le dio una palmada antes de irse.

—Descansa ahora, hermana. Vendré otra vez mañana.

Cuando regresó a casa, Wade se encontraba en su cesta y William estaba tocando la flauta. El bebé parecía maravillado por el sonido.

—Le gustan las mismas melodías espirituales que mi madre adoraba —se emocionó el joven—. Y ya tiene ritmo. Está haciendo sonidos al ritmo de las notas, Stella, ¡te lo juro!

Ella se acercó, levantó al bebé y lo besó en ambas mejillas. Escuchar a Ammanee hablar de sus deseos más íntimos le había hecho darse cuenta de que debía apreciar todos los regalos que ya tenía.

—¿Mi hombrecito va a ser un músico como su papá? —Lo meció en sus brazos.

William los miró y sonrió.

—Tengo algo que contarte. Jacob y Lily han venido mientras no estabas.

Stella dejó de moverse y levantó una ceja.

—¿Les has preguntado sobre el viaje?

—Sí —le confirmó—. Les he explicado que solo irás si Ammanee y Janie vienen también. Así que han dicho que comprarán cuatro billetes para el barco de vapor. Les he asegurado que se los pagaré en cuanto tenga trabajo por allí.

—Creo que necesitamos uno más —admitió Stella. Una sensación de incomodidad la invadió: ¿cómo no lo había pensado antes?—. Ammanee no saldrá de Nueva Orleans sin Benjamin.

72

Sobre la mesa de la cocina había cinco billetes para el barco hacia Chicago, con fecha para la próxima semana.

—Jacob dice que podemos cambiarlos si tu hermana no está lista para viajar.

Stella les echó un vistazo.

—Espero que les hayas dicho que no estoy segura aún. Ni siquiera se lo he mencionado a Janie. Está tan preocupada cuidando de Ammanee...

William asintió.

—Ve a ver a tu hermana. No tenemos mucho que coger si nos vamos. Mi flauta, una bolsa con nuestra ropa y los pañales de Wade. —Estaba claro que le hacía ilusión pensar en el viaje al norte con su amigo.

Stella no respondió. Lo poco que había en aquella casa quizá no tenía mucho valor para William, pero para ella lo era todo. La suma de sus vidas.

Benjamin estaba en el cuarto de Ammanee cuando Stella entró con té de jengibre.

—Ami —oyó que le decía—, tienes que mejorarte. Ya casi soy libre —la informó—. La dueña nos va a dar nuestra propia cabaña para que vivamos ahí mientras trabajo la tierra.

Ammanee se levantó de repente.

—¡Aquí está! ¿No la ves, Benjamin? ¡Nuestra hermosa Mina!

Su pelo estaba deshecho y enmarañado, pero su voz había sonado fuerte y clara como una campana.

—Shhh... —Stella corrió a un lado de su hermana y colocó la infusión humeante sobre la mesita de noche—. Recuéstate otra vez. —Sacó su pañuelo y secó la frente de Ammanee—. Así es, Mina está aquí. Quiere que te recuperes para que puedas abrazarla.

Ammanee gimió y luego comenzó a llorar.

—Me duele mucho el estómago.

A Stella sus gemidos le parecían agujas clavándose en su interior. Trató de tranquilizarla mientras le subía las sábanas hasta la barbilla.

—Pensemos en algo bonito para que te sientas mejor.

Benjamin sacó un recuerdo propio para alegrarla.

—Ami, ¿recuerdas cuando éramos niños? ¿Cómo nos escondíamos cerca del pantano y tú trenzabas la hierba marina para hacernos coronas, una para mí y otra para ti? Nos volvíamos el rey y la reina del arrozal.

—Sí —respondió Ammanee con voz suave. Su lucidez había regresado por un momento.

—¿Me harás otra pronto, Ami? ¿Lo harás? —Inclinó la cabeza, tocando el estómago de Ammanee como una oración.

—Mmm... —logró responder ella. Fue un susurro débil, pero Stella lo oyó con total claridad.

Se acercó para secar la frente de su hermana una vez más. Fue entonces cuando se dio cuenta de que los ojos marrones de Ammanee no se movían. Como dos piedras preciosas, no parpadeaban.

73

—Sentí cómo su espíritu salía de la habitación...

Stella se desplomó en los brazos de William. No podía dejar de llorar.

Él la sostuvo en sus brazos, el mentón descansando sobre su cabeza. Los sonidos de su duelo —un aullido casi animal— despertaron algo enterrado en lo más profundo de su ser, de su infancia. Lo desgarró de nuevo escuchar a la mujer que amaba sentir tanto dolor.

—Estaba viendo cosas, el bebé que siempre quiso. —Stella cerró el puño y lo apretó contra el pecho de William—. Al menos Benjamin estuvo con ella hasta el final —dijo, temblando—. ¡Pero es tan injusto!

William la llevó a la habitación y la recostó sobre la cama.

—Le voy a dar a Wade agua de arroz —le dijo—. Tú descansa. Duerme. No hay nada que podamos hacer esta noche. El espíritu de Ammanee se está elevando hacia el cielo —le aseguró—. Ningún ángel tiene alas tan rápidas como las suyas.

Sus palabras apenas lograron calmarla, aunque permitió que la tapara con la colcha de algodón. Deseaba tener la colcha que siempre la tranquilizaba. Esos cuadrados coloridos que sentía como un abrazo.

—¿William? —le dijo antes de que saliera del cuarto—. ¿Me puedes traer algo antes de irte?

—Lo que sea, *ma' dere.*

—Busca en el último cajón del tocador. Hay dos montones de cuadrados de colores.

—Sí...

—Tráeme el que es de color pino —le pidió.

Unos momentos después, regresó con el cuadrado verde.

—Este era del delantal de Ammanee. —Stella se incorporó y se llevó la tela a la cara mojada, respirando el material como si todavía conservara el aroma de su hermana—. Siempre me decía que el verde era el color de la esperanza.

—Lo es. —William se golpeó el corazón con dos dedos—. Tienes muchas piezas de ella todavía, no solo ese trozo de tela.

Stella volvió a tumbarse y se quedó dormida con el algodón verde entre las manos.

74

Tendrían que enterrarla en un cementerio para esclavos. Puesto que Luisiana aún no había liberado a Ammanee, el silencioso y pacífico cementerio de San Antonio de Padua estaba prohibido para ella.

Las mujeres de Rampart Street reunieron todo el dinero que pudieron para un funeral humilde.

—Déjame ofrecer algo para ayudar —dijo Lily, pero Stella rechazó su caridad.

—Gracias, pero nosotras nos encargamos de los nuestros. Aunque hay algo que me gustaría pedirte —vaciló.

—Sí, lo que sea. Sin ti y sin William jamás habría encontrado a Jacob. Os estoy eternamente agradecida.

—¿Podrías ir a la tienda y comprar hilo?

Stella sabía que era una petición inusual, pero era todo lo que le faltaba para preparar la partida de Ammanee. Cuando Lily regresó con una cesta llena de hilos de todos los colores, Stella aceptó el regalo con gratitud, aunque optó por no explicarle para qué lo iba a usar. Lily tuvo la sensibilidad de no preguntar.

—Esperamos que todavía consideréis venir con nosotros —se despidió Lily mientras subía a su carruaje.

De nuevo, Stella prefirió no decir nada. Todavía sentía el duelo como una herida abierta. Pero mientras el carruaje se alejaba, notó una nueva fuerza apoderarse de ella. Escuchó la risa de Ammanee y vio el blanco de su sonrisa. Lo tomó como un aliento.

Entró en la habitación donde Wade dormía y abrió el primer cajón del tocador de pino, de donde sacó su alfiletero y unas tijeras. Los colocó en su cesta, junto a los nuevos carretes de hilo; luego, se agachó hasta el último cajón, de donde extrajo los cuadrados de colores de su querida colcha y el gran pedazo de tela al que habían estado todos cosidos.

Trabajó con diligencia y en silencio las horas que siguieron, cosiendo de nuevo entre sí aquellos trozos. La colcha volvía a ser lo que alguna vez había sido, a excepción de una pieza. Cortó un cuadrado de la falda azul oscuro que llevaba puesta y la usó para reemplazar el espacio que había ocupado el verde del delantal de su hermana. El cuadrado de Ammanee lo conservaría ella.

La enterraron al día siguiente, en un sencillo ataúd de pino que Benjamin y algunos otros hombres de la plantación habían hecho. Mientras William tocaba una melodía suave en su flauta, Stella tomó la mano de su madre, sosteniéndola mientras el cuerpo cubierto bajaba a la tierra.

Solo quienes más la querían sabían que, dentro del féretro, Ammanee iba envuelta en una colcha que las mujeres de Rampart Street habían hecho. Era un abrazo final que iba más allá de las palabras. Un manto que ahora tenía una pieza del corazón de Stella.

75

Por mucho que intentó convencer a Janie de acompañarla al norte, su madre no cedió.

—Mi vida está aquí —protestó—. ¿Qué va a hacer una vieja como yo en una ciudad extraña y grande?

—Te falta mucho por vivir. Y yo cuidaré de ti, mamá.

—Tú tienes ahora un bebé y un hombre que te quiere. A la que le falta mucho por vivir es a ti —le dijo—. Pero me puedo quedar con algunos de tus muebles. —Forzó una risa tras todo lo que había llorado—. Al menos le sacaré algo bueno al bastardo de Frye. —Sus ojos, rosados en los bordes, brillaron cuando Stella le pasó a Wade—. Benjamin prometió que cuidaría de mí. Dice que voy a ser su mamá, que va a ser libre pronto. —Cogió la mano de Stella con fuerza—. No te preocupes por mí, cariño. Voy a sobrevivir, como siempre he hecho.

—Tengo miedo de irme. No conozco otra vida más que esta —le confesó la chica.

—No te puedo decir que será fácil. No te puedo decir que va a salir justo como te lo imaginas, pero al menos es el comienzo de algo nuevo. Eso es más de lo que a muchos de nosotros nos toca. Un nuevo comienzo.

William llevó los muebles y los utensilios de cocina de Stella a casa de Janie, quien había tenido tan poco durante tanto tiempo.

—Gracias —dijo llorando mientras abrazaba a Stella, a William y a Wade una última vez.

A la mañana siguiente, fueron a la sala de espera de la compañía de barcos de vapor. Llevaban con ellos dos bolsas con ropa limpia y provisiones para Wade, pero, además de un pedazo verde de tela y una flauta plateada, no cargaban con nada más.

Wade estaba intranquilo y Stella apenas escuchaba las palabras que salían de la boca de Lily. Aun así, se sentía llena de esperanza. Vio cómo William y Jacob se abrazaban como amigos, y sintió el calor de la mano de Lily.

Nota de las autoras

La idea detrás de *Las recolectoras de hilos* llevaba en nuestros corazones muchos años, pero a principios del verano de 2020, mientras el mundo se enfrentaba a una conciencia cada vez mayor de la violencia racializada y la desigualdad, decidimos canalizar nuestra energía creativa para encontrar belleza en esa oscuridad. La novela está inspirada de manera vaga en nuestros propios trasfondos y nace de décadas de amistad entre una mujer negra y una judía, cada una orgullosa de su bagaje cultural. Queríamos explorar la experiencia de la guerra civil estadounidense a través de dos perspectivas subrepresentadas para iluminar las tragedias importantes, a menudo omitidas, de aquel periodo. Pero también queríamos mostrar cómo el ingenio y la creatividad pueden sortear las barreras culturales y darles poder a aquellos que, en apariencia, no lo tienen.

Aproximadamente 2,75 millones de soldados combatieron en la guerra de Secesión y la devastación que el enfrentamiento trajo consigo alteró el país para siempre. La tasa de muerte superó los 618.000 soldados, lo que la convirtió en la guerra más sangrienta en la historia de Estados Unidos.

Las primeras semillas de inspiración se plantaron en 2012 por el cautivador documental de Ric Burns, *Death and the Civil War*, que en gran parte se centra en la investigación histórica del libro *The Republic of Suffering: Death and the American Civil War*, de Drew Gilpin Faust. Al ver esta película, nos impactó la revelación de que los soldados de la guerra de Secesión a veces hacían mapas para marcar los lugares en que habían enterrado a sus compañeros. También nos afectaron enormemente las imágenes de los soldados negros que se habían alistado para luchar contra la esclavitud, pero que terminaron cavando trincheras para enterrar a los soldados blancos caídos.

En este conflicto armado se alistaron 180.000 hombres negros, una cifra impresionante. Este número representa casi el diez por ciento del Ejército de la Unión. Tan solo el hecho de alistarse entrañaba grandes dificultades y riesgos para estos hombres. Nos dimos cuenta de que podíamos escribir una novela impactante sobre un soldado negro que crea un mapa durante uno de los momentos más oscuros de nuestra nación y las relaciones a las que lo lleva. Situar a William en la batalla de Port Hudson fue fundamental, ya que nos dio la oportunidad de resaltar este importante hito histórico. Muchas personas creen que el 54.º Regimiento de Voluntarios de Massachusetts fue la primera unidad militar de tropas negras que luchó con valor en la guerra civil, como se mostró en la famosa película *Tiempos de gloria*, pero, de hecho, la Guardia Nativa de Luisiana luchó en Port Hudson y fue masacrada semanas antes. Este regimiento de infantería de la Unión incluía a generales negros (como el capitán André Cailloux, que aparece en nuestra novela) incluso después de que el general Nathaniel P. Banks, comandante del Departamento del Golfo, comenzara una campaña sistemática para purgar a todos los oficiales negros del Ejército de la Unión. De esta forma, reflejamos la diversidad y complejidad que suponía ser «de color» en Luisiana en aquel momento, en la Guardia Nativa, donde hombres libres de color lucharon junto a esclavos fugitivos que habían recurrido al Ejército Federal en búsqueda de su dignidad y libertad.

En la época de la guerra de Secesión, la población judía de Estados Unidos era solo del 0,5 por ciento y su experiencia fue única por varias razones. A pesar de que no se tiene un registro exacto del número de soldados judíos en la guerra, varios académicos calculan que fueron alrededor de ocho mil hombres. Muchos de estos soldados eran inmigrantes que habían huido de la persecución religiosa en Alemania y Hungría, y que, al llegar a Estados Unidos, fueron recibidos con desconfianza, antisemitismo y barreras lingüísticas.

Si bien estos hechos históricos nos producían fascinación, sabíamos que, para escribir la novela, tendríamos que recurrir a nuestros propios árboles genealógicos. Alyson creció escuchando historias de su abuela sobre dos antepasados que lucharon en bandos opuestos de la guerra civil. Jacob Kling, quien peleó en el bando de la Unión, se alistó con el 31.° Regimiento de Nueva York como músico. En el lado opuesto, se encontraba su hermano mayor, quien años antes se había mudado al sur y había fundado un emporio mercantil; él se alistó en el 29.° Regimiento de Misisipi. Durante la guerra, en vísperas de la batalla de Vicksburg, el ejército del general Grant de verdad tomó posesión de la residencia familiar en Satartia, Misisipi (la casa Kling actualmente se preserva como patrimonio histórico). De niña, Alyson escuchó incontables historias de su abuela sobre cómo la división filosófica y política de los hermanos terminó dividiendo a la familia para siempre.

Shaunna quería examinar las distintas formas en que podía ser la vida para miembros de una familia afroamericana. El personaje de Stella está inspirado en una antepasada del siglo XVIII, Janie, una mujer negra que logró convertirse en una terrateniente económicamente independiente, mientras que sus familiares luchaban por alcanzar una estabilidad financiera. El lado paterno de la familia se hizo con una granja de caña de azúcar, que con anterioridad había sido parte de una plantación. Sus hermanos y ella todavía conservan la granja en la actualidad. A través de los personajes de Stella (que tiene un padre blanco y una madre negra) y su media hermana, Ammanee, Shaunna exploró cómo el color de piel, y, en el caso de William, el talento musical, les facilitaban a unos ciertas oportunidades que para otros habrían sido inalcanzables.

No hubiéramos podido escribir este libro sin la ayuda de muchas personas maravillosas que nos regalaron sus conocimientos y competencias. Un agradecimiento especial a la profesora Barbara Fields por compartir con nosotras recursos históricos; a Michael Pinsker; al comisario Marvin en Port Hudson; a Heather Green, de The Historic New Orleans Collection; a Eliza Kolander y Adrienne Rusher, de la Shapell Manuscript Foundation por sus conocimientos y recomendaciones de lectura para aprender más sobre la experiencia judía en la guerra civil; y por la orientación médica de Karen Scott. A Kitty Green y Seretha Tuttle por compartir la historia y cultura gullah con nosotras; así como a la doctora Kara Olidge, directora ejecutiva del Amistad Research Center; Phillip Cunningham, jefe de Servicios de Investigación del Amistad Research Center; Debra Mayfield, por su asesoramiento sobre la historia *ante-*

bellum y a la doctora Stella Pinkney Jones, de la Stella Jones Gallery, por su conocimiento sobre la artesanía y cultura afroamericana.

Nos sentimos muy agradecidas con nuestros primeros lectores: Denver Edwards, Charlotte Gordon, Stephen Gordon, Jardine Libaire, Lynda Loigman, M. J. Rose, Robbin Siegal, Michelle Sowa, Allison Von Vange. También con nuestra editora de mesa, Gina Macedo, por la atención al detalle y verificación de los hechos realizada. Un agradecimiento especial y sincero a nuestra agente, Sally Wofford-Girand, cuya fe en este libro y tenacidad para apoyar nuestro deseo de crear algo poderoso y con integridad artística ha significado mucho para nosotras. Y, finalmente, apreciamos mucho a Melanie Fried, nuestra editora, quien se aseguró de que nuestro libro se leyera con intención, claridad y energía; vislumbraste lo que esta obra podía ser a partir de solo unas pocas páginas de muestra. Asimismo, a todo el equipo de Graydon House por su entusiasmo y apoyo.